U0909510

《朱光潜全集》(新编增订本)顾问、编委

欣慨室中国文学论集

朱光潜全集（新编增订本）

中華書局

图书在版编目(CIP)数据

欣慨室中国文学论集/朱光潜著.-增订本.-北京:中华书局,2012.9

(朱光潜全集新编增订本)

ISBN 978-7-101-08708-6

Ⅰ.欣… Ⅱ.朱… Ⅲ.中国文学-文学研究-文集 Ⅳ.I206-53

中国版本图书馆 CIP 数据核字(2012)第 111652 号

书　　名	欣慨室中国文学论集
著　　者	朱光潜
丛 书 名	朱光潜全集(新编增订本)
责任编辑	聂丽娟
出版发行	中华书局
	(北京市丰台区太平桥西里 38 号　100073)
	http: //www.zhbc.com.cn
	E-mail: zhbc@zhbc.com.cn
印　　刷	北京市白帆印务有限公司
版　　次	2012 年 9 月北京第 1 版
	2012 年 9 月北京第 1 次印刷
规　　格	开本/880×1230 毫米　1/32
	印张 $12\frac{1}{8}$　插页 3　字数 280 千字
印　　数	1-3000 册
国际书号	ISBN 978-7-101-08708-6
定　　价	43.00 元

二十世纪七十年代末八十年代初，朱光潜（前排右四）与季羡林（前排右一）、冯至（二排右五）等合影

1982 年朱光潜（左）与沈从文在政协会议上合影

《朱光潜全集》(新编增订本)出版说明

朱光潜(1897—1986),安徽桐城人,著名的美学家、文艺理论家、教育家、翻译家,中国现代美学的奠基人和开拓者之一。

朱光潜先生幼年饱读诗书,青年时期在桐城中学、武昌高等师范学校学习;1922年香港大学文学院肄业后,任教于上海吴淞中国公学中学部、浙江上虞白马湖春晖中学。曾与叶圣陶、胡愈之、夏衍、夏丏尊、丰子恺等成立立达学会,创办立达学园,进行新型教育的改革试验。1925年考取官费留学,先后肄业于英国爱丁堡大学、伦敦大学,法国巴黎大学、斯特拉斯堡大学,获文学硕士、博士学位。1933年回国,先后在北京大学、四川大学、武汉大学、安徽大学任教。解放后历任全国政协委员、常委,民盟中央委员,中国美学学会会长、名誉会长,中国作协顾问,中国社科院学部委员等。

朱光潜先生学贯中西,博通古今,对中西方文化都有很高的造诣,在文学、哲学、心理学、美学诸领域,取得了卓越的成就,是我国现当代最负盛名并赢得崇高国际声誉的美学大师。

朱光潜先生将自己的美学思想分为解放前和解放后两个阶段。他的很多著作是在解放前完成并出版的,如《给青年的十二封信》(1929)、《变态心理学派别》(1930)、《谈美》(1932)、《变态心理学》(1933)、《悲剧心理学》(1933)、《文艺心理学》(1936)、《诗论》(1943)、《谈修养》(1943)、《谈文学》(1946)、《克罗齐哲学述评》(1948),同时翻译出版了[法]柏地耶《愁思丹和绮瑟》(1930)、[意]克罗齐《美学原理》(1947)等。解放后,朱光潜先生开始钻研马列主义,试图以历史唯物主义和辩证唯物主义来探讨一些关键性的美学问题，出版的著作有《西方美学史》上卷（1963）、《西方美学史》下卷（1964）、《谈美书简》（1980）等，并将大量精力放在翻译西方美学论著上，先后将［美］哈拉普《艺术的社会根源》（1951）、［希腊］柏拉图《文艺对话集》（1954）、［英］萧伯纳《英国佬的另一个岛》（1956）、［德］黑格尔《美学》第一卷（1958）第二卷（1979）第三卷（1981）、［德］爱克曼（辑录）《歌德谈话录》（1978）、［德］莱辛《拉奥孔》（1979）、［意］维柯《新科学》（1986）等著作介绍到中国，为推动我国美学事业的发展做出了重要的贡献。

朱光潜先生一生著述和译著丰赡。先生去世后，安徽教育出版社自 1987 年至 1993 年陆续出齐了《朱光潜全集》（二十卷）。由于种种原因，有些材料当时未能收入，加之近二十年来，又陆续发现了相当数量的文章，所以，出版《朱光潜全集》增订本已是学术界、读书界的一致希望。为此，中华书局聘请专家组成了新的编委会，在保留原来编委的基础上，根据需要新增了编委，召开了编委会，充分听取编委的意见和建议。此次出版，除了对《全集》内容的增补和修订，重新编排是另一项重要工作，目的是更加清晰地体现朱光潜先生各类著述的情况。兹将新编增订的情况介绍如下：

一、新编。《全集》编为三十册，将朱光潜先生的全部著作按专题重新分卷，各卷均按内容进行归类。每卷内大致按照创作时间的先后为序，个别篇章兼顾相关篇目的内容，前后略有参差。

二、增补。新增文章近百篇，有些是原版《全集》失收的，有些则是从未公开发表过的。新增文章均依内容归入相关各卷。

三、新拟集名。将单篇文章按内容分类，分别编为《欣慨室逻辑学哲学散论》、《欣慨室中国文学论集》、《欣慨室西方文艺论集》、《欣慨室美学散论》、《欣慨室随笔集》、《维科研究》、《欣慨室教育散论》、《欣慨室杂著》、《欣慨室短篇译文集》等。

四、编制索引。各卷均编制人名及书篇名索引。第三十册为总索引，囊括了各卷的人名和书篇名索引。

五、尊重原貌。为保持著作的历史原貌，对文字内容尽量不作改动。原书的译名不做统一处理，将在总索引中对不同译法的译名进行归并，以便查阅。

《朱光潜全集》（新编增订本）的收集、整理、出版工作，得到了学术界、读书界、出版界的支持与关注，在此，谨表示衷心的感谢！由于《全集》卷帙浩繁，内容广泛，写作时间前后跨度逾六十年，且很多著作都有若干版本，所以底本的选择、整理的方式不求统一，可参看各书卷末的《编校后记》。书中编校错误或在所难免，敬请读者批评指正。

中华书局编辑部

2012 年 8 月

目　录

欣慨室中国文学论集

中国文学之未开辟的领土

我对于中国文学，兴味虽很浓厚，但是没有下过研究的工夫。近几年稍涉猎西方文学，常时返观到中国文学，两相比较，觉得中国文学在创作与批评两方面，都有许多待开辟的领土。在整理国故的呼声很高的时候，应该早有人提出这个问题，作一个通盘计算。可是谈到这层的还是很少，这是我冒昧作这篇文章的动机。在国外没有参考书籍，我所说的只能算是一种粗浅门外汉的感想，连就正方家的话我也不敢说。

十五年春，爱丁堡。

中国文学演化的痕迹有许多反乎常轨的地方，第一就是抒情诗最早出现。世界各民族最早的文学作品都是叙事诗。希腊文学渊源——也可以说西洋文学渊源——是荷马的《伊利亚特》(Iliad)和《奥德塞》(Odyssey),这两卷诗都是杂糅神话与历史而成的。印度的《吠陀》(Vedas)也是叙述宗教典礼与战征勋绩的诗歌,写在贝叶上当做历史相传授。其余如英国的《贝奥武夫》(Beowulf)、德国的《尼伯龙根之歌》(Nibelungenlied)、法国的《武功歌》(Chanson de Gestes)、芬兰的《卡勒瓦拉》(Kalevala)都是叙述原始时代的英雄故事。这些诗发生大半都在有史有文字以前,先只在民间以口授流传。到了文化粗定的时代,诗人们才把这些民歌搜集来成一种诗史。中国的《诗经·国风》原来也是这样先以口授而后笔之于书的。然而《国风》的性质与荷马诸人的著作绝不相同,其内容十九是抒情短诗。中国最长的叙事诗为《焦仲卿妻》,全篇只有一千七百四十五字。衡其性质,不过是一种短篇叙事歌(ballad),而不能称为长篇叙事诗(epic)。到现在我们还找不出一个长篇叙事诗的例子,左丘明的《春秋传》,司马迁的《史记》,原来用诗家的方法比用史家的方法还要多,但是没有原始叙事诗有韵的条件,究竟不能说是诗。

长篇叙事诗何以在中国不发达呢?抒情诗何以最早出呢?因为中国文学的第一大特点就是偏重主观,情感丰富而想象贫弱。文人大半把文学完全当作表现自己观感的器具。很少有人能跳出"我"的范围以外,而纯用客观的方法去描写事物。《国风》不消说得是"言志"之作,就是《楚辞》、古乐府诗以及后世五七言和词曲,除了少数短篇叙事诗以外,那一首不是诗人站在第一人称的地位,描写自家怀抱?中国民性素来以深沉有含蓄著名,不像西方人欢喜把情感表现到一泄无余。可是做抒情诗,中国诗人比西方诗人却要高明些。许多人自然反对这种论调。我最初研究西诗,第一个感想就是以为他们诗人最擅长言情。读了济慈(Keats)的诗集,几乎让他迷着。研究渐久,西诗初见面的新奇诱惑力逐渐消失以后，再回头翻阅中国诗，才觉得西诗最擅长是叙事状物，在抒情方面，中国诗远非西诗所及。大概诗文有两种风格，一种是自然流露，简单浑厚的；一种是极意刻划，精细深刻的。论自然流露的，西诗很难比《国风》、古乐府，因为过于深刻；论极意刻划的，西诗比不上温李小令和许多五七绝之上乘者，因为过于混厚。比方英国最大的爱自然而主张以简单语言为诗的诗人要算华兹华斯（Wordsworth），他的集中——连《听湍寺歌》和《独刈者》在内——那一首诗比得上陶渊明的《时运》或《归园田居》？英国诗中的情圣要算济慈，他的集中——连《圣安格里司之前夕》和《紫苏花盆》在内——那一首比得上温飞卿的《菩萨蛮》和李后主的《虞美人》或《相见欢》？

但是谈到想象，谈到用客观方位作的叙事诗，我们不能不汗颜了。因为缺乏客观想象，戏剧也因而不发达。西洋方面，亚理斯多德的《诗学》（Poetics）——西方第一部文学批评专著——就把悲剧冠各类文学之首。西方最大的文学家都是戏剧作者。希腊的索福克勒斯（Sophocles）和欧里庇得斯（Euripides），英国的莎士比亚（Shakespeare），法国的莫里哀（Moliere），德国的席勒（Schiller）和歌德（Goethe），挪威的易卜生（Ibsen）诸人最好的著作都是戏剧。西方民众多数人能感文学的兴味，也就大半因为他们文学家看重戏剧而戏剧又是民众的重要消遣。中国人向来过于拘墟严重，游戏本能不十分强烈，所以优伶和娼妓同为社会所轻视。优伶的职业既卑贱，而充优伶的人尽是一些流氓无赖，丝毫没有文学修养。他们编出来的剧本，结构如何能不粗疏，词调如何能不鄙俚？中国文人未尝没有留意戏剧的。但是向来传奇弹词，如《西厢记》、《琵琶记》、《桃花扇》、《燕子笺》等等，大半是可歌而不可演的。严密说起，其中诗的成分多而剧的成分少。我们可以说传奇弹词是长篇叙事诗和戏剧的混合物，而其性质又不似西方诗剧。这种文学作品一方面掩盖了中国文学两大缺乏，而另一方面也可说是中国文学的一种特别贡献。

长篇叙事诗在近代作者已渐少，但丁（Dante）的《神曲》（Divine Cormedy）、弥尔顿（Milton）的《失乐园》（Paradise Lost）以后，没有什么可称道的著作。不过这类文学在中国究竟还是新境界，很值得开辟的。尤其要加意研究的是戏剧，因为要提高民众的文学兴趣，非先从此下手不可，中国历史上有许多悲剧材料，可惜没有人去利用。流行剧本故事如《伍子胥过昭关》、《霸王别姬》、《马前泼水》、《明妃出塞》、《杨四郎探母》等等大半都是经毫无文学训练的优伶编来表演的，已足令一般戏迷叫好不绝，倘若经过文学家的陶铸，其影响不更大么？

中国文学另有一个特点，也许是缺点，就是偏重人事而伦理的色彩太浓厚。艺术应否含有道德的教训，在西方已经成了二千五百年的悬案。现在多数艺术家虽一方面承认艺术与人生关系密切，而另一方面却郑重声明“为艺术而艺术”（art for art's sake）的原理；不特意去讨论是非道德问题。中国学者向来主张“文以载道”；于是言之无物的诗文，都被人骂为雕虫小技。譬如《焦仲卿妻》诗在艺术上位置自然很高，而谈到最后，还是“多谢后世人，戒之慎勿忘！”以李太白那样放荡不羁的人物也发起“大雅尽作，正声微芒”之叹。孔子批《诗》以为“《诗》三百，一言以蔽之曰，思无邪”。那时候他当然没有想到《桑中》、《溱洧》、《墙有茨》诸篇。中国伦理极力提倡忠孝，说到男女之爱，总现出若干羞憎。所以许多最好的言情诗，都被郑玄、王逸一般训诂大家贴上忠君爱国的徽帜，说《离骚》是屈原思念楚怀王而作，还能言之成理；说《九歌》也纯粹是忠诚之流露，就未免令人怀疑了。说《十九首》里“浮云蔽白日，游子不顾返。思君令人老，岁月忽已晚”，是感慨邪臣蔽贤之作，已经有些牵强；说温飞卿的“小山重叠金明灭，鬓云欲度香腮雪”那十四章纤丽缠绵的词是摹仿《离骚》感士不遇之作（张惠言先生的话）就似乎牛头不对马嘴了！尤其可发呕的，是宋神宗，他读到苏子瞻"我欲乘风归去，又恐琼楼玉宇，高处不胜寒"几句词，便叹息道，"忠君爱国之情溢于言表！"这样曲为之说，曹子建的《洛神赋》不也可以用解《离骚》的话去解释么？

惟其偏重人事伦理，所以在哲学方面玄学不发达，（替中国夸玄学的人只是道听途说！）在文学方面，神奇诙诡的成分很少。东方人本以爱自然著名，不过印度人能由爱自然而达于超自然（supernature）的意境，中国人太爱自然而为自然所囚囿。诗文中间除了很浅薄的迷信色彩以外，没有深厚的超自然的观念。所以像柯尔律治（Coleridge）的《古舟子咏》和《库里斯特白》（Christabel）同性质的诗，在中国文学里简直寻不出例子。在散文方面，庄列书中很有些超自然的境界，这是可以差强人意的。艺术贵能引动想象，所以神秘也是美的条件之一。中国诗词做得太滥熟了，应该极力另辟新境界。在许多新境界中，超自然是一种很重要的。

与超自然相关的问题，神话（mythology）研究也是一种。中国文学演化的痕迹多反乎常轨的地方，在神话发生方面，更容易证明。世界各民族大半先有神话，后有文学。上面说过，各国最早的叙事诗，都是从原始时代的神话蜕化来的。从《诗》、《书》、《礼》、《易》、《春秋》里面所看见的当时生活状况，已经是文化大定的样子，看不出原始生活的痕迹，而神话大为稀少。但是中国神话也很丰富，最奇怪的就是许多神话不发生于原始时代而发生于文化已定之后，汉魏晋三朝可以说是神话极盛时代，例如《山海经》、《列仙传》、《神仙传》、《抱朴子》、《搜神记》等书，大半都是那个时代的作品。也许是这些神话早已流传人间，到了葛洪、干宝诸人才搜集成书，不过"六经"中除《春秋传》以外很少有神话痕迹，总是一大疑案。各国神话对于后世诗文，尝有极大影响。中国神话有许多是上品的文学材料，（近来郭沫若君似乎很能借助于古代神话。）我相信这方面还有许多宝藏。我们的文学超自然色彩太淡，尤其要提倡神话研究。现在许多神话都还是七零八乱的散见群籍，我们应该把它们搜集聚拢起来，成为专书，这种工作决不会徒劳无补的。

以上几条意见也许有人以为完全建筑在谬误原理的基础上。因为文学是创造的艺术，那里能由批评学者预指路径预定方法呢？我承认这话有一部分真理，不过艺术进化，是由无意识的流露到有意识的刻划。英国浪漫复兴的先导者，华兹华斯和柯尔律治有一天在一块散步，谈到文艺创作有两条路可走：一条是自然的路径，以普通方法描写普通经验；一条是超自然的路径，以不普通方法描写普通经验，以普通方法描写不普通经验。他们于是约定，华兹华斯将来走自然的路径，柯尔律治走超自然的路径。以后这两大诗人果然一个在简朴自然方面，一个在神奇诙诡方面，都各能登峰造极。由此可知预先认定目标，多少总有若干裨益。

一国文学与其他国文学初接触时，同化作用是自然的结果，近代西方文学都受希腊文学影响，而英法德意俄各国文学也处处流露交感互助的痕迹。就是我们自己的文学，从魏晋以后，变相的佛学同末流的老学之混合的影响也很显然，尤其是在小说和剧本两方面。不必远说，只看元曲里面《再生缘》、《张生煮海》一类的曲本，和近代第一大伟著《红楼梦》，我们就有这种感想。如果佛学没有传入中国，《红楼梦》纵能够出现，而现在它所有许多精彩必定不存在，而且必定另具一种形式。现在中国文学又和西方文学行相见礼了。这位新客比从前从印度来的似乎具有更大的魔力，不消说得，它在中国文学田地，也要发生更大的变化，这种变化将取何种方向呢？本文没有说到的语言格律声韵之变化，自然是一个方向。而本文所说的几条也许是另一个方向。

但是受西方文学洗礼以后，我国文学变化之最重要的方向当为批评研究(literary criticism),在这个方向,借助于他山之石的更要具体些,更可捉摸些。

要说明西方学者研究文学的方法,纵著一部书,也不能得其近似,现在为简单明了起见,我们最好从实例下手。我们姑且先以作者为研究中心,假想陶渊明生在英国或法国,看英或法的学者用什么方法,取什么程序去研究这位大诗人。

第一,牛津大学图书馆早就藏有第一版第二版……的《陶渊明全集》,假若他的诗稿手迹还有几页存在人间哩,那一定装订得很精致的陈列在玻璃橱里,好奇的人尽管去赏识。他做诗自然不免有修改的地方,或者同是一首诗而有两种不同的原稿,这个也据实注明了,全集太浩瀚,为便利一般学者起见,牛津大学教授于是从《陶渊明全集》里披沙拣金,成一种《陶渊明诗选》,他很仔细的把它校勘过,前面冠上一篇历史的批评的序文,后面又殿以音义注释。

第二,陶渊明自己或著有自传,否则他的朋友或研究他的学者至少也有一种——有时几十种——十几万言的陶渊明传。凡是能够表现陶渊明思想风格的都包举无遗。例如他生于何时,育于何地?他的家庭环境如何?他受过怎样教育?他干什么职业?到过那些地方?那些人是他的师友?他们在某一天谈过什么话?他在少年时代闹过恋爱么?他何以欢喜做诗?他的诗是怎样做的?那一首重要诗在那一年做的?他的文学见解如何?他的生活习惯如何?他欢喜饮酒,每次究竟能饮几斤呢?诸如此类问题,陶渊明传里应该有很详细的答复。此外也许还有所谓"陶渊明及其时代","陶渊明的师友","在彭泽时之陶渊明","陶渊明之文学的影响"种种专著。总之,对于陶渊明要"打一个欠呵问到底,还问欠呵怎样起"。因为要懂得他的诗文,不能不先懂得他的性情经验。他们决不像昭明太子那样惜墨如金,以区区几百字就了结陶渊明的一生。昭明太子的传原来也做得很好,这种小传固亦不可少,不过要研究陶渊明的诗文，这样粗枝大叶的传记，决不够用。

第三，陶渊明如果生在英国，他的诗选在中小学里一定成了很重要的文学课本，大学文学科自然把他定在必修课程里，文学教授们自己也在那里呻吟玩味，把他们所得的编成讲义去传授。此外还有诗人们，批评学者们，文学史家们，也个个人都对于陶渊明贡献一点批评。阿诺德（Matthew Arnold）自然会有一篇文章列在他的批评论文里，说陶渊明的诗好在何处，缺点在何处，他对于文学贡献在何处？另外还有许多专著叫做"陶渊明之哲学"呀，"陶渊明之描写自然"呀，"陶渊明诗音韵研究"呀，"陶渊明所用的字"呀，"陶渊明之叙事诗"呀，"陶渊明诗中之酒与菊"呀，"《归园田居》与《移居》的比较"呀，总而言之，上自风格神韵，下至词藻声律，或关全集，或涉专章，都要经过一番仔细衡量揣摩。像我们用批八股文的方法，在书眉上写些"清远闲放"，"超然而来，截然而止，须玩章法"，"渊明咏雪，未尝不刻划，却不似后人沾滞"一类的话，在十八世纪假古典主义时代，也许有人说，现在却不通行了。因为这种批评方法一失之于笼统，二失之于零乱，对于研究文学的人实没有大帮助。

此外，西方学者很注重书目（bibliography）。譬如研究陶渊明，就有关于陶渊明的书目，这个书目详叙《陶渊明集》之各种版本，《陶渊明集外诗文》，各家所著之《陶渊明传》，各家注释批评的书籍，有了这种目录，所以初学的人容易寻得门径。

这个陶渊明的例是专就以作者为研究中心而言。文学上研究中心很多，此外时代、地理、种类等等较为重要。各时代的文学有各时代的特色，例如六朝词赋小品何以特盛？六朝人的风气癖性与其作品之关系如何？其所受前代文学影响如何？其所受当时社会政治影响如何？其所受外来影响如何？其在后世文学所生之结果如何？此类问题，都须以时代为研究中心，才得解决。解决以后，总集其成，于是有文学史。现在所流行的四五种文学史大半犯了笼统零乱的毛病。为便利初学起见，研究文学的人应该在文学史方面多多贡献。地理对于文学的影响也很大，法国文学史家泰纳（Taine）谓文学为民族性、时代性与环境性三者之产物。风土自然是环境性之重要成分。中国北方文学和南方文学不同。通常所谓学派，往往以区域为标准。例如西江诗派、桐城文派等所由来如何？风土的影响占若干成分？耆旧师承的影响占若干成分？这类问题都须以地理为中心去研究。

分类研究在中国更为重要。中国学者向来最大的毛病是好渊博而不免于笼统。不消说得，文人应该对于诗词歌赋，件件都能精通；而文学与其他学问也向不分清界限。人寿几何，那里能这样"贪多务得，细大不捐"呢？我们第一要务就是鼓吹"文学独立"，一般人都以为这是老生常谈，但是连高唱"文学独立"的人也还不甚了了。记得北京大学有一位教授一方面极力攻击"文以载道"而鼓吹"文学独立"，而另一方面又讥桐城文人之弊在不学，拿戴东原拒绝姚姬传做弟子的话开玩笑。这就没有认清文学限界。桐城文章之浅狭，固无可讳言。但是浅狭的原因决不在不精训诂。

闲话休提，言归正传。文学应独立，而独立之后，应分门别类，作有系统的研究，例如王国维先生的《宋元戏曲史》，叙述虽甚干燥，而其着眼取材，则颇具匠心。诗、词、散文等等应该有人照样分类研究。尤其重要的是把批评看作一种专门学问。中国学者本亦甚重批评。刘彦和的《文心雕龙》，刘知几的《史通》，章学诚的《文史通义》，在批评学方面，都是体大思精的杰作，不过大部分批评学说，七零八乱的散见群籍。我们第一步工作应该是把诸家批评学说从书牍札记、诗话及其他著作中摘出——如《论语》中孔子论《诗》、《荀子·赋篇》、《礼记·乐记》、《子夏诗序》之类——搜集起来成一种批评论文丛著。于是再研究各时代各作者对于文学见解之重要倾向如何，其影响创作如何，成一种中国文学批评史。

以上所说，仅发其凡，这种工作决非一人毕生之力所可成就。私家各本其兴趣，自定研究范围，则东打一拳，西踢一脚，恐难有有系统的大规模的成绩。最好由有志研究的人大家共同商定一种计划和程序，然后本分工互助原理去研究。大学文科研究院草定课程的人如果把这种目的存在心里，自然也有许多机会可利用。总之，我们把研究西方文学所得的教训，用来在中国文学上开辟新境，终久总会使中国文学起一大变化的。

（载《东方杂志》第23卷第11号，1926年6月）

《雨天的书》[①]

周先生在《自序》里说："今年冬天特别的多雨。……想要做点正经的工作，心思散漫，好像是出了气的烧酒，一点味道都没有，只好随便写一两行，并无别的意思，聊以对付这雨天的气闷光阴罢了。"这是《雨天的书》命名所由来。从这番解释看来，"书"与"雨"像是偶然的凑合；但是实际上这并非偶然，除着《雨天的书》，这本短文集找不出更惬当的名目了。

这书的特质，第一是清，第二是冷，第三是简洁，你在雨天拿这本书看过，把雨所生的情感和书所生的情感两相比较，你大概寻不出分别，除非雨的阴沉和雨的缠绵。这两种讨人嫌的雨性幸而还

---

① 《雨天的书》，周作人著。——编者。

没渗透到《雨天的书》里来。

在《苍蝇》篇里，作者引了小林一茶的一句诗："不要打哪，苍蝇搓他的手，搓他的脚呢。"他接着说："我读这一句常常想起自己的诗觉得惭愧，不过我的心情总不能达到那一步，所以也是无法。"在《自序》里，谈到这个缺憾，他归咎于气质境地说："我近来作文极慕平淡自然的景地。但是看古代或外国文学才有此种作品，自己还梦想不到有能做的一天，因为这有气质境地与年龄的关系，不可勉强。像我这样褊急的脾气的人，生在中国这个时代，实在难望能够从容镇静地做出平和冲淡的文章来。"丁敬礼说："文之工拙，吾自知之，后世谁相知定吾文者！"我们读周先生这一番话，固然不敢插嘴，但是总嫌他过于谦虚，小林一茶的那种闲情逸趣，周先生虽还不能比拟，而在现代中国作者中，周先生而外，很难找得第二个人能够做得清淡的小品文字。他究竟是有些年纪的人，还能领略闲中清趣。如今天下文人学者都在那儿著书或整理演讲集，谁有心思去理会苍蝇搓手搓脚！然而在读过装模做样的新诗或形容词堆砌成的小说（应该说"创作"）以后，让我们同周先生坐在一块，一口一口的啜着清茗，看着院子里花条虾蟆戏水，听他谈"故乡的野菜"、"北京的茶食"、二十年前的江南水师学堂，和清波门外的杨三姑一类的故事，却是一大解脱。

周先生自己说是绍兴人，没有脱去"师爷气"。他和鲁迅是弟兄，所以作风很相近。但是作人先生是师爷派的诗人，鲁迅先生是师爷派的小说家，所以师爷气在《雨天的书》里只是冷，在《华盖集》里便不免冷而酷了。《雨天的书》里谈主义和批评社会习惯的文字露出师爷气最鲜明，——尤其是从《我们的敌人》至《沉默》（95 页至 196 页）二十几篇。这二十几篇文章未尝不好，但在全书中，未免稍逊一筹。作者的谐趣在本书前半表现得最好。比方《死之默想》篇中有一段说：

苦痛比死还可怕，这是实在的事。十多年前，有一个远房伯母，十分困苦，在十二月底想投河寻死，（我们乡间的河是经冬不冻的）但是投了下去，她随即走了上来，说是因为水太冷了。

这就是我所谓“冷”。他是准备发笑的，可是笑到喉头就忍住了。有时候他也忍不住，要流露在面孔上来，比方他批评反对泰戈尔来华的人说：

这位梵志泰翁无论怎么样了不得，我想未必能及释迦文佛，要说他的演讲于将来中国的生活会有什么影响，我实在不能附和，——我悬揣这个结果，不过送一个名字，刊几篇文章，先农场真光剧场看几回热闹，素菜馆洋书铺多一点生意罢了，随后大家送他上车完事，与罗素、杜威（杜里舒不必提了）走后一样。然而目下那些热心的人急急皇皇奔走呼号，好像是大难临头，不知到底怕的是什么。

这里他虽然好奇似的动了一动，却是还保存着一种轻视的冷静。

作者的心情很清淡闲散，所以文字也十分简洁。听说周先生平时也主张国语文欧化，可是《雨天的书》里面绝少欧化的痕迹。我对于国语文欧化颇甚怀疑。近代大批评学者圣伯夫（Sainte Beuve）说《罗马帝国衰亡史》著者吉本（Gibbon）的文字受法国的影响太深，所以减色不少。英、法文构造相似，法文化的英文犹且有毛病。中文与西文悬殊太远，要想国语文欧化，恐不免削足适屦。我并非说中文绝对不可参以欧化，我以为欧化的分量不可过重，重则佶倔不自然。想改良国语，还要从研究中国文言文中习惯语气入手。想做好白话文，读若干上品的文言文或且十分必要。现在白话文的作者当推胡适之、吴稚晖、周作人、鲁迅诸先生，而这几位先生的白话文都有得力于古文的处所(他们自己也许不承认)。我们姑且在《雨天的书》中择几段出来：

我从小知道"病从口入祸从口出"的古训，后来又想溷迹于绅士淑女之林，更努力学为周慎。无如旧性难移，燕尾之服终不能掩羊脚，检阅旧书，满口柴胡，殊少敦厚温和之气。呜呼，我其终为"师爷派"矣乎？虽然，此亦属没有法子，我不必因自以为越人而故意如此，亦不必自因其为学士大夫所不喜而故意不如此。我有志为京兆人，而自然乃不容我不为浙人，则我亦随便而已耳。——《雨天的书》第5页。

妻同我商量，若子的兄姊十岁的时候，都花过十来块钱，分给用人并吃点东西当作纪念，去年因为筹不出这笔款，所以没有这样办，这回病好之后，须得设法来补做，并以祝贺病愈，她听懂了这会话的意思，便反对说："这样办不好。倘若今年做了十岁，那么明年岂不就是十一岁么？"我们听了，不禁破颜一笑。——第33页。

喝茶当于瓦屋纸窗之下，清泉绿茶，用素雅的陶瓷茶具，同二三人共饮，得半日之闲，可抵十年的尘梦。喝茶之后，再去继续修各人的胜业，无论为名为利，都无不可，但偶然间片刻优游乃正亦断不可少。中国喝茶时多吃瓜子，我觉得不甚适宜；喝茶时可吃的东西应当是清淡的茶食。……江南茶馆中有一种干丝，用豆腐干切成细丝，加姜丝酱油，重汤燉热，上浇麻油，出以供客，其利益为堂倌所独有。豆腐干中本有一种茶干，今变而为丝，亦颇与茶相宜。——73页至74页。

稍读旧书的人大约都觉得这种笔调，似旧相识。第一例虽以拟古开玩笑，然自亦有其特殊风味？吴稚晖的散文的有趣，即不外乎此。现在我们不必评论是非，我们只说这种清淡的文章比较装模做样佶屈聱牙的欧化文容易引起兴味些。任凭新文学家们如何称赞他们的“创作”，我们普通的读者只能敬谢不敏的央求道：“你们那样装模做样堆字积句的文章固然是美，只是我们读来有些头痛。你们不能说得简单明了些么？”

文学家们也许笑我们浅陋、顽固，但是我们都不管，我们有许多简朴的古代伟大作者，最近我们有《雨天的书》，——虽然这只是一种小品。

（载《一般》第1卷第3期，1926年11月）

长篇诗在中国何以不发达

中国诗和西方诗的发展的路径有许多不同点，专就种类说，西方诗同时向史诗的、戏剧的和抒情的三方面发展，而中国诗则偏向抒情的一方面发展。我们试设想西方文学中没有荷马、埃斯库罗斯、索福克勒斯、维吉尔、但丁、莎士比亚、弥尔顿和拉辛诸人，或是设想歌德没有写过《浮士德》，莎士比亚只做过一些十四行体诗，就可以见出史诗和悲剧对于西方文学的重要了。中国恰是一个没有荷马和悲戏三杰的希腊，杜甫恰是一位只做过十四行体诗的莎士比亚。长篇诗的不发达对于中国文学不能说不是一个大缺陷。

史诗悲剧和其他长诗在中国何以不发达呢？我以为这最少有五种原因。

（一）最大的原因就是我在上篇（编者按：指《诗论》中《中西诗

在情趣上的比较》一篇）所说的哲学思想的平易和宗教情操的浅薄。史诗和悲剧不同抒情诗，抒情诗以一时一境的主观情趣为主，只须写出人生的一片段；史诗和悲剧都同时从许多角色着眼，须写出整个的人生，整个的社会，甚至于全民族的哲学思想和宗教信仰。史诗和悲剧的作者都须有较广大的观照，才能在繁复多变的人生世相中看出条理线索来；同时又要有较深厚的情感和较长久的"坚持的努力"，才能战胜情性和环境的障碍，去创造完整伟大的作品。广大的观照常有赖于哲学，深厚的情感和坚持的努力常有赖于宗教。这两点恰是中国民族所缺乏的。

先说史诗。西方史诗都发源于神话。神话是原始民族思想和信仰的具体化，史诗则又为神话的艺术化。从《左传》、《列子》、《楚辞》、《史记》诸书看，中国原来也有一个神话时代，不过到商周时代已成过去。神话时代是民族的婴儿时代。中国是一个早慧的民族，老早就把婴儿时代的思想信仰丢开，脚踏实地的过成人的生活。孔子"不语怪力乱神"，可以说是代表当时一般人的心理。西方史诗所写的恰不外"怪力乱神"四个字，在儒教化的"不语怪力乱神"的中国，史诗不发达，自然不是一件可奇怪的事。

再说悲剧。西方悲剧发祥于希腊。希腊人岁祀狄俄倪索斯（Dionysus，主酒及谷畜的神）时有合唱队在神坛前唱歌跳舞并扮演神的事迹。希腊悲剧便从这种祀典发达出来。近代悲剧一半是学希腊的，一半是起源于中世纪教会中所扮演的"圣迹剧"。王静安在《宋元戏曲史》里也说中国的戏曲发源于巫蛊祭祀。这种中西的暗合可证明悲剧与宗教关系的密切。发源相同，何以后来中西的成就却不一致呢？西方悲剧不外两种，一种描写人与命运的挣扎，一种描写个人内心的挣扎。没有人与神的冲突，便没有希腊悲剧；没有内心中两种不同的情绪或理解的冲突，便没有近代悲剧。中国人民的特点在处处能妥协，"上不怨天，下不尤人"是他们的处世的方法。这种妥协的态度根本与悲剧的精神不合，因为它把冲突和挣扎都避免了。

（二）西方民族性好动，理想的人物是英雄；中国民族性好静，理想的人物是圣人。西方所崇拜的英雄为希腊的阿喀琉斯（Achilles）、拉丁民族的查理大帝（Charlemagne）和罗兰（Rolland），日耳曼民族的西格弗里（Siegfried）和贝奥武甫（Beowulf）都是气盖一世的伟男子，具有扛鼎搏虎的膂力，一生全在困苦艰难中过活，打过无数的胜仗，杀过无数的猛兽，如果没有他，全民族就要灭亡。中国儒家所崇拜的圣人如二帝三王，大半都是在“土阶茅茨”之中“端冕垂裳而天下治”的君主，敬天爱民之外，不必别有所为。圣人之中只有治水的夏禹颇似西方的英雄，但是孔子称赞他，却侧重“菲饮食而致孝乎鬼神，恶衣食而致美乎黻冕，卑宫室而尽力乎沟洫”三点，这些还是“太平天子”的美德。

中西的人生理想所以有这种分别者，也和社会开化的早晚有关。中国社会安定极早，没有很大的内忧外患，所以当时所需要的人物只是“无为而治”的“太平天子”。西方民族在文学初露萌芽时代，还在和天灾人祸奋斗，所以当时所需要的人物是“杀人莫敢前，须如蝟毛磔”的战士。这种人生理想的差异在文学上也留下很深刻的影响。史诗和悲剧都必有动作，而且这种动作必须激烈紧张，才能在长篇大幅中维持观众中的兴趣。动作的中心必为书中的主角，主角必定为慷慨激昂的英雄，才能发出激烈紧张的动作，所以西方所崇拜的英雄最宜于当史诗和悲剧的主角。在西文中“主角”和“英雄”两个名词都只有 hero 一个字，也可以证明西方人生理想对于史诗和悲剧的影响很大。中国“无为而治”的圣人最不适宜于作史诗和悲剧的主角，因为他们根本就少动作。

（三）文艺上主观的和客观的一个分别固然不是绝对的。但是侧重主观或是侧重客观是可能的。依荣格（Jung）的研究，民族和个人的心理原型都有“内倾”“外倾”两种。“外倾”者好动，好把心力支到外面去变化环境，表现于文艺时多偏重客观。“内倾”者好静，好把心力注在自己的身上作深思内省，表现于文艺多重主观。中西民族相较，西方民族属于外倾类，中国民族属于内倾类，所以通盘计算，西方文学偏重客观，以史诗悲剧擅长；中国文学偏重主观，以抒情短章擅长。

中国诗偏重主观，所以史诗和悲剧所必要的客观的想象不发达，我们拿中国游仙派诗人所见到的仙境比较西方诗所描写的天国，立刻就可以见出客观的想象贫乏是长篇诗在中国不发达的一个大原因。“游仙派”诗人所见到的仙境大半根据道家的传说，他的意象很模糊隐约，我在上篇《中西诗在情趣上的比较》已经说过。神仙的极乐仍是清静无为，所以我们在游仙诗中寻不出动作，找不出一个首尾贯串的故事来，最多只有骑鹤乘云，持芙蓉，吹玉笙，饮琼浆，启玉齿之类做哑戏似的静止的姿势。这种仙境的意象只可以产生图画雕刻而不能产生史诗。西方史诗中的天国却不如此简单，例如荷马所写的巴腊斯仙山，但丁所写的天堂，弥尔顿所写的乐园，都是一座轰轰烈烈的戏台，其中神仙仍然有婚嫁宴享，有刑赏争战，开很长的会议，起很激烈的辩论。他们所居的宫殿园囿，所用的衣服器皿，也件件都写得尽态极妍。一顶冠有几种颜色的宝石，一座楼台有几根楹柱，几扇窗牖，都很明了的呈现在我们眼前。李白以“遥见仙人彩云里，手把芙蓉朝玉京”区区十四字就写尽仙境的状况和仙人的姿态，但丁和弥尔顿却要用一部书来写。郭璞以“灵妃顾我笑，粲然启玉齿。蹇修时不存，要之将谁使？”区区二十字写尽一篇仙境的浪漫史，法国诗人维尼（A. de Vigny）写仙女爱罗娃（Eloa）钟情于撒旦的故事却铺张到七八百行。客观想象的强弱于此可见。

（四）史诗和悲剧都是长篇作品，中国诗偏重抒情，抒情诗不能长，所以长篇诗在中国不发达。就这一点说，史诗悲剧和其他长篇诗的缺乏并非中国文学的弱点，也许还可以说是中国人艺术趣味比较精纯的证据。西方从古希腊到十九世纪都特别看重长篇诗，以为长篇诗才可以有“庄严体”(grand style)。但是十九世纪以来，学者的意见已逐渐改变。有两点最值得注意。第一点就是西方学者现已看出一切诗都是抒情的，悲剧诗和史诗也还各是抒情诗的一种。首倡此说者为法国美学家幽佛罗瓦(Jouffroy)，近来意大利美学家克罗齐(Croce)主张此说尤力。第二点值得注意的就是西方学者现已看出凡是抒情诗都不能长，长篇诗不必全体是诗。这一说倡于美国诗人爱伦·坡(Edgar Allan Poe)。他说：“‘长诗’简直是一个自相矛盾的名词。”他以为荷马史诗和《失乐园》之类的长篇诗，都是许多短诗凑合起来，其中有许多不是诗的地方。近代考据学者对于史诗如何形成一个问题所得的结论亦颇与爱伦·坡的学说暗合。古代史诗都是许多短篇叙事诗集成的。

(五)史诗和悲剧都是原始时代宗教思想的结晶，与近代社会状况与文化程度已不相容。欧洲近代所以还有人做史诗做悲剧者，因为有希腊的蓝本可模仿。假使希腊人没有留下悲剧和史诗的形式和技巧，假使他们没有替史诗和悲剧在文学中占得一种极优先的地位，近代欧洲能否有这两种文学，也还是疑问。而且史诗和悲剧在近代文学中也并没有站得住脚。史诗已蜕化为小说，悲剧已蜕化为“问题剧”和“风俗剧”，都是由诗变为散文。这种变迁似乎可以证明人类的情趣已渐由委婉而趋直率，从前人须以诗表现的，现在用散文就够了。中国散文发达极早，像《左传》、《史记》一类的材料在西方古代都是史诗的材料，而在中国却只是散文作品，这也许由于史诗的时代在当时本已过去，而前此又无史诗可为蓝本。小说在中国发达比西方较早，汉魏六朝时记神仙鬼怪的散文极多。像《穆天子传》、《汉武帝故事》、《西京杂记》、《飞燕外传》、《搜神记》之类，都可以做长篇叙事诗的材料，但是因为史诗无蓝本而小说格式已成立，所以作者都取小说的形式。至于中国戏剧的形式的成立为时极晚，最早也不过在唐朝，悲剧的时代早已过去。最擅长戏剧的元人的作品大半仍是抒情诗，不能和西方戏剧相提并论。

以上五种原因凑合起来，似乎可以完全解释史诗悲剧和其他长篇诗在中国何以不发达的道理。这五种原因有些起于中国民族的弱点，也有些起于中国民族的优点。如依谨严的逻辑，我们似不应把他们相提并论。不过这个问题本来还没有定论，我们正不妨列举所见，以备将来研究这个问题者的参考。

（载《申报月刊》第3卷第2号，1934年2月）

读《委曲求全》

在这个年头，写戏和演戏都是同样的费力不讨好。写了戏不一定有人去排演，排演了不一定有人去看，就是有人去看，也不一定有人能欣赏。这都不能不叫从事新剧运动的人们扫兴。

原因本来很简单，任何一种文艺上的新趣味，如果要在民众中间长得根深蒂固，都得有长时期的培养。话剧的爱好在目前中国不能不算是一种新趣味。作戏者和演戏者不但要创造他们的作品，还要创造能欣赏作品的群众。就现势看，这种群众的产生还似乎遥遥无期。一般人看不起新剧固不用说，就是从研究易卜生、萧伯纳而养成戏剧趣味的人们也往往还在留恋皮黄和昆曲，宁愿花两三块钱去听程砚秋或是韩世昌，不肯花六毛钱去看小剧社或是旅行剧团的表演。他们总觉得旧戏的趣味比较浓厚。有一般人看到这种情形,便替新剧的前途抱悲观,甚至以为旧戏不打倒,新剧就永不能抬头。其实这都是过虑。拿西方的歌剧与话剧比较看,我们相信话剧比歌剧得到较大的听众,不但是可能,而且是于理应然。我们并不必非薄旧戏,它和话剧的着重点本来不同,正有如西方的歌剧和话剧的着重点不同一样。现在一般人欢喜听旧剧而不欢喜看新戏,是因为旧戏有较悠久的历史做后台,而新戏却还在开荒。在开荒工作未完成以前,话剧的作者和演者还得站"在一种相当的寂寞里",像李健吾先生所抱怨的。

这种寂寞终久是会打破的。单说表演,我相信在经过同样的训练之后,中国人的能力决不在西方人之下。十年前我在上海看过洪深先生所导演的《少奶奶的扇子》,比后来我在伦敦所看到的原文表演,还来得更淋漓尽致。当时上海的听众也非常踊跃,买不着座位的人往往求人说情,让他们进去站着看。即此一端,可以证明话剧在中国不一定没有前途。我方才说,话剧的嗜好还没有成为一种普遍的趣味,所以它不能流行,其实稍加思索,这还是不成其为理由。老实说,新剧经过十几年的提倡而没有可满意的成绩,错处并不在听众而在作者与演者。目前根本没有几个人在写话剧,写话剧者之中懂得剧艺的技巧而又肯埋头死干,不苟合社会而求速成者更是寥寥。几部较受欢迎的话剧大半是从外国文改译过来的。比如我近来接连两夜去看旅行剧团的表演,四部戏之中——《梅萝香》、《买卖》、《妒》、《千方百计》——就有三部是从外国改译过来的。戏剧——尤其是喜剧——是不容易从某一国度搬到另一国度的,一则因为社会背景不同,二则因为各民族各社会的幽默意识不同。以外国观众为对象的戏剧,无论改译得如何成功,到底不免是隔着一层。它不是本地风光,总难得叫你亲热。

王文显先生的《委曲求全》在今日中国话剧之中总算是一种可惊赞的成就。它也是从外国文移译过来的,但是作者是一个道地的中国人，所描写的也是道地的中国社会。乍看起来，它似乎带着很浓厚的外国风味，也许有人觉得作者对于中国社会，像是用外国人的眼光去观察，用外国人的幽默去嘲笑，甚至于主要的角色如王太太也带有几分西方女性的狡黠。但是如果你细心体会，就会佩服他的观察老练而真切，他的嘲笑冷俏而酷毒。把它看浅一点，它没有深文奥义，没有书卷气，凡是走街过路的人都可以陪作者笑一个痛快；把它看深一点，它没有过于村俗的玩笑，没有浅薄的道德教训，只是很客观的而且很文雅的把社会内幕揭开给你看。写喜剧做到这种雅俗共赏的地步已经就很不容易了。

《委曲求全》最耐人寻味的是它的技巧。先说它的结构。它共分三幕，每幕都在一种极紧张的局面闭幕，每一个紧张的局面都叫人提心吊胆的预料到某种事件会发生，而结果都恰与预料相反。剧情本很简单。主角王太太因为要保全她丈夫——成达大学的会计——的饭碗，始而向要撤换她丈夫的顾校长卖弄风骚，继而她和顾校长所做的一种可嫌疑的姿势成为仇家攻击顾校长的资料，她又向查办顾校长的张董事卖弄风骚，结果那两位老奸巨滑——顾校长和张董事——都先后被她软化，而她丈夫仍然铁稳江山的做他的大学会计。这是《委曲求全》的命名所由来。在这种极寻常的情境中，作者加以穿插，于是情节转变，就离奇百出了。原来和王会计同在将被撤差之列的还有一位注册员宋先生。王会计为人太忠厚，不能帮助顾校长报虚账；宋注册员则浑身是一个大混蛋，卖试题，勾结教员，勾结学生，勾结听差，什么坏事都肯做，而且都做得挺到家。“老实人都是傻子，聪明人全是光棍”，但是无论是傻子，是光棍，既然不能做顾校长的走狗，他们都只得卷被包滚蛋，至少在顾校长是这样想。但是事情不是这样简单。宋先生有觊觎校长位置的关教授可利用，又有因为不买猪肝牛奶喂狗的校长听差陆海可利用，只要有隙可乘，将卷被包滚蛋的或许不是他老宋而是顾校长自己。恰巧在宋先生和陆海商议找把柄来拿顾校长的讹头时，王太太来访问顾校长，请求把她丈夫的续聘书提早发下，使她好安心添盖一间房屋。顾校长吞吞吐吐的把撤差的风声露出，王太太始而肆口大哭大骂，继而因为顾校长极力向她表同情，用右手环抱她的肩臂，她便捧起他的左手向他甜蜜地微笑说："你待我这样好！"在这个当儿，陆海猛然地推开门把宋先生引了进来。第一幕就闭在这四个人面面相觑不知所措的神情中。这个风声一传出，顾校长的仇人关教授自然就立刻活动起来。顾和关的胜负于是成为兴趣的中心。第二幕就描写他们俩互斗鬼蜮技俩。顾王纠葛的当场证人是宋先生和陆海，谁能买通他们，就是谁操胜券。这个道理顾校长和关教授都很明白，顾校长的报酬是位置，是金钱，是实惠，关教授所能拿得出来的只是一种渺茫的希望和虚声恫吓，于是宋先生和陆海都倒在顾校长那一边去了。他们答应一口咬住在顾王相会的早晨，从八点到十二点，他们都在学校池边钓鱼，还有新被加薪的园丁可作证。这一手总算很狡捷，但是关教授的应付来得更加狡捷。他说他自己在那天早晨也在池边钓鱼，并没有看见宋先生和陆海的影儿，如果要见证，他可以立刻拉出两个学生来。钓鱼的串套既行不通，顾校长只得召紧急秘密会议，另筹掩饰嫌疑的办法。大家正在勾心斗角之际，会议厅里书架后面猛然钻出一个人来，很从容地说："我听见许多奇怪的新闻，是不是我在梦里头？"窗外一位年轻人便随声答道："我靠着窗子的乱草后面念书哪。我也听到了许多奇怪的新闻，你没有做梦。"原来这位装做梦听新闻的便是关教授，年轻人是他买通的学生。这么一来，关教授不但能证明顾校长和王太太确有嫌疑，而且能证明顾校长心虚胆怯，做尽串套来掩饰这种嫌疑。在第三幕中校董会收到控告顾校长的呈文，关教授的后台老板张董事经过几番运动，被派为查办员，调查顾校长和王太太是否有暧昧嫌疑。被审问的人——宋注册员、陆海和花匠——都出乎意料之外，招认受顾校长的利诱威迫，帮助他撒谎做假见证。最后被查询的就是王太太。她的脸上扑满了粉，唇上染满了胭脂，身上洒满了香水，满面春风地飘进屋子来。出乎她的意料之外，张董事那样大官员在漂亮女人面前也还不过是一个人。她把女人所有的钩魂术都搬了出来，张董事也把男子所有的丑态都尽量现出。他把审问的公事轻巧拆开，让她的朱唇在他的左右两颊上印上两个很鲜明的红斑。后来他在大会中报告他查询的结果，很庄严地宣告道："对于王太太和顾先生的控告，说他们的行为有失检点，我敢高高兴兴地告诉大家，是毫无根据，绝对不能成为理由的。"大家自然都很高兴，只有关教授白欢喜了一场，白忙碌了一场。他唯一的报复就是当着大众向张董事提议说："张先生，现在你既然把人人都洗刷干净，请准我提醒你一声，去把你自己的脸也洗个干净。"大家于是把视线都集中到张董事两颊上的红斑，又很庄严地装作没有瞧见什么，这一部喜剧就这样收了场。

写戏剧难在布局，布局难在于每幕之中造成一种紧张空气，把听众的注意和兴趣引起而又抓住。就这一点说，《委曲求全》几乎是无瑕可指。也许有人嫌第一幕稍沉闷一点，但是这是不易避免的。戏剧第一幕的任命向来是在埋伏线索和介绍角色，免不着一些比较沉闷的解释。第一幕的成功和失败不在剧情的转变是否生动，而在所埋伏的线索能否酝酿出生动的剧情来。一部戏好比个问题和它的答案，第一幕的职务就在把问题引出来。如观众看到第一幕闭幕时，一方面很具体地瞧见一个有趣味的局面，一方面还提心吊胆的等待下文，第一幕就算尽了它的责任。《委曲求全》的第一幕成功，就因为到它闭幕时我们站在一种极紧张的空气中，想知道顾校长和王太太所做的那副可嫌疑的姿势在下文究竟如何分解。第一幕不仅要引出问题，最要紧的是要埋伏一些线索，让观众自己替问题找一个答案，换句话说，它应该引起一种预料。戏剧能否引起趣味，就看它能否不断地引起预料；它能否引起快感，就看它能否不断地跳出观众的预料之外。《委曲求全》的第二幕和第三幕就是这样地不断地戏弄我们的预料。宋先生和陆海抓住把柄，我们预料他们一定会串通关教授去倒顾校长，可是他们却帮顾校长去做掩饰嫌疑的串套。宋陆既然钓鱼，我们预料关教授无隙可乘，顾校长也可以安然无事了，可是钓鱼的串套终被拆穿，而顾校长的秘密会议反成为陷害他自己的铁证。关教授既有人证，又有张董事做靠山，当然会赶去顾校长取而代之了，可是结果使他扫兴的偏偏是这位张董事。从第一幕以后，《委曲求全》的剧情转变是那样离奇而却又那样自然，从头到尾，一气贯串下来，没有一丝儿裂缝，没有一刻儿松懈，这样紧张完密的结构是最能引起一般观众叫好的。

就性格说，《委曲求全》的主要角色都是一个模子托出来的。他们无论是男是女，是主是奴，全是一群坏蛋。严格地说，他们只能算是一个性格在不同的身分中现出不同的花样，根本很少个性。他们都会阿谀逢迎，都好欺骗吓诈，都惯拿别人做自己的工具，目的都在争饭碗或是保全饭碗。"委曲求全"者并不只是王太太，从顾校长、关教授、张董事以至于陆海、马三，都是如此。王先生是唯一的例外。他是成达大学的唯一正经人，可是也是唯一的大傻瓜。我们只见过他两次面，他每次都是很寒酸地争风吃醋，一点也不知趣，但是每次都被他的太太提醒他的位置要紧，很勉强地忍气吞声，到底他也还是一个"委曲求全"者。"天下乌鸦一般黑"，《委曲求全》的世界仿佛令人起这样的感想，但是正因为这一层，它的颜色似乎单调一点。

《委曲求全》的人物不但缺乏个性，而且也没有生展的痕迹。他们都是福斯特（E. M. Forster）所说的"平滑性格"（flat character)，出娘胎时是什样，到老时也还是那样。你想不到站在张董事面前的王太太和站在顾校长面前的王太太是两样的人，你也想不到陆海或马三在另一情境中会现出另一样的面目。他们的性格生下来就固定了，剧情的转变好比一面转动的镜子，把这种固定的性格的各方面逐渐显现出来。有一两个人的性格似乎只很轻微的在这镜子前面拂过，现得很模糊。丁秘书就是如此。假如不是要他在第一幕中做一个傀儡，他的存在简直是可有可无。就剧情说，马三和丁秘书是同样的不必要，但是谁舍得丢开马三？丢开马三就是丢开第三幕的大部分精采！假如丁秘书和马三一样的生动灵活，我们相信第一幕必定更加圆满。

不过这番话似近于吹毛求疵。缺乏个性和生展都不能说是《委曲求全》的角色的缺点，因为喜剧中的角色往往如此，而且《委曲求全》之所以为喜剧不在它的角色而在它的情境。单说角色，王太太、马三和张董事都是很有趣的人物，叫你见过一面之后，一辈子也忘不了的。

喜剧的最大功用在引起观众对于社会上种种丑拙加以嗤笑。但是笑的方法不同，笑的用意也不一致。《委曲求全》出现于美国舞台时，波斯顿的报纸的评语中有这样的一段话："这里笑着一种柔和恶嘲的微笑，自然是王文显先生在那里微笑，这是法国人最得意的舞台笔墨，然而这里来得更漂亮。"我觉得这话有些欠斟酌。纤巧化的轻妙而酷毒的法兰西式的微笑似乎并不是《委曲求全》的特色。《委曲求全》的作者的幽默似乎与英美人的幽默比较接近。他的对话俏皮直爽，有时令人想到谢里丹和王尔德。最难得的是他那一副冷静的客观的态度。他只躲在后台笑，不向任何人表示同情或嫌恶，不宣传任何道德的或政治的主张。你看完他的戏之后，也只是笑一个饱，不会惦念到什么问题上去。在听腻了萧伯纳式的教训之后，我们觉得《委曲求全》是一种康健的调剂。写戏时免不着有时要想到观众。《委曲求全》原用英文写成的，作者心目中的观众大概是英美人，——至少是受过英美式教育的人。因此它的幽默或许容易被一般中国观众忽略过去。比如王太太和顾校长讨论狗好还是孩子好的一段对话，在中国观众看来，或许嫌其对于动作加以不必要的停滞，但是这恰是西方的观众所惯于欣赏的。

译书往往比著书难，译戏剧尤其难。我们庆贺王文显先生的成功，不能不附带的庆贺他的译者李健吾先生。近来译戏最成功的要算洪深先生，但是他实在不是翻译而是改造。李健吾先生很忠实地在翻译，而同时他的行文语气全依中国习惯，叫你忘记他是翻译。尤其可贵的他是在译戏而不只在译书。他的译文句句能表现剧情，句句可拿上舞台去演。这种译法是值得翻译家们揣摩的。

（载天津《大公报·文艺副刊》第138期，1935年2月10日）

研究文学的途径[1]

我生长在安徽的桐城，自幼便深刻地受着古文的影响，虽然以后进武昌高等师范，但是对科学依然隔膜，考到科学的功课时，便当作文做，自己那时的英文程度亦不好。及到后来保送到香港大学去时，因为要通过入学考试原故，才下死功去钻研英文和其他科学，数学亦是那时学好的。进港大以后，因学校的制度不同，他们注意在普通科，虽然入文科而趣味亦偏重在文学，但只能下三分之一的工夫，而三分之二的时间却要用在心理、生物、哲学、教育学、历史等上面。那时对治学的感想还没有甚么，只觉得自己天真烂漫的。在香港读了五年，民 10 年到上海，在吴淞中国公学任教。

---

① 本文为讲演，由辛村记录。——编者。

江浙战争起后，中公停顿，便开办立达学校。在立达的生活是苦干的一页，教员自己掏腰包租房子设学校，学生大都是中公来的，那时一面教书，一面拿出钱来，维持生活的办法是在上海医专等校兼课，学校便是这样维持下去。

一　人格感化的教育

那时人对于中学教育的感想，觉得中等教育应有办学人自己的旨趣，而不全依政府的规定，在立达中可说是行的感化教育，师生不在法治精神下相处，完全好像一家人似的；并且学校还不主张开除学生。在上海任教两年，后来考起安徽省的官费留学便到英国去，那是14年的事。到英国直接进爱丁堡大学，那里是三年修满，行自由选科制，每年只习两科，虽是只有两科，工作却很繁重。在爱大主要还是学文学，其次哲学、心理学、艺术史等，那时的趣味是两方面的，一是文学，特别是诗的方面；一是哲学和心理学。我的文学的趣味亦常常变迁，起初，我喜欢浪漫主义时代作品，看不起十七世纪的 neo-classic 的修词和感伤的情绪。近代英国诗，尤其是象征主义的，反对修词和感伤至烈，可说后来人亦喜欢过它，古典的东西我亦喜欢，但我真正下功夫研究的却是十九世纪的英诗，如华兹华斯（Wordsworth）、布朗宁（Browning）诸人。对文学我不信甚么主义的文学最好，我以为不管属于任何主义的作品，好的终是好的，坏的终是坏的。

二　学文学应通心理学

学文学我以为应通心理学，它对文学的理论方面是大有帮助的，其研究近代小说，所需心理学的知识更多。美学我也喜欢，重视；我受它和文学的训练，对我的莫大的裨益。文人们说科学使人客观化，但我以为文学能使人客观化，我自己便是一例。我学文学与美学的所得是学会看人，把“自我”置诸物外，纯粹作为旁观者，这样自己常是小说家、戏剧家去看人，看社会，这种“无我”的境界使自己摆脱许多无谓的烦恼和纷纭。民16年从爱丁堡大学毕业，转到伦敦大学。在伦大是最自由研究的时期，读书的范围很宽泛。在大学中只选一两门功课听讲，而大部的时间都用在伦敦博物院的阅览室里自修，特别偏重于美学和文学批评的读物与研究。《文艺心理学》的作品便在那时完成的。两年后到巴黎，换个口味研究法国文学和继续心理学的研究。在那里住到一年到斯特拉斯堡（Strasbourg，在法）去。地方虽换，研究的工作还是继续的。《悲剧心理学》（The Psychology of Tragedy）便在那里完成的。两年后便回国来，任教北大。

三　兴趣与训练是治学两大要素

现在对治学的意见，是觉得兴趣和训练两者都必要；前者好像是引进，而后者则像是推动。两者相辅相成，舍一取一是不完备的。对个人的感想是觉得从前读书似乎随便一点，原因是不对任何人负责；现在教学了，小心翼翼地研读，好像责任在鞭策自己似的。生平的憾事是不娴音乐，不习运动，我以为两者对生活极重要，因为音乐可以陶冶性情，安慰寂寞，运动可以健练身体，活泼精神。从前常感没有工夫去注意它们，而现在更没有机会，同时亦来不及了。

（载《大学新闻周报》第3卷第10期，1935年5月7日）

说“曲终人不见，江上数峰青”

——答夏丏尊先生

记不清在哪一部书里见过一句关于英国诗人 Keats 的话，大意是说谛视一个佳句像谛视一个爱人似的。这句话很有意思，不过一个佳句往往比一个爱人更可以使人留恋。一个爱人的好处总难免有一日使你感到“山穷水尽”，一个佳句的意蕴却永远新鲜，永远带有几分不可捉摸的神秘性。谁不懂得“采菊东篱下，悠然见南山”？但是谁能说，“我看透这两句诗的佳妙了，它在这一点，在那一点，此外便别无所有”？

中国诗中的佳句有好些对于我是若即若离的。风晨雨夕，热闹场，苦恼场，它们常是我的佳侣。我常常嘴里在和人说应酬话，心里还在玩味陶渊明或是李长吉的诗句。它们是那么亲切，但同时又那么辽远！钱起的“曲终人不见，江上数峰青”两句对我也是如此。它在我心里往返起伏也足有廿多年了，许多迷梦都醒了过来，只有它还是那么清新可爱。

这两句诗的佳妙究竟何在呢？我在拙著《谈美》里曾这样说过：

> 情感是综合的要素，许多本来不相关的意象如果在情感上能调协，便可形成完整的有机体。比如李太白的《长相思》收尾两句“相思黄叶落，白露点青苔”，钱起的《湘灵鼓瑟》收尾两句“曲终人不见，江上数峰青”，温飞卿的《菩萨蛮》前阕“水晶帘里颇黎枕，暖香惹梦鸳鸯锦。江上柳如烟，雁飞残月天”，秦少游的《踏莎行》前阕“雾失楼台，月迷津渡，桃源望断无寻处。可堪孤馆闭春寒，杜鹃声里斜阳暮”，这里加点的字句所传出的意象都是物景，而这些诗词全体原来都是着重人事。我们仔细玩味这些诗词时，并不觉得人事之中猛然插入物景为不伦不类，反而觉得它们天生成地联络在一起，互相烘托，益见其美，这就由于它们在情感上是谐和的。单拿“曲终人不见，江上数峰青”来说，曲终人杳虽然与江上峰青不相干，但是这两个意象都可以传出一种凄清冷静的情感，所以它们可以调和，如果只说“曲终人不见”而无“江上数峰青”，或是说“江上数峰青”而无“曲终人不见”，意味便索然了。

这是三年前的话，前几天接得丏尊先生的信说：“近来颇有志于文章鉴赏法。昨与友人谈起‘曲终人不见，江上数峰青’，这两句大家都觉得好。究竟好在何处？有什么理由可说：苦思一夜，未获解答。”

这封信引起我重新思索，觉得在《谈美》里所说的话尚有不圆满处。我始终相信“欣赏一首诗，就是再造一首诗”，各人各时各地的经验，学问和心性不同，对于某一首诗所见到的也自然不能一致。这就是说，欣赏大半是主观的，创造的。我现在姑且把我在此时此地所见到的写下来就正于丏尊先生以及一般爱诗者。

我爱这两句诗，多少是因为它对于我启示了一种哲学的意蕴。"曲终人不见"所表现的是消逝，"江上数峰青"所表现的是永恒。可爱的乐声和奏乐者虽然消逝了，而青山却巍然如旧，永远可以让我们把心情寄托在它上面。人到底是怕凄凉的，要求伴侣的。曲终了，人去了，我们一霎时以前所游目骋怀的世界，猛然间好像从脚底倒塌去了。这是人生最难堪的一件事，但是一转眼间我们看到江上青峰，好像又找到另一个可亲的伴侣，另一个可托足的世界，而且它永远是在那里的。"山穷水尽疑无路，柳暗花明又一村"，此种风味似之。不仅如此，人和曲果真消逝了么？这一曲缠绵悱恻的音乐没有惊动山灵？它没有传出江上青峰的妩媚和严肃？它没有深深地印在这妩媚和严肃里面？反正青山和湘灵的瑟声已发生这么一回的因缘，青山永在，瑟声和鼓瑟的人也就永在了。

写到这里，猛然想起英国诗人华兹华斯的《独刈女》。凑巧得很，这首诗的第二节末二行也把音乐和山水凑在一起，

Breaking the silence of the seas
Among the farthest Hebrides.
传到那顶远顶远的希伯里第司
打破那群岛中的海面的沉寂。

华兹华斯在游苏格兰西北高原，听到一个孤独的割麦的女郎在唱歌，就做了这首诗。希伯里第司群岛在苏格兰西北海中，离那位女郎唱歌的地方还有很远的路。华兹华斯要传出那歌声的清

脆和曼长，于是描写它在很远很远的海面所引起的回声。这两行诗作一气读，而且里面的字大半是开口的长音，读时一定很慢很清脆，恰好借字音来传出那歌声的曼长清脆的意味。我们读这句诗时，印象和读“曲终人不见，江上数峰青”两句诗很相似，都仿佛见到消逝者到底还是永恒。

玩味一首诗，最要紧的是抓住它的情趣。有些诗的情趣是一见就能了然的，有些诗的情趣却迷茫隐约，不易捉摸。本来是愁苦，我们可以误认为快乐，本来是快乐，我们也可以误认为愁苦；本来是诙谐，我们可以误认为沉痛，本来是沉痛，我们也可以误认为诙谐。我从前读“曲终人不见，江上数峰青”，以为它所表现的是一种凄凉寂寞的情感，所以把它拿来和“相思黄叶落，白露点青苔”、“可堪孤馆闭春寒，杜鹃声里斜阳暮”诸例相比。现在我觉得这是大错。如果把这两句诗看成表现凄凉寂寞的情感，那就根本没有见到它的佳妙了。艺术的最高境界都不在热烈。就诗人之所以为人而论，他所感到的欢喜和愁苦也许比常人所感到的更加热烈。就诗人之所以为诗人而论，热烈的欢喜或热烈的愁苦经过诗表现出来以后，都好比黄酒经过长久年代的储藏，失去它的辣性，只剩一味醇朴。我在别的文章里曾经说过这一段话：“懂得这个道理，我们可以明白古希腊人何以把和平静穆看作诗的极境，把诗神阿波罗摆在蔚蓝的山巅，俯瞰众生扰攘，而眉宇间却常如作甜蜜梦，不露一丝被扰动的神色？”这里所谓“静穆”(serenity)自然只是一种最高理想，不是在一般诗里所能找得到的，古希腊——尤其是古希腊的造形艺术——常使我们觉到这种“静穆”的风味。“静穆”是一种豁然大悟，得到归依的心情。它好比低眉默想的观音大士，超一切忧喜，同时你也可说它泯化一切忧喜。这种境界在中国诗里不多见。屈原、阮籍、李白、杜甫都不免有些像金刚怒目、愤愤不平的样子。陶潜浑身是“静穆”，所以他伟大。

如果在“曲终人不见，江上数峰青”两句诗中见出“消逝之中有永恒”的道理，它所表现的情感就决不只是凄凉寂寞，就只有“静穆”两字可形容了。凄凉寂寞的意味固然也还在那里，但是尤其要紧的是那一片得到归依似的愉悦。这两种貌似相反的情趣都沉没在“静穆”的风味里。

江上这几排青山和它们所托根的大地不是一切生灵的慈母么？在人的原始意识中大地和慈母是一样亲切的。“来自灰尘，归于灰尘”也还是一种不朽。到了最后，人散了，曲终了，我们还可以寄怀于江上那几排青山，在它们所显示的永恒生命之流里安息。

十月十四日北平

（载《中学生》第 60 期，1935 年 12 月）

王静安的《浣溪沙》

王静安先生在《人间词乙稿序》里数他自己的生平得意之作仅三四首,其第一首即《浣溪沙》,原词如下:

天末同云黯四垂,失行孤雁逆风飞,江湖寥落尔何归?
陌上挟丸公子笑,座中调醢丽人嬉,今宵欢宴胜平时。

他自己的评语是:

意境两忘,物我一体,高蹈乎八荒之表,而抗心乎千秋之间。

我从前初读这首词时，觉得作者自许不免过高，如论意境，也只有“失行孤雁”二句沉痛凄厉。去夏过武昌，和友人谭蜀青君谈到这首词，他也只赞赏前段，并且说后段才情不济，有些硬凑。后来我再稍加玩索，才觉悟谭君和我从前所见的都是大错。这首词本不甚难，但是略一粗心，差之毫厘，便谬以千里，从此可见读诗之难。

这首词容易被人误解，因为前后两段所描写的是两面相反的图画，两种相反的情感。它仿佛是两幕戏，前幕布景是风云惨黯，江湖寥落，角色是孤雁，剧情是“失行”和“逆风飞”，全幕空气极阴沉，调情也极凄惨。后幕布景由黯云荒野一变而为高堂华烛，角色是公子丽人，剧情是烹雁欢宴，全幕空气极浓丽，情调也极快活。这两幕戏中以前幕为较易了解，因为它完全是正写，它只有一种功用，就是把孤雁的凄凉身世写出来。后幕则完全是侧写，好比项庄舞剑，意在沛公，表面上虽是渲染公子丽人的欢乐，骨子里则仍反映孤雁的悲剧。这一点反映容易被粗心人忽略。但是它是全词的精采所在，因为它，前段显得更凄惨，后段显得很深微曲折。此种写法类似莎士比亚在悲剧中穿插喜剧而实有不同。“悲喜杂剧”中的喜剧功用在暂时和缓高度的紧张，这首词则以欢宴收场，并非一种穿插，它的功用全在以乐境反衬悲境。好比画事以浓阴反衬强光一样。单论后段本身，它完全是一种乐境，但是因为摆在前段旁边，两两相形，它反而比较前段更深刻沉痛。如果没有感到“今宵欢宴胜平时”句的深刻沉痛，就完全失去这首词的妙处了。

友人废名君有一次来闲谈，提起六朝文学，他告诉我说：“你别看六朝人的词藻那样富丽，他们的内心实有一种深刻的苦痛。”这句话使我非常心折。六朝人的词藻富丽，谁也知道，他们的内心苦痛，稍用心体察的人们也可以见出。废名君的灵心妙悟在把他们的词藻富丽和内心苦痛联在一起说，仿佛见出这两件事有因果关系。我当时没有问废名君，依他看，这种关系究竟如何。依我揣想，尼采对于古希腊人所说的“由形相得解脱”也许可以应用到六朝人。词藻富丽是他们拿来掩饰或回避内心苦痛的。他们愈掩饰，他们的苦痛更显得深沉。看六朝人的作品，首先要明白这一点，如果只看到词藻富丽，那就只看到空头架子了。写到这里。我想起况周颐在《蕙风词话》里批评纳兰容若的话：

> 寒酸语不可作。即愁苦之音，亦以华贵出之，《饮水词》之所以为重光后身也。

“愁苦之音，亦以华贵出之”是六朝人的妙处，是李后主和纳兰容若的妙处，也是这首词后段的妙处。前段不如后段，因为它仍不免直率，仍不免是“寒酸语”。

（载《武汉日报·现代文艺》第51期，1936年2月14日）

读李义山的《锦瑟》

诗的佳妙往往在意象所引起的联想，例如李义山的《锦瑟》：

锦瑟无端五十弦，一弦一柱思华年。
庄生晓梦迷蝴蝶，望帝春心托杜鹃。
沧海月明珠有泪，蓝田日暖玉生烟。
此情可待成追忆，只是当时已惘然！

全诗精采在五六两句，但这两句与上下文的联络似不甚明显，尤其是第六句像是表现一种和暖愉快的景象，与悼亡的主旨似不合。向来注者不明白晚唐诗人以意象触动视听的技巧，往往强为之说，闹得一塌糊涂。他们说："玉生烟已葬也，犹言埋香瘗玉也"，"沧海蓝田言埋韫而不得自见”，“五六赋华年也”，“珠泪玉烟以自喻其文采”。（见朱鹤龄《李义山诗笺注》，萃文堂三色批本。）这些说法与上下文都讲不通。其实这首诗五六两句的功用和三四两句相同，都是表现对于死亡消逝之后，渺茫恍忽，不堪追索的情境所起的悲哀。情感的本来面目只可亲领身受而不可直接地描写，如须传达给别人知道，须用具体的间接的意象来比拟。例如秦少游要传出他心里一点凄清迟暮的感觉，不直说而用“杜鹃声里斜阳暮”的景致来描绘。李义山的《锦瑟》也是如此。庄生蝴蝶，固属迷梦；望帝杜鹃，亦仅传言。珠未尝有泪，玉更不能生烟。但沧海月明，珠光或似泪影；蓝田日暖，玉霞或似轻烟。此种情景可以想象揣摩，断不可拘泥地求诸事实。它们都如死者消逝之后，一切都很渺茫恍忽，不堪追索；如勉强追索，亦只“不见长安见尘雾”，仍是迷离隐约，令人生哀而已。四句诗的佳妙不仅在唤起渺茫恍忽不堪追索的意象，尤在同时能以这些意象暗示悲哀，“望帝春心”和“月明珠泪”两句尤其显然。五六句胜似三四两句，因为三四两句实言情感，犹着迹象，五六两句把想象活动区域推得更远，更渺茫，更精微。一首诗的意象好比图画的颜色阴影浓淡配合在一起，烘托一种有情致的风景出来。李义山和许多晚唐诗人的作品在技巧上很类似西方的象征主义，都是选择几个很精妙的意象出来，以唤起读者多方面的联想。这种联想有时切题，也有时不切题。就切题的方面说，“沧海月明”二句表现消逝渺茫的悲哀，如上所述。但是我们平时读这二句诗，常忽略过这切题的一方面，珠泪玉烟两种意象本身已很美妙，我们的注意力大半专注在这美妙意象的本身。从这个实例看，诗的意象有两重功用，一是象征一种情感，一是以本身的美妙去愉悦耳目。这第二种功用虽是不切题的，却自有存在的价值。《诗经》中的“兴”大半都是用这种有两重功用的意象。例如“何彼秾矣，唐棣之华。曷不肃雍，王姬之车”；“燕燕于飞，差池其羽，之子于归，远送于野”；“蒹葭苍苍，白露为霜。所谓伊人，在水一方”诸诗起首二句都有一方面是切题的，一方面是不切题的。

（载《现代青年》第2卷第4期，1936年2月）

从研究歌谣后我对于诗的形式问题意见的变迁

近来因为研究诗歌起源问题，把民国 11 年北京大学《歌谣周刊》第 97 期从头到尾仔细看了一遍，同时又读了几部中西文讨论歌谣的著作和歌谣的集本，自觉得的益处实在不少。从前我对于诗学所抱的许多成见现在都要受动摇了。

最显著的是诗的形式问题。中国诗和西方诗从古至今大部分都有一个固定的形式，和散文有很显然的分别。这个固定的形式在中文诗里包含三个成分：(一)有规律的音节(声)，(二)有规律的收声(韵)，(三)有规律的章句。从白话诗运动起来以后，一部分人受西方"自由诗"和"散文诗"的影响，想抛弃这种固定的形式。像许多人一样，我对于习惯成自然的旧诗的形式不免有些留恋。对于未习惯而觉其不自然的新诗的形式不免有些失望。我揣想旧诗的固定的形式流传如许久远，应该有它的生存的道理。因此，我设法替它找一个学理的根据。在这个踌躇摸索的时候，我正在研究美学和诗学，觉得关于艺术的形式与实质问题，以克罗齐的《美学》和布拉德雷的《为诗而诗》一文讲得最好。他们都以为在艺术上形式和实质不能分开，艺术的价值在形式和实质的融化和谐上见出，每个艺术的形式都起于实质的自然需要。我于是就根据这种见解替诗和散文定出这样一个分别：

> 就形式说，散文的音节是直率的，无一定的规律；诗的音节是循环的，有严整的规律。就实质说，散文宜于叙事说理，诗宜于抒情遣兴。诗和散文的分别起于情趣与事理的分别。事理直截了当，一往无余；情趣则低徊往复，缠绵不尽。直截了当者宜于用叙述语气；缠绵不尽者宜于用惊叹的语气。在叙述语中，事尽于词，理尽于意；在惊叹语中，语言只是情感的缩写字，情溢于词，意在言外。这是诗和散文的根本分别。

这是五六年前我在《诗论》初稿里说的话。我的要意是：诗所写的情趣是特殊的，所以要一个特殊的形式。换句话说，诗的固定的形式是表现诗的情趣所必需的。

我现在并未完全放弃这个意见，不过从研究歌谣以后，我察觉它的不圆满。这并非因为歌谣没有固定的形式，实在正因为它有固定的形式。歌谣并不如一般人所想象的，全是自然的流露；它有它的传统的技巧，有它的艺术的意识。它一方面流转无定，一方面也最富于守旧性。要明白这个道理，我们须明白歌谣的起源。

从多方面的证据看，在起源时诗歌、音乐、跳舞是一种混合的艺术。在古希腊酒神祭的歌舞，澳洲土人的歌舞以及苗瑶诸族的歌舞中，歌舞乐三种艺术都是不分家的。它们公同的命脉在节奏，或者说，它们是同一节奏的三方面的表现。在这种混合艺术中，诗歌可以忽略意义，跳舞可以忽略姿态，音乐可以忽略和谐（melody）。它们的主要功用都在点明节奏。后来原始的歌乐舞混合的艺术逐渐分化，诗歌偏向意义方面走，音乐偏向和谐方面走，跳舞偏向姿态方面走，于是逐渐形成三种独立的艺术，它们虽然分立，却都还保存它们的原始的公同的命脉——节奏。

专就诗歌说，它在分立以后仍然保留许多歌乐舞未分家时的遗痕。最重要的是“重叠”。“重叠”有仅在字句的，例如：

江有汜，之子归，不我以，不我以，其后也悔。

也有在全章的，例如：

麟之趾，振振公子，吁嗟麟兮！
麟之定，振振公姓，吁嗟麟兮！
麟之角，振振公族，吁嗟麟兮！

这种重叠的原因大概不外两种，一是应和音乐和跳舞的音节，音节须复沓时，歌词也跟着复沓；一是对唱合舞时的唱和，唱者先唱一段，后来和者各续唱一段，但仍以唱者歌词形式为模样而略加变化。

其次是“和声”（refrain）。群舞合唱时往往由一个领袖先唱歌词。到最后一句全群才加入合唱。这一句在每章大半是相同的，叫做“和声”，上引“吁嗟麟兮”就是好例。现在《凤阳花鼓歌》在每段收尾时还有一句合唱的和声，其音为“郎底，郎底，郎底郎”。（唱法不一，也有用别种和声的。）

第三是衬字。《诗经》中的“兮”字,《楚辞》中的“些”字,以至现代粤讴的“唔”字,吴歌的“呀”“啊”等字,在文义上都不必要,因为歌唱时乐声长而歌词短,须衬入类似母音的字以凑成音拍。衬字是中文诗歌的特色。在西文中歌唱时如须凑足乐拍,只须拖长母音,无衬字的必要。中文独立母音少,单音字难拖长,所以要凑成音拍时必须衬字。

第四,我觉得诗歌的韵或许也是伴乐合舞的遗痕。韵在诗中并非普遍的要素,希腊拉丁诗以及英诗无韵五节格都不用韵,不过在中文诗中韵似乎是普遍的,这种分别起于文字的性质不同,我另有文详论。韵大半在句末,我想它在原始时代的功用是在点明一节乐调和一节舞步的停顿。我记得幼时听徽戏的音乐每节都以锣收,最普通的调子是“的铛嗤铛嗤铛匡!”锣声在这种音乐里仿佛有韵的功用。也许韵在起源时是应和每节乐调之末同一乐器的重复的声音,有如一种徽调中的锣。

这里我们只择几个重要的成分来说。如果说宽一点,诗歌有一种固定的有规律的形式,不像散文那样一盘散沙,原因大概都在它当初是应和乐舞的。它现在是一种习惯,是一种传统的技巧,不一定是表现情感所必需的唯一的方式。换句话说,诗的形式多少是现成的,沿袭的,外在的;不是每个诗人根据他的某一时会特殊的情趣所凭空制造出来的。

诗的形式在原始时代与乐舞的形式一致。这种形式随节奏而变化。节奏是情感的自然流露。所以在原始时代,诗的形式或许为表现情趣所必需的唯一的形式(这一点也还是疑问);不过在诗与乐舞分立以后,诗的形式就成为一种传家衣钵,“子子孙孙永宝用”了。

我们在这里只是溯诗的形式的历史渊源,至于现代人做诗,是否应该把这套祖传的衣钵付之一炬而完全另起炉灶,则为另一问题。依我个人的意见，诗和语言的关系最密切，语言是生生不息的，却亦非无中生有。语言的文法常在变迁，我们不能否认，但是每种变迁都从一个固定的基础出发。诗的形式应该和语言的文法一样看待，它们原都是习惯，却也都是做进化出发点的习惯。诗的形式在各国固然都有一个固定的模样，但是这个模样却也随时随地在变迁。每个诗人似乎都应该在习惯已养成的形式范围之内，顺着情感的自然需要而加以伸缩修改。如果我们略研究诗的形式变迁史，也可以看出这是已往历史所走的一条大道。总之，对于诗的形式，我主张随时变迁，我却也反对完全抛弃传统。我相信真正诗人都能做到“从心所欲，不逾矩”的工夫。

（载《歌谣》第2卷第2期，1936年4月）

谈书评

谈到究竟，文艺方面最重要的东西还是作品。一个人在文艺方面最重要的修养不是记得一些干枯的史实和空洞的理论，而是对于好作品能热烈地爱好，对于低劣作品能彻底地厌恶。能够教学生们懂得什么才是一首好诗或是一篇好小说，能够使他们培养成对于文学的兴趣和热情，那才是一位好的文学教师；能够使一般读者懂得什么才是一首好诗或是一篇好小说，能够使他们培养成对于文学的兴趣和热情，那才是一位好的批评家。真正的批评对象永远是作品，真正的好的批评家永远是书评家，真正的批评的成就永远是对于作品的兴趣和热情的养成。

书评家的职务是很卑恭的。他好比游览名胜风景的向导，引游人注意到一些有趣的林园泉石寨堡。不过这种比拟究竟有些不恰当。一个旅行向导对于他所指点的风景不一定是他自己发见出来的，尤其不一定自己感觉到它们有趣。他可以读一部旅行指南，记好一套刻板的解释，遇到有钱的顾主就把话匣子打开，把放过几千次的唱片再放一遍。书评家的职务却没有这么简单。他没有理由向旁人说话，除非他所指点的是他自己的发见而且是他自己的爱或憎的对象。书评艺术不发达即由于此。在事实上，一个人如果不以书评为职业，就很难有工夫去天天写书评；而书评却不如旅行向导可以成为一种职业，书评所需要的公平、自由、新鲜、超脱诸美德都是与职业不相容的。

常见的书评不外两种，一种是宣传，一种是反宣传。所谓“宣传”者有书店稿费或私人交谊做背景，作品本身价值是第二层事，头一层要推广它的销路，在这种书籍的生存战争中，它不能不有人替它“吹”一下。所谓“反宣传”者有仇恨妒忌种种心理做背景，甲与乙如不同派，凡甲有所作，乙必须闭着眼睛乱骂一顿，以为不把对方打倒，自己就不易抬头“称霸”。书评失去它的信用，就因为有这两种不肖之徒如劣马害群。书评变成贩夫叫卖或是泼妇闹街，这不但是书评末运，也是文艺的末运。

书是读不尽的，自然也评不尽。一个批评家应该是一个探险家，为着发见肥沃的新陆，不惜备尝艰辛险阻，穿过一些荒原沙漠冰海；为着发见好书，他不能不读数量超过好书千百倍的坏书。每个人都应该读些坏书，不然，他不能真正地懂得好书的好处。不过在每个时代，每个国家里坏书都“俯拾即是”，用不着一个专门家去把它指点出来。与其浪耗精力去攻击一千部坏书，不如多介绍一部好书。没有看见过小山的人固然不知道大山的伟大；但是你如果引人看过喜马拉雅山，他决不会再相信泰山是天下最高峰。好书有被埋没的可能，而坏书却无永远存在之理，把好书指点出来，读者自然能见出坏书的坏。

攻击唾骂在批评上固然有它的破坏的功用，它究竟是容易流于意气之争，酿成创作与批评中不应有的仇恨，给读者一场空热闹，而且一个作品的最有意义的批评往往不是一篇说是说非的论文，而是题材相仿佛的另一个作品。如果你不满意一部书或是一篇文章，且别费气力去唾骂它，自己去写一部比它较好的作品出来，至少，指点出一部比它较好的作品出来！一部书在没有比它再好的书出来以前，尽管是不圆满，仍旧有它的功用，有它的生存权。

批评的态度要公平，这是老生常谈，不过也容易引起误解。一个人只能在他的学识修养范围之内说公平话。对于甲是公平话，对于乙往往是偏见。孔夫子只见过泰山，便说“登泰山而小天下”，不能算是不公平，至少是就他的学识范围而言。凡是有意义的话都应该是诚实的话，凡是诚实话都是站在说话者自己特殊立场扪心自问所说的话，人人都说荷马或莎士比亚伟大，而我们扪心自问，并不能见出他们的伟大。我跟人说他们伟大么？这是一般人所谓“公平”。我说我并不觉得他们伟大么？这是我个人学识修养范围之内的“公平”，而一般人所谓“偏见”。批评家所要的“公平”究竟是哪一种呢？“司法式”批评家说是前一种，印象派批评家说是后一种。前一派人永远是朝“稳路”走，可是也永远是自封在旧窠臼里，很难发见打破传统的新作品。后一派人永远是流露“偏见”，可是也永远是说良心话，永远能宽容别人和我自己异趣。这两条路都任人随便走，而我觉得最有趣的是第二条路，虽然我知道它不是一条“稳路”。

法朗士说得好：“每个人都摆脱不开他自己，这是我们最大的厄运。”这种厄运是不可免的，所以一般人所嚷的“客观的标准”、“普遍的价值”等等终不免是欺人之谈。你提笔来写一篇书评时，你的唯一的理由是你对于那部书有你的特殊的见解。这种见解只要是由你心坎里流露出来的，只要是诚实，虽然是偏，甚至于是离奇，对于作者与读者总是新鲜有趣的。书评是一种艺术，像一切其它艺术一样，它的作者不但有权力，而且有义务，把自己摆进里面去；它应该是主观的，这就是说，它应该有独到见解。叶公超先生在本刊所发表的《论书评》一文里仿佛说过，书评是读者与作者的见解和趣味的较量。这是一句有见地的话。见解和趣味有不同，才有较量的可能，而这种较量才有意义，有价值。

天赋不同，修养不同，文艺的趣味也因而不同。心理学家所研究的“个别的差异”是创作家、批评家和读者所应该同样地认清而牢记的。文艺界有许多无谓的论战和顽固的成见都起于根本不了解人性中有所谓“个别的差异”。我自己这样感觉，旁人如果不是这样感觉，那就是他们荒谬，活该打倒！这是许多固执成见者的逻辑。如果要建立书评艺术，这种逻辑必须放弃。

欣赏一首诗就是再造一首诗；欣赏一部书，如果那部书有文艺的价值，也应该是在心里再造一部书。一篇好的书评也理应是这种“再造”的结果。我特别着重这一点，因为它有关于书评的接受。无论是作者或是读者，对于一篇有价值的书评都只能当作一篇诚实的主观的印象记看待，容许它有个性，有特见，甚至于有偏见。一个书评家如果想把自己的话当作“权威”去压服别人，去范围别人的趣味；一个读者如果把一篇书评当作“权威”恭顺地任它范围自己的趣味；或是一个创作家如果希望别人对于自己的著作的见解一定和自己的意见相同；那末，他们都是一丘之貉，都应该冠上一个公同的形容词——愚蠢！

如果莎士比亚再活在世间，如果他肯费工夫把所有讨论、解释和批评他的作品文章仔细读一遍，他一定会惊讶失笑，发见许多读者比他自己聪明，能在他的作品中发见许多他自己所梦想不到的哲学、艺术技巧的意识以及许多美点和丑点。但是他也一定会觉得这些文章有趣，一律地加以大度宽容。懂得这个道理，我们就应该明了：刘西渭先生有权力用他的特殊的看法去看《鱼目集》，刘西渭先生没有了解他的心事；而我们一般读者哩，尽管各人都自信能了解《鱼目集》，爱好它或是嫌恶它，但是终于是第二个以至于第几个的刘西渭先生，彼此各不相谋。世界有这许多纷歧差异，所以它无限，所以它有趣；每篇书评和每部文艺作品一样，都是这“无限”的某一片面的摄影。

（载天津《大公报·文艺副刊》“书评特刊”第 190 期，1936 年 8 月 2 日）

中国文坛缺乏什么?

在欧洲各国,从事于文学的人们可约分三派:

第一是经院派。大学里有文学专科。文学和数学、植物学一样,是一种系统研究的对象,所谓研究大半偏于考据与批评。这一派最大的功用有两种:一种是对于作家与作品加以精细严密的分析与综合,使读者不中止于肤浅的了解;一种是维持一国文学固有的传统,帮助一般人明白前人所已走过的路径,知道何去何从,不至一味“自我作古”。第二是新闻纸派。文学是一般民众的嗜好,虽然趣味深浅随人而异。报章杂志为迎合这种普遍的要求起见,往往特辟文学一栏。这种文学是要定期交货的,于是有一般人专以制造这种文学为职业。他们主要的目的虽是商业的,对于文学的繁荣亦不无贡献。一般人对于文学所得的知识,所养成的趣味,大半都来自新闻纸。一个新兴的作者能得到听众，往往也靠新闻纸的鼓吹。第三是地道的文人派，像英国的 Bloomsbury Group 和法国的 Nouvelle Revue Francaise 里面的作者。他们有经院派的训练而没有经院派的陈腐，有新闻纸派的流动新颖而没有新闻纸派的油滑肤浅。文学是他们的特殊工作，有时也是他们的特殊职业，但是他们的文学却没有完全走上职业化的路。他们能保持一种超然的态度，不泥古也不超时，只是跟着自己的资禀和兴趣向前走。好的文学创作大半是从他们手里出来的。他们有时也做经院派所做的考据批评，做新闻纸派所做的通俗化的工作，但是都比这两派人做的更好。

不消说得，这三派人之中以第三派人为最重要，而中国文坛中所缺乏的也正是这第三派人。现在中国文人不是属于经院派，就是属于新闻纸派，要想找几个超然于经院与新闻纸之外的地道的文人，我们简直找不着；这正犹如中国政治界只有政阀政客而无纯粹的政论家一样，结果是吃文学饭和政治饭的人愈多，而文学与政治也就愈闹愈糊涂。

文人不能无职业，在现在中国经济状况之下，文人没有方法拿文学做一个正当的职业，于是从事于文学者不投身于经院，就须投身于新闻界；经院容量有限，于是新闻界就变成大多数文人的逋逃所。这种情形是极凄惨的。既投身于新闻界，就不能不跟着商人作推广销场的计算。在中国，文学的销场还只限于一般好呐喊叫嚣的青年人和一般的油腔滑调的中年人，于是文学的气味就显然形成两种，不是呐喊叫嚣，就是油腔滑调。

这种情况在目前似乎无法挽救，谈到究竟，还是生活问题。要想凭空产生一个所谓地道的文人阶级，自然是痴人说梦。在目前情况之下，我们不能不希望经院派多加努力，给新闻纸派一个不可少的调剂。造成现在文坛惨状的罪过，不在新闻纸派而在经院派。

新闻纸派始终是很热闹地尽他们的职责，而经院派则始终是很沉寂。有一般经院派的人们负有很大的自尊心，对于在报章发表文字乃至于印行书籍，都存在着一种不屑的态度，以为“文章千古事”，哪里可以这样随便？他们不肯“出锋头”的美德固然可敬佩，但是同时也不免令人起“闷葫芦”之感。“藏之名山，传诸其人”，究竟是道家的一种诡秘话头，在今日已不甚适用。在今日而言今日，经院派中人就是只为维持他们的自尊起见，也应该打破他们现在的沉寂！

（载《世界日报·明珠》，1936 年 11 月 4 日）

“舍不得分手”

我只读过《日出》而没有看到它上演，依我想，它演起来一定比读起来更生动。经得演的戏不一定经得读，经得读的戏也不一定经得演。曹禺先生对于空气的渲染，剧境的制造，性格的描绘以及对话的衡量都很拿手，这些都是上演成功的要素，假如演员合乎理想，《日出》定是一个痛快淋漓的作品。不过读剧者有余暇揣摩斟酌，他的冷静的头脑不易被一顷刻间的生动情境所卷进去，就不免瞻前顾后，较量到剧情与性格的起伏生展，以及作者对于人生的深一层的观照种种问题。一较量到这些问题，曹禺先生的艺术似乎离老练成熟还有些距离。这里我只说个人读《日出》后所感到的一些欠缺。

在布局方面，《日出》有三条线索：第一是主角陈白露抛弃方达生而沦落到城市淫奢恶毒生活的旋涡里，终于因负债失望而自杀；第二是一位乡下姑娘“小东西”因反抗卖身于土豪金八而求庇于陈白露，终于被地痞黑三架去，卖到一个三等妓院里，后来因不堪凌虐而自杀；第三是陈白露所依靠的财神大丰银行经理潘月亭因投机买债券失败而打好了自杀的计算。其余一切剧情都是这三个线索的附带的穿插。这三个线索之中，第二个关于“小东西”的一段故事和主要动作实在没有必然的关联，它是一部可以完全独立的戏。它在《日出》里最大的功用只在帮助方达生——也许和陈白露——多了解一层城市生活的罪恶。但是曹禺先生并没有把这节外枝叶和本干打成一片，它在《日出》里只能使人起骈姆枝指之感。如果把有关这段故事的部分——第一幕后部以及第三幕全部——完全割去，全剧不但没有损失，而且布局更较紧凑。第三幕毛病很多，它的四方八面的烘染比较宜于电影而不易表演于剧台，并且就很怀疑曹禺先生对于他所写的北方三等妓院有正确深刻的认识。

曹禺先生对于第三幕不肯割爱的苦衷，我们也不难想象到。割去第三幕，全剧就要变成一篇独幕剧，他在附注里虽然声明“第三四幕发生的时间是在第一二幕一星期后”，其实割去第三幕之后，把附带的穿插略加更动——如银行小书记黄省三失业而毒杀全家人之类——《日出》是很容易改成独幕剧的。剧景始终是“在××旅馆的一间华丽的休息室内”，重要的剧情也并没有改场换面的必要。曹禺先生便把一篇独幕剧的材料做成一篇多幕剧，于是插进本非必要的第三幕来改换一下场面，又把第四幕的时间不必要地移后一星期。这虽是一种救济，可是也暴露出这部戏的基本的弱点。《日出》的主要阵容根本没有生展，陈白露失望自杀的阵容从第一幕就布好，——作者不是常提起那瓶安眠药？《日出》的性格根本没有生展，陈白露始终是一位堕落的摩登少女，方达生也始终是一位老实呆板令人起喜剧之感的书呆子。《日出》所用的全是横断面的描写法，一切都在同时间之内摆在眼前，各部分都很生动痛快，而全局却不免平直板滞。

最后，我读完《日出》，想到作剧的一个根本问题，就是作者对于人生世相应该持什样的态度，他应该很冷静很酷毒地把人生世相的本来面目揭给人看呢？还是送一点“打鼓骂曹”式的义气，在人生世相中显出一点报应昭彰的道理来，自己心里痛快一场，叫观众看着也痛快一场呢？对于这两种写法我不敢武断地说哪一种最好，我自己是一个很冷静的人，比较欢喜第一种，而不欢喜在严重的戏剧中尝甜蜜。在《日出》中我不断地尝到义愤发泄后的甜蜜。“小东西”不肯受金八的蹂躏，下劲打他一耳光，我——一个普通的观众——看得痛快；她不受阿根的欺侮，又下劲打他一耳光，那是我亲眼看见的，更觉得痛快。不过冷静下来一想，这样勇敢的举动和憨痴懦弱的“小东西”的性格似不完全相称，我很疑心金八和阿根所受的那几个巴掌，是曹禺先生以作者的资格站出来打的。李石清裁去了黄省三，逼得他失业，毒杀全家，图谋自杀。潘月亭听到债券大涨的消息，不怕李石清漏掉他的底细，当面臭骂他一顿。但是不转瞬间电话机一响，债券大落了。李石清马上就回敬潘月亭一顿臭骂，继着就是疯狂的黄省三出场揶揄李石清。古话说得好，“善恶报应，就在眼前”。我——一个普通的观众一看到这里，觉得痛快，觉得要金圣叹来下一句眉批：“读此当浮一大白！”但是这究竟是小说，实际上在这个悲惨世界里，有冤不得伸，有仇不得报，哑口吃黄连，苦在心里，是比较更平常的事。陈白露堕落失望，自杀；“小东西”不堪妓院的虐待，自杀；潘月亭投机失败，自杀；黄省三失业没有方法养家活口自杀。人反正不过是一条命，到了绝路便能够自杀毕竟也还是一件痛快事，但是这究竟也还是小说，是电影。实际上在这个悲惨世界里这条命究竟不是可以这样轻易摆布得去，有许多陈白露在很厌倦地挨她们的罪孽的生命，有许多“小东西”很忠于职守地卖她们的皮肉，有许多潘月亭翻了一个觔头又成了好汉，大家行尸走肉似的在悲剧生活中翻来复去，而没有意识到自己是在演悲剧。这就是我们时代的最大的悲剧。在第三幕附注中曹禺先生告诉我们他不肯因为“叫‘太太小姐们’看着舒服些”而救“小东西”的命，他能说几句话，我相信他多少能够接收我这一点拙见。可是在实际上，“叫‘太太小姐们’看着舒服些”，对于作剧家是一个很大的引诱，而曹禺先生也恐怕在无意之中受了这种引诱的迷惑。

《日出》的布景与命题显然有一种象征的意义。我们看完《日出》，不能不问：黑暗去了，光明来了，以后的事情究竟怎样呢？方达生在最后一幕收场所给我们的希望是：“我们要一齐做点事，跟金八拼一拼。”这不能不使我们觉得这是一种“倒降顶点”(anti-climax)。偌大的来势就落到这么一个收场么？杀了金八，就能把这个黑暗世界改成光明的么？我们觉得，方达生那么一个心有余而力不足的书呆子实在不能担当《日出》以后的重大责任。他的性格应该写得比较聪明活泼些，比较伟大些。他对于阿根所鄙弃的提夯杵唱夯歌的劳动阶级，应该不仅只有一种书生的同情，应该还有一种有组织有计划的关联。曹禺先生所暗示的一线光明始终是在后台，始终是一种陪衬。我们不能使它更较密切地和主要动作打成一片，甚至于特别留一幕戏的地位给它么？

以上都是对于贤者求全责备的话。让这一面之辞发表出去，对于《日出》实在不很公平。《日出》有许多好处，如果我有时间和篇幅，我可以做一篇比这篇较长的文章来写我对于它的赞赏。不过我想“捧场”的话，对于曹禺先生这样一个有希望的聪明作家是不必需的。以他那一管伶俐生动的笔，我们有理由盼待更完善的作品出来。我真有些舍不得放下笔，他所描写的那一群活灵活现的坏蛋——张乔治，阿根，潘月亭，李石清，尤其是那个顾八奶奶和他的“面首”胡四——真叫人舍不得分手！

（载天津《大公报·文艺副刊》第276期，1937年1月1日）

眼泪文学

记得有一位作者，在他一篇小说后面记他自己读那篇文章所受的感动程度说："因为这一段事过于凄惨，自己写完了再读一过，却又落了一会泪。"近来又看到一位批评家谈一部新出的剧本，他说他喜欢这剧本，它使他"流过四次眼泪"。同样的自白随时随地可以看到或听到，我每看到或听到这种话时，心里不免有些怅惘。我也天天在读文学作品，为什么我一向就没有流过眼泪呢？罪过显然不在作品，因为叫他们流泪的书我也还是在读。这大概只能归咎我的天性薄，心肠硬了。

应该归咎于我自己，我承认；不过文学与眼泪是否真有必然的关联？文学的最高恩惠是否就是眼泪？叫人流泪的多寡是否是衡量文学价值的靠得住的标准？对于这些问题，我却很怀疑。

我虽不会流泪，但是我想它也并不是难事。你到戏院或电影院里去看看。每逢到一个末路英雄，一对情侣的生离死别，或是一个堕落者的最后忏悔，你回头望一望同座的观众，——尤其是太太小姐们——你总可以发见一些人在拿手帕揩眼睛。这是你看得见的，还有许多末路英雄，失意情侣和忏悔的堕落者睡在被窝里或是躺在沙发上在埋头咀嚼感伤派的小说，“掬同情之泪”，你也不难想象到。

在这个世界里，末路英雄，失意情侣和忏悔的堕落者实在是太多了，所以感伤派文学——或者用法国人所取的一个更恰当的名称，“眼泪文学”(literature larmane)——总是到处受欢迎。据希腊哲学家柏拉图说，人生来就有一种哀怜癖，爱流泪，爱读叫人流泪的文学。这是一种饥渴，一种馋瘾，读“眼泪文学”觉得爽快，正犹如吃了酒，发泄了性欲，打了吗啡针，一种很原始的要求得到了满足。因为需要普遍，所以就有一派作者应运而起，努力供给以文学为商标的兴奋剂。

“眼泪文学”既有人类根性做基础，所以传播起来非常容易。大家愈称赞流泪，于是流泪成为时髦。我们都知道，文学史上有所谓“浪漫时期”，“浪漫时期”又有所谓“世纪病”，“世纪病”其实可以说就是“流泪病”。在那个时期，不爱流泪，不会叫人流泪，就简直失去“诗人”的资格。他们的英雄是维特(Werther)，是哈罗尔德(Herold)，是勒内(René)，个个都是眼泪汪汪地望着破烂的堡垒和荒凉的墓园，嗟叹人生的空虚，歌咏伤感的伟大。会流泪，就会显得你不同凡俗，显得你深刻高贵。大家都爱自居深刻高贵，于是流泪本来虽是“贵族的”，也变成“平民的”了。因此，“眼泪文学”于人类根性之外，又加上风气与虚荣心两重保障。

文学能叫人流泪，它的感动力多么伟大啊！但是我们试平心静气地想一想：世间受文学感动而至于流泪的人们，在感动以后，究竟发下什么样的大善心，叫世界上少发生一些可痛哭流涕的事件呢？谈到这个问题，我又想起柏拉图。他驱逐诗人于理想国之外，重要的原因就是诗人太爱叫人流泪。只有弱者在悲苦的境遇才感伤流泪，诗人迎合人类好感伤流泪一点劣根性，尽量拿易起感伤的材料去刺激听众，叫他们得到满足“哀怜癖”的快感，久之习惯成自然，他们便逐渐失去“丈夫气”，性格变成女性化，到自己遇到悲苦境界时，也只以一叹一哭了之。柏拉图的清教徒式的严酷固然有些过火，但从一般读文学而爱流泪的人们所给的实证看，他的话似乎也并不完全错误。记得看过一篇俄国小说，——记不清作者，许是屠格涅夫——写一位莫斯科的贵妇坐在马车里读一部写贫苦社会的小说，读得泪流满面，同时她的马车夫就在她面前冻死了，她却毫不在意。受文学作品感动而流泪的人们心地并不一定就特别慈祥，法国哲学家卢梭老早就已经说过。像罗马塞那（Sylla）之类的暴君素以残酷著名，到戏院里去看悲剧时也还是流泪。

能叫人流泪的文学不一定就是第一等的文学。关于这一点，我曾经作过一些实地观察。我到戏院里看戏，总喜欢回头看看观众在兴酣局紧时，面孔上表现什么样的反应。我看过几十次的莎士比亚的作品，在剧情极悲惨时，我回头看看，只见全场人都在屏息静听，面上都呈现一种虽紧张而却镇定喜悦的样子。我也看过不少的富于感伤性的近代戏，像《茶花女》，《少奶奶的扇子》之类的戏我都看过好几遍，每次总听得前后左右的观众哭的哭，啼的啼。我不常看电影，但是也常听到看过电影的朋友回来报告说，“今天片子真好，许多人都淌了眼泪。”我不敢很武断地说某一种文学一定比某一种价值高，但是我觉得把《茶花女》，《少奶奶的扇子》之类的作品摆在《李尔王》或《麦克白》之上，至少是可以引起疑问。就是拿同一个作者的作品来说，《少年维特之烦恼》叫人流泪的可能是无疑地比《浮士德》强，但是它们的价值高低决不能和叫人流泪的可能成正比例。英国诗人华兹华斯在一首诗里说过："最微小的花对于我可以引起不能用泪表达得出的那么深的思致。"用泪表达得出的思致和情感原来不是最深的，文学里面原来还有超过叫人流泪的境界。

最后，读文学作品何以就至于流泪，也很值得研究。你是为文学作品而流泪呢？还是为它所写的悲惨情境而流泪呢？换句话说，你的泪是艺术欣赏者的欢欣的泪呢？还是实际人对于实际悲痛的"同情之泪"呢？一般人读文学作品而流泪大半是后一种。他们生性爱感伤，文学让他们过一会瘾，他们所得的快感正犹如抽烟打吗啡针所给的快感一样，根本算不得美感。作者要产生这种快感也并非难事，在作品里多放些引起悲痛的刺激剂，就行了。

眼泪是容易淌的，创造作品和欣赏作品却是难事，我想，作者们少流一些眼泪，或许可以多写一些真正伟大的作品；读者们少流一些眼泪，也或许可以多欣赏一些真正伟大的作品。

（载《大众知识》第1卷第7期，1937年1月）

与梁实秋先生论“文学的美”

实秋兄：

许多朋友都谈到你在《东方杂志》新年号所发表的《文学的美》，老早就想拜读，一直到今日才能读到，在费许多力找到一册《东方杂志》之后。你说的很斩截，一点不含糊，我读了觉得很痛快。你所谈的问题在我心里也盘桓了好久，我的意见也经过几番冲突。就现在说，我对于尊见有相同也有不相同的地方。意见不同，参较起来，往往顶有趣。所以我写这封信来和你一商量。

你那篇文章有三个要点：

一、“美学的原则往往可以应用到图画音乐，偏偏不能应用到文学上去，即使能应用到文学上去，所讨论的也只是文学上最不重要的一部分——美。”

二、“文学的美只能从文字上着眼。”文字的美不外音乐的美和图画的美，而这两种美在文学上都有限度，所以“美在文学里的地位是不重要的”。

三、文学的题材是“人的活动”，“文学家不能没有人生观，不能没有思想的体系。因此文学作品不能与道德无关”。“若是读文学作品而停留在美感经验的阶段，不去探讨其道德的意义，虽然像是很‘雅’，其实是‘探龙颔而遗骊珠’。”“文学是道德的，但不注重宣传道德。”

这三个要点又可归纳到一个基本观念里去——“文学的道德性”。“类型”不能混淆，文学所以特异于其它艺术的就是它的道德性。其它艺术可以只是美，而在文学中美并不重要，最重要的是道德性。

“摘句”不是妥当的办法，你提出很多的例证说明你的基本主张，要完全明白你的意思，自然要读你的原文全豹。不过我希望在这个提要里我没有误解你的学说。我现在分条陈述鄙见聊供参较。

一、美学原理是否可以应用在文学上呢？你的意思是：美学要“分析快乐的内容，区别快乐的种类”，而文学批评“最重要的问题乃是‘文学应该不应该以快乐为最终目的’；这‘应该’两个字是美学所不过问而是伦理学的中心问题，所以文学批评与哲学之关系，以对伦理学为最密切”。你的意思是要着重“自然科学”与“规范科学”的分别，这是对的；你把美学看成“自然科学”，这也是对的。不过你如果以为文学批评和伦理学只能是“规范科学”而不能同时是“自然科学”恐怕有点问题。伦理学已从“规范科学”逐渐转为“自然科学”，文艺批评好像也有这种趋势。这就是说，它们不仅坐在太师椅上用严厉的口吻叫人“应该如此不应该如彼”，而同时也用自然科学方法证明“事实是如此如此”。你自己在那篇文章里就常用这第二种方法。如果承认文艺批评有同时是“自然科学”的可能,我想它和美学的关系或不如你所说的那样不重要。因为美学的功用除你所说的“分析快乐的内容,区别快乐的种类”之外还要分析创造欣赏的活动,研究情感意象和传达媒介的关系,以及讨论一种作品在何种条件之下才可以用“美”字形容;而这些工作也是文艺批评所常关心的,每个重要的批评家——从希腊时代到现代——都可以为例证。《文学的美》的作者也似乎因文学批评而牵涉到美学问题。我以为美学和文艺批评确实有一个重要的异点,但是它不在一个是“自然科学”,一个是“规范科学”,而在一个是“纯粹科学”(美学),一个是“应用科学”(文艺批评)。文艺批评不能不根据美学,正犹如应用科学不能不根据纯粹科学。

二、文学的美是否只能从文字上着眼呢?这要看“美”怎样讲,和“文字”怎样讲。“美”字不容易讲清楚,但是我觉得你所给的美的定义非常简单恰当。“一件事物在客观上须具美的条件,而欣赏者在主观上亦须具备审美的修养。有修养的人遇见一个美的条件具备的物,美感经验便可以发生。”这个定义包含三项要素:(一)物的美的条件,(二)人的审美修养,(三)人与物接触后所生的美感经验。如果离开这三要素中任何一项而去讲美,不是犯唯心主义的毛病,就是犯唯物主义的毛病,你自己在那篇文章里说的很清楚。不过在阐明你的基本学说时,你似乎放弃了你的出发点,而专从第一个要素——物的美的条件——去讲文学的美。这办法有毛病,你所举的 Birkhoff 的例子和 Perry 的例子都可以证明。物的条件的美尽管相同——如 Perry 的两个例子——而在事实上可以不是同样的美。所以你从文字所给的声音和图画两方面讨论“文学的美”,恐怕还是像一般分析技巧者一样,只能注意到形骸而遗去精髓。这种办法本来是你所反对的,但是你认定文学的美只能在音乐图画上见出,恐怕要被逼走上这条路。

其次，讲到“文字”问题，你所说的“文学的美只能从文字上着眼”可以作两样解法。（一）文学所表现的都要借文字为媒介而传达出去；要了解文学的美，一定要根据文字所传达的。（二）文学所用的文字本身有某几方面可以见出美，而文学的美也一定只能从这几方面见出。前一种看法是无可辩驳的，后一种看法无疑地是错误的，而且从你的文学见解看你一定以为它是错误的。但是你在说“文学的美只能从文字上着眼”时，你是指哪一种解法呢？你说，文字包含（一）声音，（二）图画，（三）情感经验、人生社会现象、道德意识等三要素。在这三要素之中，你只承认声音和图画可以美，而情感经验、人生社会现象、道德意识等则“与美无关”。这样看来，你似乎在无心之中采用上述第二种解法。至少，你的“文学的美只能从文字上着眼”一句话，如果说得明白一点，应该是“文学的美只能在文字所给的一部分东西上——音乐和图画——见出”。

这一说在你那篇文章里最为创见，也最易引人怀疑。何以情感经验、人生社会现象，以至于道德意识不能成为美感经验的对象呢？你的基本学说能否成立，就要看你对于这个问题能否回答得圆满。你在那篇文章里似乎没有给读者所期望的答复。

问题的焦点在你所说的“图画”两个字。它可以指（一）画家的作品（picture），可以指（二）心中的视觉意象（visual image），可以指（三）心中的一切意象（mental image），包涵视听嗅味触运动诸器官所生的印象在内，也可以指（四）心中一切观照的对象（object of contemplation），即一般人所说的“意境”。文学的“图画”究竟是指哪一种呢？你所说的“图画”似乎专指“视觉意象”，所以你说“离开视觉便无所谓意境”。不过我的一点心理学和文艺的粗浅常识令我对于这种看法起怀疑。视觉以外的器官都不能产生意象么？文艺绝对不用视觉以外的意象么？这一层还是小事，最大的问题是你把文学中的情感经验、人生社会现象和道德意识都认为“与美无美”。你所以达到这个结论似乎因为你想这些东西不能成为“图画”。不错，它们不能成为“视觉意象”；但是它们可以成为“观照对象”，或“意境”。可以成为“观照对象”的事物都有令人觉到“美”的可能。这是柏拉图在《会饮篇》里所得的结论，后来思想家作同样看法的不可胜数。康德的名言也可以为证。他说：“世间有两件事物你愈观照愈觉其伟大幽美，一是天上的繁星，一是我们心里的道德律。”一切“好”的东西都可以看成“美”的，这也是常识所给的判断。在中文里，“好”与“美”有时是同义字，你也许比我知道得更清楚。希腊文和近代德文都只有一个字（kavos 和 schǒn）公用于“好”与“美”。在英文里“好”（good）和“美”（beautiful）虽分开，有时也可以互代。法文的“好”（bon）和“美”（bean）也是如此。你在那篇文章末尾引《创世纪》第一段说“有人曾指陈：上帝看光是好的，没有看光是美的，……虽是神话，可深长思”。我不懂希伯来文，不知“好”字在原文中所有的分寸，不过就语气而论，我觉得这里“好”字并不必是专指“善”或专指“美”，而是同时指“善”又指“美”的，也许指“美”的成分还更多。

你的文学的图画观还逼你走上另一种可使人认为危险的路，就是否认长篇作品可以当作一个完整的“意境”看。你说，“像日本芭蕉的俳句……寥寥十余字，画出一个完美的意境。长了便不行。……‘莎士比亚’的伟大的悲剧……谈不到什么意境。顶多我们只可以摘句，说某某佳句有好的意境；若就整个的来讲，其意义当别有所在。……所谓意境在伟大作品里永远是点缀而已。”你和我都同样地爱好“古典”。你在这里似乎放弃了“古典主义”一个基本信条——艺术的有机的完整性。这层姑且不说，且信任常识。我们不能把莎士比亚的《李尔王》或是弥尔顿的《失乐园》看作一座伟大的建筑，在心中造成一个丰富而完整的意象，而觉得它的部分与部分以及部分与全体互相映称，互相撑持，互相调和么？就拿图画来作比，我们不能把它看作一幅长手卷或是一间大壁画，而觉到它前后左右景物的承接，阴阳照应，气魄贯注么？前人本有诗不宜长的说法，爱伦·坡和你同样想，你所攻击的克罗齐也和你同样想。不过他们所以为不能延长持久的是情感，而你所指的是“图画”是“意境”。情感和意境本相联，不过情感能否延长持久和意境能否延长持久似为两个不同的问题。把你的学说推到它不可免的结论，欣赏长篇作品就成为不可能的事了。

三、“文学家不能没有人生观，不能没有思想的体系，因此文学作品不能与道德无关”。在这个基本问题上我和你的态度是完全一致的。不过你以为“与道德有关”是文学所以异于其它艺术的。你在第一段里说，看一幅画，我们只能说“美”，看一篇文学作品，我们不能只说“美”，还得说“好”。你在最后一段里说，“文艺虽是艺术而不纯是艺术，文学和音乐图画是不同的”，所谓“不纯是艺术”者则在“文学家不能没有人生观，不能没有思想的体系，文学作品不能与道德无关”。请问：站在同样的立场上，我们不能说其它艺术家也有同样的需要吗？想一想中世纪及文艺复兴时代的艺术全部，想一想贝多芬的乐曲，想一想中国所流行的文人画，我们可以说这些和文学不同在它们“与道德无关”吗？在它们的作者“没有人生观和思想的体系”吗？

其次，文艺是否有关道德是一个问题，文艺应否有意宣传道德又是另一个问题，你分辨得很清楚，但是你说读者读任何作品都必“探讨其道德的意义”，我也颇怀疑。作者既不必“宣传道德”，读者何以必须在他的作品中“探讨其道德的意义”呢？而且“与道德有关”和“有道德的意义”似也微有分别。一个作品可以“与道德有关”（就其为人生观照及产生影响而言）而没有“道德的意义”（就其不宣传道德教训而言）。你提起莎士比亚，我想来想去，除了他对于人生观照深广冷静而外，想不出他的哪一部作品里有所谓“道德的意义”。我相信我可以在无形中从读他的作品而得到道德的影响，但是我不能在他的任何作品里探讨出一个可以明白地叙述出来的“道德的意义”。不过关于这一层，我很愿自招愚昧。我只是提出一个愚昧者的疑问，不敢下什么结论。

话说得太冗长了。我现在把我的意见总束起来。维护文学的“道德性”，我和你同样地热心。我们所不同者：(一)你以为“道德性”是文学与其它艺术的相异点，文学不纯粹的是艺术，我以为它是一切艺术的公同点，文学是一种纯粹的艺术；(二)你以为“道德性”在文学中是超于美的，我以为它在文学中可以成为美感观照的对象，“真”与“善”可以用“美”字形容，正犹如“美”可以用“真”字或“善”字形容；(三)因为上述两种分歧，你所谓“美”意义比较狭窄，专指文字所给的音乐和图画，所以你认为“美”在文学中最不重要；我所谓“美”涵义较广，指文字所传达的一切——连情感思想在内，所以我认为“美”在文学中的重要不亚于其它艺术。这些都是基本上的分别。至于(一)美学原则可否应用于文学批评和(二)长篇作品可否具完整意境两点似乎都是枝节问题。

我觉得你在《文学的美》里所提出来的是一个很重要的问题，值得大家仔细讨论。我在这封信里所写出来的是对于这个问题的另一种看法。我很希望你能够抽出一点工夫来把它衡量一下，不客气地加以评正。专此顺颂

著祺。

弟朱光潜敬启

(载《北平晨报》，1937 年 2 月 22 日)

答高一凌君谈新诗

一凌先生：

你说的话都很对，不过有三点似乎还值得讨论：

一、“词曲放弃了呆板的平仄”，这话恐未尽然。词曲讲平仄实在比律诗更严，词曲对于律诗固是一种解放，但是所解放者不在平仄而在字句长短多变化。读旧诗原无一定规则。拉调子读旧诗的人们仍然拉调子读词曲。“顿”在诗、词曲中都不是自然而是人为的。

二、认为新诗是从旧诗解放出来的固是错误，认为新诗是从词曲解放出来的，恐也还有问题。我以为新诗的最大的成因是白话运动与西方诗的输入。初期新诗人也许学有若干词曲的影响，但是那不一定是好的影响，而且就实在情形论，与其说他们从词曲解放到新诗，不如说他们从新诗复古到词曲，旧的影响无形中阻止他们解放的企图。

三、我主张新诗应注意到自然的停顿，并没有主张新诗应如旧诗一样呆板地分顿，尤其没有主张新诗应如旧诗一样把调子分顿去念，我分明说：这样办不免带有滑稽的意味，你和罗念生先生恐怕都误解我的原文用意。

光潜

（载《中央日报》，1937 年 3 月 20 日）

读《论骂人文章》

《论语》第102期有知堂先生的一篇《论骂人文章》，写得极痛快淋漓。他的大意可以从几个警句中看出：

> 骂人的文章可以分两大类，一是为官的，一是为私的。为私的一类……骂法有人称作爬梯子，或曰借头。其办法甚简单，只要挑选社会稍有声名的一二人，狗血喷头的痛骂一番，骂得对不对完全不成问题，只要使人家知道某人这样的被我所骂了就好。……官骂本是自古有之，如历来传旨申饬即是。……统制思想之举在老头儿与其儿子还是同样的爱好，于是官骂事业照旧经营下去。……未开幕以前当然有些筹备，这且不谈，只看突然变动，四面总攻，其攻击不择手段，却

有一定公式，这就可以认定是那个来了。……谁被指定挨这官骂的有祸了！他就得准备守，战，或是降，胜总是休想。……守即不理，即兵法上的坚壁清野，……此最省事，只须持久。战即是回骂。当回骂之初大约觉得很痛快的，自己喜得还有这样力气舞动大刀，而且每一刀都劈中敌阵的要害，却不知已中了道儿，犹如遇见鬼打墙，拳打足踢，气力用尽而墙终如故。……这类集团的官骂，古有骂工之骂，今有帮行之骂，都是很厉害的，单身独客，千万注意，沾染不得。

这篇文章出世在去年冬天，当时在下读过，不禁拍案叫绝，以为论骂人文章，到此至矣尽矣。但是自己没有小心记住知堂先生的警告，这几月来像有“被指定挨官骂”的趋势。“单身独客”没有“注意”到“帮行之骂”的“厉害”，殊属罪有应得。祸既临头，守呢？战呢？还是降呢？从理智说，我很能明白“坚壁清野”最省事。被骂还骂，对于骂者究竟还有相当敬意，至少是要默认他为敌手。倔强的沉默不仅是省事，而且也是一种最酷毒的报复。但是这一条路是在下所走不通的，因为人家对你“狗血喷头的痛骂”时而你仍兀然不动声色，冷着眼瞧着他现丑态，这需要在下所没有的幽默。至于战，这更不必谈。打笔墨官司，说得好听一点，不过是闲暇的比赛。骂人总可以找到罪状，还骂也总可以找到理由。胜负之分，只看谁有时间与气力能坚持到底，而在下既没有这种时间，又没有这种气力。无已，其出于降乎！

降既非战，又非守，既非还骂，又非不还骂；那究竟是怎样办呢？俗语有一句说，“向狗嘴巴里讨饶”。降者，“讨饶”之谓也。既云“讨”则必有词。在下的讨饶词或“降表”是为此：

骂人者啊，无论你是为官的，为私的，我十分羡慕你，敬佩你，你有那么多的时间和精力。你的目的是很高尚的，英勇的，你需要战胜，征服，显得自己比人高明。你敢于上战场，好汉！你聪明，你不把你的战斗本能发泄在枪林弹雨中，那不免是要丢脑袋的玩艺儿，所以你只摇笔杆子喊“打倒”“铲除”；实在有势力的人你不骂，就是骂也是隐姓匿名，含沙射影，你择定的挨骂者是你的同行的冤家也只有笔杆子可以抵抗你的。他不抵抗，你自然是胜利；他抵抗，也不过是笔头回敬，你的大名也落得再显露一回，仍是荣耀。你的骂的方法也非常巧妙，狗是趁肥处咬，你却戴着放大镜找疮疤，找到了，死劲地刺它一针，所谓“断章取义”，“深文周纳”，“吹毛求疵”，都是你的惯技。为着要罪状显得凶恶一点，你不怕造一点谣言，找一点似是而非的根据，甚至于被骂者本来是有根据凭证的话，你可以闭着眼睛骂他错误荒谬。比如说，人家说：“《最后的晚餐》是用油彩画的。”话本是对的，你可以说“那是一种粉画的，那时根本就没有油画”！你不必有根据，只要你把话说得斩截一点，面上摆出一点自己有确凭确据的神气，那末，错处就显得在人家而不在你了。

骂人者啊，我赞扬你许多话，你看我对你多么心悦诚服，你该饶了我吧？如果还不够，让我向你说一点迂腐的话。人人都觉得自己是对的，都看不见自己的错误，老天生人，生来就让他的眼睛只朝外看。你看旁人荒谬，旁人就难免看你荒谬，是非公道自在人心，有理说理，用不着骂，理是愈平心静气地讨论愈明白的，愈逞气氛乱骂愈糊涂的。再说要打倒旁人让你自己爬起来的话，你也得拿点真货色出来，骂只能浪费你的精力。你在骂时心里不免有几分醋意，要把你的心肝宣揭出来，那就不免令人“掩鼻”。自爱自尊之道甚多，骂不一定是“抬头”的捷径。

骂人者啊，你无论如何，总得要开恩大赦，爱惜你的时间和精力啊！有如在下，胜之不武，何必呢？在下诚惶诚恐，谨奉表以闻。

（载《北平晨报·风雨谈》，1937 年 5 月 11 日）

谈晦涩

我个人对于诗的显晦问题，已经写过几篇文章了，实无须再来哓舌。现在新诗社邀我参加这次讨论，我姑且很简赅地总束鄙见，并对于从前写的文章略加补充。

首先要正名。“晦涩”两个字加在诗传达上究竟是一个污点。诗是一种以语言文字为传达媒介的艺术。传达的必要起于诗人心中有话不能不说，要把自己所感到的说出来让旁人也能感到。它的社会性是不能抹煞的。一个真正的诗人没有不要求最高度的完美。所谓“完美”就是内容与形式欣合无间，所说的恰是所感的。所以一首好诗在诗人自己的心中大概没有是晦涩的。如果一首诗对于诗人自己和对于读者都一样是晦涩，那只有两种可能，不是作者有意遮饰所传达的东西很平凡，就是他力不从心，传达的技巧幼稚。在事实上现在有些新诗不免犯这两种毛病。我们对于技巧幼稚的还可原谅，对于“以艰深文浅陋”的应该深恶痛嫉，因为这种“沐猴而冠”的伎俩起于智识上的欺诈，让真正的新诗遭了许多不白之冤。我们不能把“晦涩”悬为诗的一种理想。

我们现在丢开坏诗不谈，单谈真正是诗的作品。我以为与其说明白与晦涩；不如说易懂与难懂。晦涩的诗无可辩护，而难懂的诗却有理由存在。我在《大公报》文艺栏发表的《心理上个别的差异与诗的欣赏》一文里说过：

> 凡是好诗对于能懂得的人大半是明白清楚的。这里“能懂得”三个字最吃紧。懂得的程度随人而异。好诗有时不能叫一切人懂得，对于不懂得的人就是不明白清楚。所以离开读者的了解程度而言，明白清楚对于评诗不是一个绝对的标准。

我着重“懂”字，用意是把问题从诗的本身移到诗与读者的关系上去。就诗的本身说，我已经说过，它应该是可懂的而不是晦涩的；就诗与读者的关系说，诗的可懂程度随读者的资禀、训练、趣味等而有个别的差异。“晦涩”两个字也常被人用来形容难懂的好诗，作为一种谩骂。我在《大公报》那篇文章里对于个别的差异已详加分剖，无用复述；现在只说一般人所骂为“晦涩”的有时是难懂的好诗，以及它难懂的缘故。

我们姑且把诗人所要说的思想和情调叫做意境，把他所说出来的叫做语言。这两成分本是密切相关的，不能分剖。不过为说话便利起见，我们不妨把它们分开来说。诗的难懂在语言亦在意境。中国人向有“言近旨远”的说法。在言近旨远时，语言的易懂不能保障意境的易懂，陶渊明的诗可以为例。但是“旨远”有时可以“言近”，亦有时不可以“言近”。意境难，语言也往往因之而难，李长吉和李义山比元稹、白居易难懂，是同时在意境和语言两方面见出的。

语言可分义的组织和音的组织两点来说。前者属于文法，后者属于音韵学。义的组织大半取决于文法的惯例。这在每国语言里都很根深蒂固，如何想，如何说，如何写，都因习惯成为自然。诗人在大体上都得接收这个习惯，纵然在选字配字两方面每人有每人的个性，总不至于把文法的基础完全放弃。布朗宁和韩退之式的诘屈聱牙终不能成为了解他们的诗的障碍。所以诗在语言方面的难懂，起于义的组织者非常微细。纵然偶有困难，那也是读者可用努力征服的。

音的组织可就不然。这是情调思致所伴的生理变化的微妙痕迹。诗是情感的语言，而情感的变化最直接的表现是声音节奏。这是诗的命脉。读一首好诗，如果不能把它的声音节奏的微妙起伏抓往，那根本就是没有领略到它的意味。不幸得很，诗的这个最重要的成分却也是最难的成分。大多数人对于声音的反应都非常迟钝。心理学家对于不能辨别红绿青黄的人有“色盲”(colour-blind)一个名词可用，我想他们也应该造“音聋”一个名词，这是很需要的。我们大部分人多少都是“音聋”。这并非说对于一切诗都聋，只是对于某种音无感觉力。比如英国批评家约翰逊博士只喜欢听“联韵”诗(heroic couplet)而不能欣赏弥尔顿的“无韵五节格”(blank verse)便是“音聋”的好例。“音聋”有起于先天的，有起于种族差别的，也有起于习惯与修养的。中国人读外国诗，或是英国人读法国诗，无论是修养如何深厚，在声音上总有一层隔阂。读惯旧诗的人一读诗就期待五七言的音的模型，对于本有音乐性的新诗总觉得不顺口不顺耳。这只是就粗浅的说。如说得更严密一点，每个诗人甚至于他的每一首诗，因为是一种特殊个性与特殊情趣的表现，都有他的特殊的声音节奏。这是自然流露，不必出诸有意造作，所以诗人自己也往往不能加以分析说明，甚至于有些诗人因没有意识到音乐性的存在而根本否认它的存在。诗的最难懂的——一般人所谓“晦涩”的——一部分就是它的声音节奏。现在一般谈诗的清楚与晦涩的人们根本就不提这一点，他们仿佛以为只要语言意义明白清楚了，诗也一定是明白清楚的。这似乎是没有认清问题的症结所在。

在这一切中最难懂的是声音节奏，新诗除这一层之外，又另有一个特殊的难关，就是意境。诗是创造，诗的世界是根据个人当时当境的观感，在现实的基础上新加整理组织的世界。这种组织和日常习惯所接触的现象组织（即通常所谓现实世界）往往相悬殊。第一是诗有所选择，所给的事物价值不一定依习惯的标准；第二是选择以后的配合，诗在事物中所见到的关系条理与一般人所惯见的关系条理也不尽相符。诗人的意境难易即起于这两层悬殊的大小。一般易懂的诗所用的选择配合大半是人所习见的。选择配合的方法愈不习见，愈使人难懂。依我个人的经验来说，新诗使我觉得难懂，倒不在语言的晦涩，而在联想的离奇。想既可联，必有联的线索，有线索即有踪可寻，不至于难懂。难懂的原因是诗人在起甲与丁联想时，其中所经过的乙与丙的联锁线也许只存在于潜意识中，也许他认为无揭出的必要而索性把它们省略去，在我们习惯由甲到乙，由乙到丙，再由丙到丁的联想方式的人们，骤然看见由甲直接跳到丁，就未免觉得它离奇“晦涩”了。诗的新鲜往往就在这种联想的突然性，而同时这种突然性又基于必然性。这个道理牵涉到想象以及“譬喻语”诸问题，非本文所能详论。使联想有突然性而同时又有必然性，这是诗人所要走的难关；见到它的突然性而同时又见到它的必然性，这是读者所要走的难关。诗两种难关都非常微妙，差之毫厘，便谬以千里。诚实是诗人的责任，努力求领悟是读者的责任。读者费极大努力而发见所得不偿所失，咎在诗人；以习惯的陈腐的联想方法去衡量诗人，不努力求了解而徒责诗人晦涩不可解，咎在读者。为新诗的前途设想，新诗人和新诗的读者都要有一番反省，要问“晦涩”的错处究竟落在谁身上。让我重复地说一句：诚实是诗人的责任，努力求领悟是读者的责任！

（载《新诗》第2卷第2期，1937年5月）

《望舒诗稿》[①]

一个“伴着孤岑的少年人”“用他二十四岁的整个的心”，在“晚云散锦残日流金”的时候，“彳亍在微茫的山径”，看他自己的“瘦长的影子飘在地上”，“像山间古树的寂寞的幽灵”。那时寒风中正有雀声，他向那“同情的雀儿”央求：“唱啊，唱破我芬芳的梦境”！他抬头望见白云，心里像有什么像白云一样地沉郁，“而且要对它说话也是徒然的，正如人徒然向白云说话一样”。到“幽夜偷偷地从天末来”时，他对“已死美人”似的残月唱“流浪人的夜歌”，祝他自己“与残月同沉”。他是一个“最古怪的”夜行者，“戴着黑色的毡帽，迈着夜一样静的步子”。他“走遍了嚣嚷的酒场，不想回去，好

① 《望舒诗稿》，上海杂志公司 1937 年 1 月初版。——编者。

像在寻找什么”。他低声向“飘来一丝媚眼”说，“不是你”，“然后踉跄地又走向他处”。回到家时，他抱着陶制的烟斗，静听他的记忆“老讲着同样的故事”，或是看他的梦“开出娇妍的花”，“金色的贝吐出桃色的珠”；或是坐在“憧憬之雾的青色的灯”下“展开秘藏的风俗画”。这种幸福的夜不是没有它的灾星。他会整夜地作“飞机上的阅兵式”，看“每个爱娇的影子”“列成桃色的队伍”，寻不着“什么地方去喘一口气”。

像一般少年，他最留恋的是春与爱。“春天已在斑鸠的羽上逡巡着了”，他“撑着油纸伞，独自彷徨在悠长又寂寥的雨巷”，“希望逢着一个丁香一样地结着愁怨的姑娘”。他问路上的姑娘要“那朵簪在发上的小小的青色的花”，或是和她唱和“残叶之歌”，或是款步过那棵苍翠的松树，“它曾经遮过你的羞涩和我的胆怯”，或是邀她坐江边的游椅说：“啮着沙岸的永远的波浪，总会从你投出着的素足撼动你抿紧的嘴唇的。”但是他也经过爱的一切矛盾，虽是“一个可怜的单恋者”，当一个少女开始爱他的时候，他“先就要栗然地惶恐”，他告诉愿“追随他到世界的尽头”的人说：“你在戏谑吧！你去追平原的天风吧！”

他是“一个怀乡病者”，他常“渴望着回返到那个如此青的天”。“小病的人嘴里感到莴苣的脆嫩，于是遂有了家乡小园的神往”。但是他有时自慰：“因为海上有青色的蔷薇，游子要萦系他冷落的家园吗？还有比蔷薇更清丽的旅伴呢。”因为他有怀乡病，对同病者特别同情。百合子向他微笑着，“这忧郁的微笑使他也坠入怀乡病里”。

这“辽远的国土的怀念者”原来是“青春和衰老的集合体”。他感觉最深刻的是中年人的悲哀。他“只愿在春天里活几朝”，而他“心头的春花已不更开”。他“知道秋所带来的东西的重量”。从前在他耳边低声软语着“在最适当的地方放你的嘴唇”的，他已经记不清是樱子还是谁了。他自觉得是在唱“过时”的歌曲：

> 老实说，我是一个年轻的老人了：
> 对于秋草秋风是太年轻了，
> 而对于春月春花却又太老。

这是《望舒诗稿》里所表现的戴望舒先生和他所领会的世界。这个世界是单纯的，甚至于可以说是平常的，狭小的，但是因为是作者的亲切的经验，却仍很清新爽目。作者是站在剃刀锋口上的，毫厘的倾侧便会使他倒在俗滥的一边去。有好些新诗人是这样地倒下来的，戴望舒先生却能在这微妙的难关上保持住极不易保持的平衡。他在少年人的平常情调与平常境界之中嘘咈出一股清新空气。他不夸张，不越过他的感官境界而探求玄理；他也不掩饰，不让骄矜压住他的“维特式”的感伤。他赤裸裸地表现出他自己——一个知道欢娱也知道忧郁的，向新路前进而肩上仍背有过去的时代担负的少年人。他表现出他的美点和他的弱点；他的活泼天真和他的彷徨憧憬。他的诗在华贵之中仍保持一种可爱的质朴自然的风味。像云雀的歌唱，他的声音是触兴即发，不假着意安排的。

戴望舒先生最擅长的是抒情诗，像一切抒情诗的作者，他的世界中心常是他自己。他的《诗稿》中除掉一两首可能例外，如《妾命薄》之类，似全是他自己的生活片段集锦。在感觉方面他偏重视觉，虽然他论诗主张“诗不是某一官感的享乐”；在情感方面他集中于“桃色的队伍”，虽然他有一位留“断指”做纪念的朋友；在想象方面他欢喜搬弄记忆和驰骋幻想，他在“古神祠前”看他的蛛脚似的思量：

从苍翠槐树叶上，
它轻轻地跃到
饱和了古愁的钟声的水上。

他在烟卷上笔杆上酒瓶上证实记忆的存在。一般诗人以至于普通人所眷恋的许多其它方面的人生世相似乎和戴望舒先生都漠不相关。读过《望舒诗稿》以后，我们不禁要问：戴望舒先生的诗的前途，或者推广说整个的新诗的前途，有无生展的可能呢？假如可能，它大概是打哪一个方向呢？新诗的视野似乎还太窄狭，诗人们的感觉似乎还太偏，甚至于还没有脱离旧时代诗人的感觉事物的方式。推广视野，向多方面作感觉的探险，或许是新诗生展的唯一路径。归根究竟，做诗还是从生活入手。

戴望舒先生所以超过现在一般诗人的我想第一就是他的缺陷——他的单纯，其次就是他的文字的优美。诗人的理论往往不符他的实行。读完《望舒诗稿》之后看到附录的《诗论零札》，我们不免要惊讶。他的开章明义就是：

一、诗不能借重音乐，它应该丢去了音乐的成分。

二、诗不能借重绘画的长处。

他的许多新形式的尝试（如《十四行》、《雨巷》、《记忆》、《烦忧》之类）和许多可爱的描写句不都是这两个原则的反证么？

戴望舒先生对于文字的驾驭是非常驯熟自然，但是过量的富裕流于轻滑以至于散文化，也在所不免。《我的记忆》除头二段以外大半近于 prosaic，《林下小语》中的：

你到山上觅珊瑚吧，
你到海底觅花枝吧；

之类诗句虽然有它的可爱处，也很容易流于轻易。像《生涯》里的：

人间天上不堪寻，
人间伴我惟孤苦。

和《残花的泪》里的：

寂寞的古园中，
明月照幽素，
一枝凄艳的残花
对着蝴蝶泣诉。

之类似乎太带旧诗气味了。在《乐园鸟》中，亚当夏娃被逐的花园据说是在“天上”，似亦有斟酌的余地。不过这都是小疵。就全盘说，《望舒诗稿》的文字是很新鲜的，有特殊风格的。

（载《文学杂志》第1卷第1期，1937年5月）

编辑后记(一)[①]

本刊每期暂订八万字左右,篇幅的分配,创作约占五分之三,论文和书评约占五分之二。这自然只是一个粗略的标准,每期各门类的分量要依稿件多寡而伸缩。比一般流行的文艺刊物,本刊似较着重论文和书评,但是这不一定就是看轻创作。论文不仅限于文学,有时也涉及文化思想问题。这种分配将来也许成为本刊的一个特色。留心过欧洲几种著名的文艺刊物的编配方法的人们或许不至感觉到我们的编配方法有什么离奇。我们不仅要读,还要谈,要想。

就文坛现状说,现代中国与伊丽莎白的英国颇有类似点:一、

① 本文发表时,作者未署名。——编者。

接收外国文学的狂热与翻译的发达；二、文学语言受外来影响剧烈变化；三、新风格与新技巧的尝试；四、讨论发达，尤其着重技巧问题。这是好现象。但是本国传统的完全破除亦非历史的连续性所允许。叶公超先生在《论新诗》里第一次郑重地提到新诗与传统的问题。他很明白地指出新旧诗的分别不在有无格律，新诗仍有格律，不过新诗的格律要在“说话的节奏”及字音和谐上面讲究。同时，他指出在何种条件之下，新诗人可以研究旧诗。胡适之先生对于本刊的发起帮了许多忙，这一期创刊号又得到他的一件可宝贵的“贺礼”。《月亮的歌》对于《尝试集》的读者像是一位久别重逢的老友。它和戴望舒和卞之琳两先生的几首近作恰好做一个有趣的对称。读者在无意中常欢迎诗人走熟路，所以新技巧与新风格的尝试都难免是向最大抵抗力去冲撞。胡先生曾经勇敢地冲撞过，戴卞两先生现在也还是在勇敢地冲撞。这两种冲撞的方向虽不同，却各有各的意义和价值。

沈从文先生在《贵生》里仍在开发那个层出不穷的宝藏——湖南边境的人情风俗。他描写一个人或一个情境，看来很细微而实在很简要，他不用修词而文笔却很隽永；他所创造的世界是很真实的而同时也是很理想的。贵生是爱情方面“阶级斗争”的牺牲者。金凤的收场不难想象到。乡下小伙子和毛丫头逼死了一个两个，只是点滴落到厄运的大海，像莎翁所说的 The rest is silence，沈从文先生的作品常留下这么一点悲剧意识。

人人知道老舍“幽默”，但是很少人知道他是一个彻底的有心人。像一切上品幽默家，他拿给人看的是喜笑讥嘲，而喜笑讥嘲后面却还有人家不易看到的一面——对于人道正谊的热烈的爱护以及对于委曲人道正谊者的愤慨和怜悯，《火车》证明了这一点，同时也可以证明一般人所说的“白话文做不到古文那样简炼”是一种谬见。

读过《玉君》和《西滢闲话》的人们都埋怨杨今甫和陈通伯两位先生这些年来都在韬光养晦。现在他们居然为本刊打破长久的沉寂，这是可庆幸的事。《抛锚》写山东海边报仇残杀的原始风俗。《大国之风》在原文本以机锋隽利著名，得到西滢先生的明快的译笔，更显得俏皮。

李健吾先生的《一个未登记的同志》是新近戏剧中值得叫人高兴的收获。它的剧情生动，对话锋利，布局紧凑，一句废话没有，一个闲人物没有，一点节外枝叶没有。在独幕中他能不断地创造新局面，当你正以为走到山穷水尽时，他很轻松地把你从难关提到坦途，而坦途又马上变成难关；步步是惊奇，而步步却又摆布得十分安稳。李先生以往的作品容易令人怀疑他浑身是厌世主义者，在这部剧本中他开始在人性中发见英雄成分。

柯尔律治仿佛说过，批评家首先须明白作者自己的目标，看他对于自己所悬的目标达到某种程度以为估定价值的标准。读林徽因女士的《梅真同他们》的人尤应记住这个忠告。她在给编者的信中表示她的写作态度说："我所见到的人生中戏剧价值都是一些淡香清苦如茶的人生滋味，不过这些戏剧场合须有水一般的流动性，波光鳞纹在两点钟时间内能把人的兴趣引到一个 make-believe 的世界里去爱憎喜怒一些人物。像梅真那样一个聪明女孩子在李家算是一个丫头，她的环境极可怜难处。在两点钟时间限制下，她的行动，对己对人的种种处置，便是我所要人注意的。这便是我的戏。"现在话剧中仍留有不少的"文明戏"的恶趣，一般人往往认不清 dramatic 与 theatrical 的分别，只求看一个"闹台戏"，林徽因女士的轻描淡写是闷热天气中的一剂清凉散。

"散文"一栏包涵小说戏剧之外的带有纯文学意味的文章。这个标题只是一种方便，并没有谨严的逻辑性。我们很高兴在这一栏里开头就有知堂先生的作品。"知堂"、"谈笔记"，这两个名字似乎是天造地设联在一起的，它们联在一起却还是第一次。“在文词可观之外再加思想宽大，见识明达，趣味渊雅，懂得人情物理，对于人生与自然能巨细都谈，虫鱼之小，谣俗之琐屑，与生死大事同样看待，却又当作家常话的说给大家听。”这是知堂先生的笔记理想，而他自己的作品恰好可以安上这几句评语。

钱钟书先生在牛津，远道寄来他的《谈交友》。他殷勤在书城众卉中吸取精英来酿出这一窝蜜，又参上兰姆与哈兹里特的风格的芬芳。他的夫人杨季康女士的《阴》以浓郁色调染出一种轻松细腻的情绪，与《谈交友》可谓异曲同工。废名先生续修他的搁下许久的《桥》，本期先发表《随笔》一则，像他的一切文章，这段诗话的思致与笔调都是切己的，独到的。他极推重程鹤西先生的散文，说他在散文作家中最有特创。本期的《灯》可以聊见一斑。

本期书评栏原有李健吾先生论巴尔扎克的一篇长文，因为篇幅的限制，留待下期发表。

周煦良先生趁评《赛金花》的机会，很清楚地指出借文学为宣传工具而忽略艺术技巧的危险。常风先生是助理本刊编辑事务的，他预备以全副精神注意国内外的文坛现状，常介绍新出版作品。这一期里他的《活的中国》对于“中国通”或许是应有的当头棒。我们想在最近期内特辟叫“中国现代作家研究”一栏，请参看征文启事。

本期逾定额二万字，还搁下许多好稿子。国内作家们的热诚赞助，使编者有向前努力的勇气，他心里非常感激。

（载《文学杂志》第1卷第1期，1937年5月）

编辑后记(二)[①]

我们不懂日本文而对于日本文学感到兴趣的人们大半要感谢知堂先生。在本期里他告诉我们俳文在日本是怎样起来的,它的性质如何,风格如何,又举了一些实例让我们尝鼎一脔。他以后还要谈到中国的俳文。读这篇文章所得的情趣使我们联想到《希腊选本》里许多隽语,很希望有人——最好还是知堂先生——像谈俳文似的拿它来谈一回。

梁实秋先生在费过许多年工夫研究和翻译莎士比亚之后,用简要清楚的文字说出他对于莎士比亚的看法。他的结论是莎士比亚"由诗人变为戏剧家",他的作品中有大部分不能算是诗。莎士

① 本文发表时,作者未署名。——编者。

比亚是诗人，也是戏剧家，这是无可置疑的。至于他的作品中诗的成分究竟有多少，先决问题是“什么叫做诗?”如果采取亚理斯多德以来传统的看法，“一部诗的戏剧”就应该整个地是一首诗。梁先生在指出莎士比亚的某某段不是诗时，是像他自己说得很明白的，因为作者并没有“要在文字上用心制作声调铿锵的音节或富丽堂皇的辞藻”。

语言的引申义以及隐喻义大半起于自然的观念联想，它本身就应该是一种“创作”，一种“语象”，而不是本义或“语象”的“化装”。不过这是理想。在实际上许多人雕章琢句，强用引申义或隐喻义，不是直接的自然的联想而是间接的不自然的翻译或“化装”。这是一种文弊。王了一先生在《语言的化装》里对于这种文弊痛加针砭，主张“修辞立其诚”，这是值得“以艰深文浅陋”的人们猛省的。

我们不预备多登纯粹的考证文章。宋朝诗话极盛，留心中国文学批评者似不应忽略。郭绍虞先生对于诗话研究的贡献甚大，所以我们把他的辛苦研究的结果发表出来。

废名先生的诗不容易懂，但是懂得之后，你也许要惊叹它真好。有些诗可以从文字本身去了解，有些诗非先了解作者不可。废名先生富敏感而好苦思，有禅家与道人的风味。他的诗有一个深玄的背景，难懂的是这背景。他自己说，他生平只做过三首好诗，一首是在《文学季刊》发表的《掐花》，一首是在《新诗》发表的《飞尘》，再一首就是本期发表的《宇宙的衣裳》。希望读者不要轻易放过。无疑地，废名所走的是一条窄路，但是每人都各走各的窄路，结果必有许多新奇的发见。最怕的是大家都走上同一条窄路。

陆志韦先生是新诗运动的先驱。这些年来初期新诗人们死的死，逃的逃，只有他还在猛勇奋斗。他在白话诗初起时便试验应用西方诗的音律技巧，《杂样的五拍诗》是长久试验之后的收获，虽然据他自己说，这几首诗倒不仅是“技巧的”而是“性灵的”。

莎士比亚的《十四行诗集》是他的最切己的作品，在十四行体中独成一格，梁宗岱先生近来译过许多首，本期先选登二首。他的译文能保持原文的音节韵脚，而读起来还很流利自然，没有“塞”和“凑”的痕迹。自己译过诗的人们会知道这不是一件易事。

近来小说作者大半都受了西方的影响。在技巧方面这固然促成很大的进步，但是手腕低下者常不免令人起看中国人画的“西画”之感。施蛰存先生的《黄心大师》很有力地证明小说还有一条被人忽视的路可走，并且可以引到一种新境，就是中国说部的路。施先生的作风当然也有西方小说的佳妙处，但是他的特长是在能吸收中国旧小说的优点。他的文字像他自己所说的，是“文白交施”，但是看起来比流行语言还更轻快生动。读许多人的小说，我们常觉得作者是在做文章；读《黄心大师》，我们觉得委实是在“听故事”，而且觉得置身于“听故事”所应有的空气中，家常，亲切，像两个好朋友夜间围炉娓娓谈心似的。

萧乾先生的《破车上》是一篇速写。他借一辆破汽车上的旅行烘托出北方乡村中的沉闷空气，又借车上一个吸毒就决的囚犯烘托出作者在烦躁之中寓有恻隐的心情。他的写法很新颖。

沈从文先生在《大小阮》里描写五四前后青年中两种人物典型，一个伤人逃命，东奔西窜，神出鬼没煽动革命而终于丢掉脑袋的侄子，和一个讲究打香水，宿娼捧戏子，当小报编辑，成了名“作家”而回到母校当训育主任的叔父。每人都自信对人生有正确信仰而实在又同样地糊涂。世界成天在变。小阮成了“烈士”，大阮当了训育主任，而学校里当年提灯照他们爬墙的老更夫却依然在炖狗肉下烧酒。从题材，作风以及作者对于人物的态度看，《大小阮》在沈先生的作品中似显示转变的倾向。讽刺的成分似在逐渐侵入他素来所特有的广大的同情。正因为这层，他的观察比以前似更冷静深刻。

本期原有废名先生的一段《桥》，因为篇幅限制，暂时搁起，这是长篇连载，预备下期开始发表。

读何其芳先生的《还乡杂记》常使我们联想到法朗士的《友人之书》。它们同样地留恋于过去的记忆，同样地富于清思敏感，文笔也同样地轻淡新颖，所不同者法朗士浑身是幽默，何其芳先生浑身是严肃。最有趣的是何其芳先生并不像读过《友人之书》的原文，而它的微妙在译文中是无法抓得着的。

朱佩弦先生的《房东太太》是一篇“画像”。他的风格朴质，清淡，简炼，以亲切口吻道家常琐细，读之如见其人。

程鹤西先生的《落叶》可以和上期中他的《灯》参看。它虽短，却写出一种意味深永的境界。

书评成为艺术时，就是没有读过所评的书，还可以把评当作一篇好文章读。书评成为文学批评时，所评的作品在它同类作品中的地位被确定，而同时这类作品所有的风格技巧种种问题也得到一种看法。刘西渭先生的《读里门拾记》庶几近之。

周煦良先生在《北平情歌评》里并没有讨论到林庚先生的诗的本身，只谈林先生的音律试验。他不满意于孙大雨先生的“字组法”而赞成林先生的“音组法”。在我们看，理想的诗应能调和语言节奏与音乐节奏的冲突，意义的停顿应与声音的停顿一致，“字组法”与“音组法”的悬殊或不如周先生所想象的那么大。不过周先生的音组代替平仄之说确有特见。从前人似还没有提到这一点的。

叶公超先生在《牛津现代诗选》里不仅评这一部值得介绍的书，还讨论到选本原则以及现代英国诗坛状况。常风先生介绍了四部新近出版的小说，其中萧军的《第三代》是近来小说界的可宝贵的收获，值得特别注意。

（载《文学杂志》第1卷第2期，1937年6月）

编辑后记(三)[①]

本刊通常在出版期之前四十余日发稿,所以创刊号出世时我们已着手编辑第三期。创刊号出世以来,我们接到各方面许多鼓励和教正的信件。本刊在草创中,内容编配及印刷样式都难免有缺点。我们决定逐渐改良,力求完善,以求无负于作者及读者爱护的雅意。

半月之中我们每天都要收到十几篇来稿,计诗稿已有三百余首,小说稿已有三十余篇。作者与读者的热心赞助令我们非常欣谢。有些附退还邮票的稿件我们不用即一律退还,退还的稿子不全是坏的,只因为来稿拥挤,刊物篇幅有限,我们怕压久了多劳投

① 本文发表时,作者未署名。——编者。

稿者悬望。留下来的稿子我们当设法陆续登载，有些不免要出来迟一点，希望投稿者特加原谅。我们为设法充实内容多登来稿起见，已决定把原定的八万字的篇幅扩充到九万字至十万字。

陆志韦先生近来费了许多工夫用心理学方法研究诗的节奏文字意象诸问题，《论节奏》是他所得的成绩的一部。文分两段。第一段讨论节奏本身的性质以及诗的节奏与音乐的节奏的异同。第二段叙述他个人做诗及试验用五节拍的经过。他主张诗的节奏应根据语调的节奏而加以整理。这是一段自道甘苦的话，所以很亲切有味。

知堂先生的《再谈俳文》是上期《谈俳文》的续篇。前文侧重日本，此文则侧重中国。他从古代俳优溯起，一直溯到明清小品文。俳文的倾向是由"替政治或宗教去办差"转到"游戏就是正经"，他认为这是"往好的一方面转"。

关于废名先生的《桥》，我们已另写评介绍。这是长篇连载，前后虽一气贯串而每篇却能独立自成一整体，所以不至像一般长篇连载那么冗长生倦。

《神之再现》是沈从文先生的最近长篇创作《凤子》中一段散文。他从苗巫迎神的祭典引起对于神的感想。依他看，神之存在条件是"人生情感的素朴，观念的单纯以及环境的牧歌性"。我们对于"人类耐心和秩序产生的庄严的工作"，也可以"发生一点神的意念"。

在巴尔扎克的名著刚有中译本时，我们很高兴得到李健吾先生的一篇论文式的书评。我们对于书评希望简短扼要，但是遇到对于一部作品下结实精细的研究的论文我们也很欢迎。

从外边来稿看，初习文艺创作者大半爱写诗。诗稿比其他类稿件特别拥挤。我们希望作者不是以为诗最容易写，而是因为对于诗的趣味特别浓厚。就编者说，选诗比选其他类作品都较困难。

不爱读诗者遇到诗就根本不理会，爱读诗者对于诗就不免特别苛求。杂志是公开的，编者又不能不牺牲个人的趣味让各种不同的风格都有自由伸展的机会。在这种情形之下，我们不容易叫所选的诗产生一个调和的印象。“谈到趣味无争辩”。大家都尽量地爱好自己所爱好的，同时也费一点力求了解旁人所爱好的，也许就无须争辩了。

我们想在书评方面多努力，最苦的是不易找到好书，希望出版家与作家肯多惠寄新书以供我们参考。

许多投稿人来信要求编者回信表示对于他们的作品的意见。这在事实上不可能。我们每天都要收到十几封稿件，看稿已经很忙，实在没有剩余的工夫写详细的回信，希望投稿人特别原谅，不要等待回信。

（载《文学杂志》第1卷第3期，1937年7月）

编辑后记(四)[①]

钱钟书先生拿中国文学批评和西方文学批评相比较,指出它的特色在“人化”,繁征博引,头头是道。儒家论诗,以“温柔敦厚”为理想,《乐记》论声音,举和柔直廉粗厉发散啴缓噍杀六种差别,《易·系词》称“精义入神”,都是最早的“人化”批评。汉以后道家思想盛行,“气”,“神”等观念遂成为文艺理论中的重要台柱。魏晋人论诗文,很少没有受道家思想影响的。应用“人化”观念者不仅有文学批评家,论书画者尤其显著。同时,“人化”之外,“物化”或“托物”也是中国文艺批评的一个特色。《史记》称相如词赋“飘飘有凌云之气”。扬子称“圣人之辞,浑浑若川”,是“物化”的最简单

① 本文发表时,作者未署名。——编者。

的例证。司空图《诗品》是“人化”与“物化”杂糅，最足以代表“中国固有的文学批评”的一部杰作。看过钱先生的论文以后，我们想到如果用他的看法去看中国的文艺思想，可说的话还很多，希望他将来对于这问题能写一部专书。

考证的文章最易流于干燥，朱东润先生的《说衙内》是一个例外。他从一个极小的题目——元曲中“衙内”的称呼——出发，讨论到元曲的整个的政治背景。原来元曲作家“取着歪曲史实的方法，把蒙古兵官的危害搬上舞台”，同时，还指出当时汉人脱离“活地狱”的出路是清官与好汉的出现。经朱先生这样一指点，许多元曲杰作的用意便很醒豁了。

一篇针对现实问题的论文所含的力量大小，往往可以在它所引起的反响上见出。这一年来我们的文坛上许多剧烈辩论都由炯之先生去年在《大公报》所发表的《谈差不多》一文惹起来的。有一件值得注意的事实是最不高兴他说那番话的人大半是“作者”而不是读者。在这件简单的事实之前，作家的合理的反应应该是自省而不是空口谩骂。《再谈差不多》比《谈差不多》似更苦辣，更切中时弊，也许要引起作者们打更大的喷嚏。站在读者的地位，我们希望他们打过喷嚏之后，会得到一种康健的效果，会明白“事实最雄辩”，他们向炯之先生所能提出的最有力的反证不是空言而是作品。

从本期起，我们预备尽量多登新作家的来稿，本期诗栏大部分作者就是才露头角的青年诗人。许多人对于新诗前途颇悲观，如果他们肯拿现代新诗人的作品和初期新诗人的作品细心比较一下，就会知道他们的悲观是无理由的。一般青年诗人的毛病不外两种，一种是文字欠精炼，技巧欠成熟，一种是过于信任粗浮俗滥的情调，前者可救药而后者实不可救药。我们不敢说现在新诗人绝对没有第二种毛病，但是也不能否认他们中间确有少数人知道它是毛病而力求避免。这是一个好现象，新诗前途可乐观者也正在此。

凌叔华女士写儿童心理的作品已自成一典型，用不着我们介绍。在《八月节》里她借凤儿一个主角写出旧家庭中的暗中猜忌与表面敷衍，处处都很体贴入微。

张骏祥先生在美国专门研究戏剧，在本期中他把过去一年的美国戏剧状况作一个简要的报告。读过这篇文章，我们对于戏剧将来是否会为电影所吞并一个忧虑似可涣然冰释了。

林徽因女士去山西旅行，《梅真同他们》的第四幕稿未能按时寄到，只好暂停一期，待下期补登。

（载《文学杂志》第1卷第4期，1937年8月）

答复巴金先生的忠告

巴金先生：

在《中流》里读到你给我的一篇“忠告”，我很感谢你。我对于你的印象虽不深，却素来很好。我一向相信你是一位有热情的诚实人。这不是违背良心的话，许多和我谈到你的朋友们，像宗岱、沉樱，都可以证明。我希望这次的忠告确实是“忠告”而不是“存心诬蔑”或是逞一时气忿说昧良心的话。我素来对于旁人的谩骂一概恭敬领受，不置答复。原因很简单。他们如果骂的对，我应该悛改；如果骂的不对，旁观者自有眼睛看出他们的卑鄙的动机，谁也不能以一手遮尽天下人的耳目。我这次破例回答你，还是因为素来对于你的一点敬意。我的目的不是借这个机会来损害你的令誉，而是很诚恳地“忠告”你平心静气反省。

先说惹你动气的原因。我在《眼泪文学》里引了你“流过四次眼泪”一句话，只是借它做一个实例来说明有人欢喜一种文学作品是因为它能叫他们流泪。我那篇文章的要旨是说能叫人流泪的文学不都是好的，我并没有说能叫人流泪的文学都是不好的，尤其没有存心要骂任何人。那里有“讽刺”，诚如你所说，但是一个人做文章能绝对不用讽刺么？我以为人生来一点爱诙谐的自然倾向，它令我偶然说一两句讽刺话，也许同时可以令旁人很和善地接收一两句讽刺话。如果事实适得其反，那就要归咎听者缺乏幽默诚意，或是要归咎我自己笨拙，失去讽刺的目的。如果你动气是由于后一种原因，我很愿向你道歉。

你捉住我的把柄在我像你一样，也写过一些文章，而这些文章又太“不像样”。我为什么不揣冒昧写些“不像样”的文章，道理也许和你要写文章一样，心里有话就闲不住口，有时也因为旁人逼我要一点文章，你自己就曾经到我这里来拉过稿子，你也许还记得。你说我“素来以青年的导师自居”，这足见你聪明，会造罪状，我在哪一篇文章里或是向哪一个人表示过这种妄诞的态度，你指得出来么？不错，我的文章有些是给青年看的，这是因为我自己知道自己浅薄，只配和青年们谈一些浅近的话。我的话尽管不免错误——谁说话能够没有错误？——但是我并不曾存心要说错误的话来“欺骗”人。

没有人比我自己更知道我自己浅薄。我说过错话，我大胆地承认，我诚恳地忏悔。不要因为一个人在文章里偶然犯了错误，就断定它是存心“欺骗”，“冒充内行”，恐怕谁也逃不掉这罪名，自然，你巴金先生也不是例外。不信，有凭据在：

(一)你在引过我的一段话——“我们知道文学史上有所谓‘浪漫时期’，‘浪漫时期’又有所谓‘世纪病’……”之后加了下面的案语，——“我们青年人知道文学史上并没有‘浪漫时期’，更无所谓

‘世纪病’。我们只知道‘浪漫主义运动’或‘浪漫主义时期’，我们只知道‘世纪末’，但这和浪漫主义无关。”

用“浪漫时期”译 romantic period 是否一定比“浪漫主义时期”不稳妥，我不敢武断，留待读者公判。至于“文学史上……更无所谓‘世纪病’”一句话出诸一位留法学者之口，想来不仅叫我一个人诧异。巴金先生，你没有听说过 mal du Siècle 么？你以为我把这个名词和“世纪末”（la fin du siècle）混为一事么？“世纪末”和浪漫主义无关，“世纪病”和浪漫主义并不如你所说的“无关”。

（二）我在《谈美》里说，“艺术家对于他所用的媒介也要有一番研究。比如雷阿那多的《最后的晚餐》是文艺复兴时代的最大的杰作。但是他的原迹是一种不耐潮湿的油彩画在一个易受潮湿的墙壁上，所以没过多少时候就剥落消失了。这就是对于媒介欠研究。”

你在引用这段话之后加以案语说：“朱先生责备达·芬奇对于媒介欠研究，这大可不必。……朱先生说《最后的晚餐》是用‘油彩’画的。其实那壁画是用一种粉画的。‘粉’和‘油彩’中间毕竟有一个距离，不能混为一谈。那时候根本没有现代的油画颜料。”

巴金先生，你在这里玩的是什么把戏？一般人看到你这一段“老气横秋，摆出专家的架子教训别人”的话，一定相信你，以为我“冒充内行”“欺世盗名”，罪无可逃了。我要请问你：那壁画用的究竟是那一种粉？谁告诉你那壁画不是用“油彩”画的？谁告诉你那时候根本没有油画颜料？你有什么根据断定我错误？我说那段话的根据第一是我在米兰亲眼所见到的《最后的晚餐》，其次是一些论画的“几本破书”。如果你有工夫，请你翻看下列几部书：

André Michel：Histoire de I’Art，卷四 255 页

Julic B. De Forest：A Short History of Art，292 页

Cosmo Monkhouse:Historg of painting,90 页

我手边只有这几本书,它们的作者都很确定地说《最后的晚餐》是用油彩画的。就是埋怨雷阿那多对于媒介欠研究的话,我也是采用他们的意见,并不是凭空立论。

你还骂了我许多其它的话,有些你说的对,我感谢你,有些也和以上两例同样地有问题。我现在用意并不在辩护自己的疏忽,而在证明我们凡人免不着偶有疏忽,这种疏忽不能使一位有公平态度的人认为“欺骗”。如果它能,那么,巴金先生,你在说上面两段话时,是否是如你骂人所说的“望文生义”,“道听途说”,“滥用名词”,“胡言乱语欺骗人”?你说“朱先生诲人心切,急不择言,连自己也没有弄清楚,就信笔纵横了”。巴金先生,你在向我进忠告,“矫正”我的“缺失”,你平心静气地扪心自问:你在说“文学史上无所谓世纪病”和“《最后的晚餐》是用一种‘粉’画的,不是用‘油彩’画的”时候,你是否“诲人心切,急不择言,连自己也没有弄清楚,就信笔纵横了”呢?你既然写文章,当然希望读者相信你的话,假如他们真相信,而且后来有一天知道文学史上确有“世纪病”这个名词,《最后的晚餐》确是用油彩画的,他们会不会像你所说的要“憎恨”你“欺骗”和“存心诬蔑”?依自己的逻辑,你没有方法逃开你自己所造的这些罪名;而我呢,我不肯把这些罪名加在你巴金先生的身上像背枷似的去游街,因为我知道巴金先生不过是一个人,是人就不免偶有无心之失。我的一点自尊心——你也许以为这是臭架子——不容许我轻易把“欺骗”字样加在一个像我一样不免偶有无心之失的人身上。

你劝我收回我的全部著作,免得它误人,我很感谢你的盛意。但是在事实上这不可能,正犹如你说出“文学史上无所谓世纪病”和“《最后的晚餐》不是用油彩画的”之后就无法收回一样。而且如

果我真是像你所骂的那么凶恶的罪人，你自己恐也难免有“帮犯”的嫌疑。你记不记得《文学季刊》时代你帮靳以先生三番四次地来拉我的稿子？如果你健忘，靳以先生应该能提醒你，那时和我同住的梁宗岱先生也可以为证。当时我的误人的《给青年的十二封信》和《谈美》都早已出版了。你知道我“误人”而怂恿我再“误人”，既误了人之后，你又来骂我“误人”。巴金先生，我不配做你的朋友，但是你至少须允许我要求一种“人的待遇”，你这是怎样待人呢？

最后，让我再说一句，我希望你在写“忠告”时不是“存心诬蔑”，因为我不愿素来对于你的敬意突然幻灭。我说这番话，用意并不在辩护自己的错过，而在证明人人容易有错过，请求你巴金先生推己及人，以原谅自己错过的精神去原谅别人的错过。据你自己说，你坐到“深夜两点二十分”来骂我，这未免太不爱惜你的精力了。你巴金先生是一位多才多产的作家，前途正未可量，别要浪费精力啊！寻找和攻讦别人的错过永远不能成就你的伟大。这是我报答你的一句诚恳的忠告。它够使你受用一生，也够使你骂我一生。它究竟产生那一种效果，看你的造化吧，至于我的话却到此为止。

朱光潜谨复

一九三七年四月廿六日

（载《大众知识》第1卷第12期，1937年7月）

《桥》

废名先生开始写《桥》是14年11月，到19年终写完上半部，21年在开明书店初版出世。此后他断断续续地写了几章，在《新月》、《文学》等刊物发表。据他预定的计划，已出书及陆续发表的部分至多仅占全书的一半，在这几年中完成《桥》的工作一个念头在他心头是一个重负。他近来的兴趣已逐渐由文艺创作转变到他自己所认为更重要的悟理证道一方面去，但仍时时惦念着完成《桥》一件未了心愿。现在他决计费一年左右的光阴把《桥》续成，陆续付本刊发表。趁这个机会，我们就已发表的一部分《桥》来谈谈，借以提醒读者的记忆。

读小说的人常要找故事，《桥》几乎没有故事。主角程小林在十二岁那年春夏间放学回家，在路上掐金银花，看见树脚下有一位放牛的小姑娘琴子，就伸手送她一串花。她的奶奶认识小林和琴子原来有“通家”之谊，于今小林的父亲和琴子的母亲都已去世了，单剩下这两个“孤儿”。于是小林就被邀到史家庄——琴子的家——去玩。上篇所写的就是小林的乡塾生活以及他和琴子来往的“两小无猜”天真烂漫的情状。下篇展开时，小林已经不是在私塾中提笔在水壶上写“程小林之水壶”那个小林了，是走了几千里路回来可以出口就诵莎士比亚的名句的少年公子了。他回到史家庄，久别之后所会见的琴子“无论如何已是昔日之人”，但是“他们俩的会见只费一转眼，而这一转眼傲然是一‘点睛’，点在各人久已画在心上的一条龙，龙到这时才真活了，再飞了也不要紧”。琴子之外，他也会见了细竹，当年的“小东西”“竟在他的瞳孔里长大了”。她比琴子小两岁，和琴子只是堂姊妹，却“相依为命”，看来像是嫡亲姊妹。下篇所写的就是小林混在这两位姊妹行中度牧歌式的乡村岁月，三月三望鬼火，夜里提灯看桃花，到“头发林”里披发，下河洗衣，编杨柳球，清明上坟，往花红山看映山红，下雨天坐在房里谈草谈山谈伞，上八丈亭佛庙里坐蒲团，画画，裹粽子过端阳。这种快乐的日子在各人心中却都不免掩藏着几分苦恼。细竹始终是天真烂漫，但是心里总觉得和琴子不是嫡亲姊妹。琴子有时“想小林又是同细竹一块儿玩去了，恨不得把这丫头一下就召回来，大责备一顿”。小林回来，称赞“细竹真好比一个春天，一举一动总来得那么豪华”，琴子警告他“以后不要同细竹玩”，“她轻轻这一说又把他说哭了。她也哭了。”上部所给我们的故事线索仅仅如此。

下部只写成了六段。正是早秋。小林、琴子、细竹三人去朝天禄山，天禄山有山有海，有红叶，山上有个鸡鸣寺，他们要在这寺里住一月半月。在山上他们遇见牛大千小千两姊妹，彼此成了情投意合的游伴。牛家姊妹住她们自己的别墅“扫月堂”，离鸡鸣寺不远。他们五人就在这两处往还。以后的事“且听下文分解”了。

我们为读者的方便，把这故事的线索这样抽绎出来，其实它对于全书的了解并不十分重要。这书虽沿习惯叫做“小说”，实在并不是一部故事书。把文学艺术分起类来，认定每类作品具有某几种原则或特征，以后遇到在名称上属于那一类的作品，就拿那些原则或特征为标准来衡量它，这是一般批评家的惯技，也是一种最死板而易误事的陈规。在从前，莎士比亚的悲喜杂糅的诗剧被人拿悲剧的陈规抨击过；在近代，自由诗，散文诗，“多音散文”以及乔伊斯和吴尔夫夫人诸人的小说也曾被人拿诗和小说的陈规抨击过。但是真正的艺术作品必能以它们的内在价值压倒陈规而获享永恒的生命。对于《桥》，我们所要问的不是它是否合于小说常规而是它究竟写得好不好，有没有新东西在里面。如果以陈规绳《桥》，我们尽可以找到许多口实来断定它是一部坏小说；但是就它本身看，它虽然不免有缺点，仍可以说是“破天荒”的作品。它表面似有旧文章的气息，而中国以前实未曾有过这种文章；它丢开一切浮面的事态与粗浅的逻辑而直没入心灵深处，颇类似普鲁斯特与吴尔夫夫人，而实在这些近代小说家对于废名先生到现在都还是陌生的。《桥》有所脱化而却无所依傍，它的体裁和风格都不愧为废名先生的特创。看惯现在中国一般小说的人对于《桥》难免隔阂；但是如果他们排除成见，费一点心思把《桥》看懂以后，再去看现在中国一般小说，他们会觉得许多时髦作品都太粗疏浮浅，浪费笔墨。读《桥》不是易事，它逼得我们要用劳力征服，征服的倒不是书的困难而是我们安于粗浅的习惯。正因为这一层，读《桥》是一种很好的文学训练。

像普鲁斯特与吴尔夫夫人诸人的作品一样，《桥》撇开浮面动作的平铺直叙而着重内心生活的揭露。不过它与西方近代小说在精神上实有不同，所以不同大概要归原于民族性对于动与静的偏向。普鲁斯特与吴尔夫夫人借以揭露内心生活的偏重于人物对于人事的反应，而《桥》的作者则偏重人物对于自然景物的反应；他们毕竟离不开戏剧的动作，离不开站在第三者地位的心理分析，废名所给我们的却是许多幅的静物写生。“一幅自然风景”，像亚弥儿所说的，“就是一种心境”。他渲染了自然风景，同时也就烘托出人物的心境，到写人物对于风景的反应时，他只略一点染，用不着过于铺张的分析。自然，《桥》里也还有人物动作，不过它的人物动作大半静到成为自然风景中的片段，这种动作不是戏台上的而是画框中的。因为这个缘故，《桥》里充满的是诗境，是画境，是禅趣。每境自成一趣，可以离开前后所写境界而独立。它容易使人感觉到“章与章之间无显然的联络贯串”。全书是一种风景画簿，翻开一页又是一页，前后的景与色调都大同小异，所以它也容易使人生单调之感，虽然它的内容实在是极丰富。

废名先生不能成为一个循规蹈矩的小说家，因为他在心理原型上是一个极端的内倾者。小说家须得把眼睛朝外看，而废名的眼睛却老是朝里看；小说家须把自我沉没到人物性格里面去，让作者过人物的生活，而废名的人物却都沉没在作者的自我里面，处处都是过作者的生活。小林，琴子，细竹三个主要人物都没有明显的个性，他们都是参禅悟道的废名先生。《桥》颇易令人联想到梅特林克的名剧本 Péleas et Mélisand，所写的好像也是一种三角恋爱，而氛围气息却没有一点人间烟火气，其中主角虽都是青年，而每人身上却都像背有百岁人的悲哀的重负与老于世故者的澈悟。《桥》是在许多年内陆续写成的，愈写到后面，人物愈老成，戏剧的成分愈减少而抒情诗的成分愈增加，理趣也愈浓厚。

“理趣”没有使《桥》倾颓，因为它幸好没有成为“理障”。它没有成为“理障”，因为它融化在美妙的意象与高华简炼的文字里面。《桥》的“文章之美”，世已有定评（参看知堂先生的序以及《新月》第四卷第五期灌婴先生的评）。关于这一层，我们只提出两点意思。

废名最钦佩李义山，以为他的诗能因文生情。《桥》的文字技巧似得力于李义山诗。举几个例来说。

> 蛇出乎草,——孩子捏了蛇尾巴。小小长条黑色的东西,两位姑娘草意微惊。(《路上》)

> 渐渐放了两点红霞——可怜的孩子眼睛一闭:"我将永远是一个瞎子。"顷刻之间无思无虑。"地球是有引力的。"莫明其妙的又一句,仿佛这一说苹果就要掉了下来,他就在柰端的树下。(《天井》)

> 小林站着那个台阶,为一棵松荫所遮,回面认山门上的石刻"鸡鸣寺"三字,刹时间,伽蓝之名为他脱出空华,"花冠闲上午墙啼",于是一个意境中的动静,大概是以山林为明镜,羽毛自见了。(《荷叶》)

这些都是"跳",废名所说的"因文生情",而心理学家所说的联想的飘忽幻变。《桥》的美妙在此,艰涩也在此。《桥》在小说中似还未生影响,它对于卞之琳一派新诗的影响似很显著,虽然他们自己也许不承认。

在《树》那一章里小林赞赏细竹的谈话说:"厌世者做的文章总美丽。"《桥》的基本情调虽不是厌世的而却是很悲观的。我们看见它的美丽而喜悦,容易忘记它后面的悲观色彩。也许正因为作者内心悲观,需要这种美丽来掩饰,或者说,来表现。废名除李义山诗之外,极爱好六朝人的诗文和莎士比亚的悲剧,而他在这作品里所见到的恰是"愁苦之音以华贵出之"。《桥》就这一点说,是与它们通消息的。在《诗》那一章里,小林问琴子细竹怎么不折花回来,她们本是说出去折花，回来却空手，一听这话，双双的坐在那桌子的一旁把花红山回看了一遍，而且居然动了探手之情！所以，眼睛一转，是一个莫可如何之感。古人说："镜里花难折"，可笑的是这探手之情。

我们读完《桥》，眼中充满着镜花水月，可是回想到"探手之情"，也总不免"是一个莫可如何之感"。

（载《文学杂志》第1卷第3期，1937年7月）

《谷》和《落日光》[1]

像许多青年作家，芦焚先生是生在穷乡僻壤而流落到大城市里过写作生活的。在现代中国，这一转变就无异于陡然从中世纪跌落到现世纪，从原始社会搬到繁复纷扰的“文明”社会。他在二三十年中在这两种天悬地隔的世界里做过居民。虽然现在算是在大城市里落了籍，他究竟是“外来人”，在他所丢开的穷乡僻壤里他才真正是“土著户”。他陡然插足在这光彩眩目喧聒震耳的新世界里，不免觉得局促不安；回头看他所丢开的充满着忧喜记忆的旧世界，不能无留恋，因为它具有牧歌风味的幽闲，同时也不能无憎恨，因为它流播着封建式的罪孽。他也许还是一位青年，但是像那位

---

① 《谷》和《落日光》都是芦焚的作品。《谷》，文化生活出版社 1936 年 5 月初版。《落日光》，开明书店 1937 年 3 月初版。——编者。

饱经风霜的“过岭”者，心头似已压着忧患余生的沉重的担负。我们不敢说他已失望，可是他也并不像怀着怎样希望。他骨子里是一位极认真的人，认真到倔强和笨拙的地步。他的理想敌不住冷酷无情的事实，于是他的同情转为忿恨与讽刺。他并不是一位善于讽刺者，他离不开那股乡下人的老实本分。

读过《谷》和《落日光》以后，我们收拾零乱的印象，觉得它们的作者仿佛是这么样的一个跨在两个时代与两个世界的人。这点了解也许可以帮助我们化除一些不调和的感觉，——读这两部作品时，不调和的感觉是不免要不断地产生。

论题材，它们的来源大部分是近代文明在侵入而尚未彻底侵入的乡村和乡镇。像《落日光》里的“沉浸在落寞的古老情调里”的田庄，像在关圣大帝的神道前挂着红布花球写着“有求必应”的大槐树旁的庞府，像《牧歌》里老马干和印迦姑娘拦路同部落头目的队伍鏖战的小山冈，或是小茨儿和退伍老兵在酷热天气所爬过的蜈蚣岭，像江湖客和小二对头痛饮的小旅店，这些都可以说是芦焚先生的“老家”，在这些地方和这些地方的人物中他显得最家常亲切。但是此外芦焚先生还有一个“客寓”，上面是刷着崭新白垩和油漆招牌的。在这个另一世界里我们遇到的是狱里墙壁上用指甲刻新诗的青年志士，是侮辱女同志以反动罪名吓人的委员，是唱萨哑歌声的帝国儿郎，是在黄昏中并肩散步合念着“由崎岖的爱的路而直达永恒”的少爷小姐。这些人物在全部作品所烘托出来的气氛之中，有如西装少年拈香礼佛，令人感到不伦不类。这倒不能怪芦焚先生，因为他所经历的本来就是这种不伦不类的世界。

芦焚先生的世界虽是新旧杂糅的，其中人物的原型却并不算多，他们大部分是受欺凌压迫者，或是受命运揶揄者像《头》里的孙三，《谷》里的洪匡成，《牧歌》里的雷辛及其他被蹂躏者无辜地惨遭残杀，永远没有申冤的日子，是一种；像《过岭记》里的退伍老兵，

《人下人》里的丫头,《鸟》里的易瑾,《金子》里的孟天良和金子自己以及和候鸟同来去的卖香荸的江湖客,都经历尽人生的险艰而到头终无去向,是另一种。在这些人物的描写中,作者似竭力求维持镇静,但他的同情,忿慨,讥刺,和反抗的心情却处处脱颖而出。因为这一点情感方面的整一性,《谷》和《落日光》在表面上虽有许多不调和的地方,却仍有一贯的生气在里面流转。也正因为这个缘故,读芦焚颇近读 Hardy,我们时时觉得在沉闷的气压中,有窒息之苦。

读《谷》和《落日光》不是一件轻快的事。一泻直下,流利轻便,这不是芦焚先生的当行本色。他爱描写风景人物甚于爱说故事。在写短篇小说时,他仍不免没有脱除写游记和描写类散文的积习。有时这固然是必需的,离开四围景物的描写,我们不能想象有什么方法可以烘托出《过岭记》或《落日光》里的空气和情调。但是在芦焚先生的大部分的作品里,描写多于叙述时,读者不免觉到描写虽好,究竟在故事中易成累赘。这也许是读者的错过,《谷》和《落日光》也许根本就不应该只当作短篇小说看的。

每个作者都有他自己的一条路,我想芦焚先生的正路是《谷》,《过岭记》,《人下人》,《落日光》,《牧歌》,《金子》,《江湖客》数篇所指示的。他最擅长的是单锋直入,在同一氛围空气中写出同一类的人物的厄运。在《头》里他似乎尝试另一风格,要左顾右盼,声东击西,结果不免错杂零乱。错杂零乱的文章自然有它的好处,《头》在这方面的尝试也不能说是失败,但究竟也不能说是完全的成功。主角只是孙三一个人,其余许多人物都仿佛成为工具或傀儡。不过说来说去,这篇文章究竟难能可贵,没有人舍得割弃它的。这句话却未必能应用到《一日间》,《一片土》,《父与子》之类偏重讽刺的作品。我想芦焚先生最好把这块田地留给老舍。

我读芦焚先生的作品和读萧军先生的作品是同时的。这两位新作家都以揭露边疆生活著称，对于受压迫者都有极丰富的同情，对于压迫者都有极强烈的反抗意识，同时，对于自然与人生，在愤慨之中仍都有几分诗人的把甘苦摆在一块咀嚼的超脱胸襟。但是他们在风格上有一个重要的异点：萧军在沉着之中能轻快，而芦焚却始终是沉着。这种分别，我们只要拿萧军的《江上》和《同路人》同芦焚的《过岭记》和《金子》一比较，就可以明白。自然，萧军也有笨重的地方，《羊》的头一部分就是特例；芦焚也有轻快的地方，《谷》就是特例。不过特例终于是特例，两人的分别终于是很显然的。因为这个原故，读芦焚总比读萧军费力。萧军的好处马上就可以吸引读者的注意，芦焚的好处是要读者费一番挣扎才能察觉的。

（载《文学杂志》第1卷第4期，1937年8月）

读经与做古文

就各人安排自己的读书范围来说，读经与不读经，全是个人的自由，用不着辩来辩去。不过就站在教育立场，替一般学校规定课程来说，限定全国的学生去读经，或是限定全国学生都不去读经，这种决断——如果不是武断——就值得仔细考虑。

我相信专门研究国学的人们不能不读经，正犹如研究西方文学的人不能不读希腊史到悲剧和新旧的诸古典名著。经书是中国文化思想的渊源，是中国民族特殊精神的表现。

不过在现在分工时代，社会的需要与个人的精力都不幸只能容许一个受教育者走一条很窄的路，每个人都能从经书去明白中国文化思想与特殊精神，这已成为一种可望不可攀的理想。它是研究国学者的特殊工作。十个受教育者之中至多只能有一个人能专修国学，我们就要顾到其余九个人的时力经济。读经到能真正得实益的程度，所需的时力中定妨碍到其他功课的进展。现在学校读经，恐怕正如读第二外国语，费力多而无所成就。

主张读经的道理自然很多，已经引起很多人的讨论，用不着多说。我想多数父兄师长希望子孙读经，还是从前人的老心理，以为经书是“古文”典型，要想做好文章，终须读经书。这种迷信是急待打破的。为练习文字发表力起见，以同样的时力去研究语体文，比较以同样的时力去研究经书古文，可以说是事半功倍。我相信就一般人而论，做“古文”是不合理的，现代英国人不做伊利萨白时代的古文，唐宋大家又何曾真正学周诰殷盘呢？是一时代的人，过一时代的生活，就用一时代的语文发展思想，这已成为世界公律。中国决非例外。“古文”是决不会复兴的，绝对没有未来的现代青年还要学做“古文”，那是老鼠钻牛角，死路一条。这番经人说过三番四遍的话，到今日还有再说的必要，我不但觉得希怪，也很难受。

主张读经做古文的教师们惯骂写白话文者不通，他们应该扪心自问：他们的学生们的“古文”卷有几篇说得上“通”呢？我近来看一些青年人所做的腐气沉沉的“古文”，愈让我坚信“古文”不可做。乱用语言的诸总是思想糊涂，现代人做“古文”不乱用语言，那是一件极不容易的事。

举一个小小的统计来说，现在青年用语体文做的作品，可观的甚多。这一二十年来，我就没有见到一个做“古文”的青年写出一部值得一看的书。我对于新书旧书都欢喜看，并不分什么畛域。

我自己也读过经书，做过“古文”的，改作语体文是近十年的事。我觉得用语体文比用古文要痛快得多就切得多。我现在对于经书仍有几分留恋，对于“古文”都敢斩定其为伪制古董，我或许不会忘怀于《论语》、《诗经》、《左传》、《檀公》、《乐记》、《学记》之类书籍，但是我相信我这一辈子不会再欢喜唐宋八家的议论文，也不会再用“古文”来发表思想。我对于一般青年的忠告是经书可读但不必人人都读，古文则绝对不可做。读经书也要脱除冬烘腐气，用新方法去整理，用新观点去鉴赏。带冬烘腐气去读经，那就不免愈读愈腐。

（载《学生半月刊》第1卷第6期，1938年3月）

文学与民众

一个民族的生命力最直切地流露于它的文学和一般艺术，要测量一个民族的生命力强弱，文学和艺术是最好的标准之一。从历史看，一个新兴的民族，如近代的德俄，或是一个复兴的民族，如伯里克理斯时代的希腊和伊丽莎白时代的英伦，都在文学和艺术方面能突放异彩。这不仅是说当时有几个伟大的作家产生了几部伟大的作品，尤其重要的是当时一般民众对于文学和艺术的狂热。希腊人到戏场里看索福克勒斯或欧里庇得斯的作品，每场动辄达数万人，伊丽莎白时代戏剧成为朝野上下的普遍娱乐，所以莎士比亚能够借戏剧维持他的生活，发展他的天才。德国当狂飙突进时代，一般青年对于文学之狂热以及近代俄国小说家的听众之广大，是每个人都知道的。没有同情共鸣的民众，一个作家在天才方面纵然有达到伟大境界的可能，也会因营养刺激和鼓励的缺乏，以至于窒息枯死而无所成。就这个意义说，天才确是时代的标签。

从历史演进的足迹看，在每个民族中文学最初都起源于民众。文学的诞生远在文学造作之前。原始民族虽不识字（本来无字可识），可是欢喜唱歌跳舞，欢喜讲故事，欢喜制造神话，欢喜以诗歌祈祷神明或是赞颂民族英雄的丰功伟绩。这一类作品在每个生命雄厚的原始民族中都有极丰富的内容与极大的感化力，希腊的史诗、神话和民间的故事，中世纪欧洲的民歌以及近代北欧各国的“传奇”故事（saga）都可以为证。它们在口头产生，也就借口头传播，一人倡之，百人和之，千万人润饰之，增设之，于是一个作品成为民众的精神寄托之所、全民族运用智慧与艺术本能之结晶。这种文学的根伸得广，枝叶长得繁茂，生命也自然永久。我们可以说，这种民间文学是每个民族文学的基础，到后来文字孳乳生长，百业日依分工原则，团体意识与情绪日渐淡薄，文学遂落到个人作家的手里，文学作家遂成一种特殊阶级。经过这番变化，文学与文字结成不可分割的关联。文字在教育未普及的社会里只是极少数人的专利，大多数民众就不免因不识文字而渐与文学隔缘。这样一来，文学失去了它的深广的泉源，而一般民众也失去了他们的精神的寄托、生命力宣泄的尾闾以及艺术本能发达的机会，这种损失对于一个民族是精神的衰萎，对于一个民族的文学是由窄狭化而僵硬化。在历史上差不多找不到一种落到文人手里的文学而能维持它的鼎盛期到几世纪之久的。如果要它复活，必须使它能在民间文艺中吸收新的力量。中国的词曲济五七言诗之穷，欧洲浪漫运动济古典主义之穷，都可以为证。

谁也承认，中国文学在现代正经过一个激烈的转变期。一千余年来文人老鼠钻牛角似地所培植的古文律诗已经到了枯朽的地步了；用不着什么大力去摧毁，它也自然会死灭的。二十年来我们所做的破坏工作或许被我们自己过于高抬市价，并且使我们因此而忽略新路径的寻求与新基础的建树。语体文采用，照道理说，应该使我们的新文学接近民间文艺而在其中吸取新生命。但是不幸得很，新文学的倡导者对于外国文学的倾慕，超过对于“土著”文学的了解，外国文学对于我们是崭新的且有特别强烈的引诱力，于是在建树新文学时，我们处处模仿外国文学的形式与风格。各民族文学影响的对流本是一件好事，现代中国可效法西方文学的处所本来很多。但是这种外来影响的吸收理应经过谨慎的选择与长期的消化。同时，我们也不要忘记文学的风格形式生根于一个民族的思想习惯性格情调等等。假如我们的思想习惯性格情调等等根本不同，只袭取一种本非我有的形式风格，那就不但是表里不称，尤其不能够透入全民族的心灵深处。假如我的观察不错，我相信我们的文学现在正犯着这个毛病。大家都在学西方作者做诗写剧本和小说，而在一般民众看，“洋气”都未免太重。心里总觉得那些话并不是自己深心所当同感，所能默契的。我尤其认为不幸的是我们的较聪明的作家所倾倒的是十九世纪和现世纪的西方文学。而这时期的文学，在我个人看，是经过爱弄纤巧的文人长期矫揉之后而渐进于没落的。我个人也未尝不喜欢这种文学，但是我们的趣味也是经过文人气习熏陶的，恐怕不足为凭。现在我平心静气的衡量，总觉得我们的作家仿做这种渐近没落的西方文学，尽管造诣如何深微，毕竟是走窄路。我并非说窄路一定不可走，只是恐怕聪明的人都走窄路，结果大路空着没人走。我总认为文学的大路是荷马和莎士比亚所走的路，是雅俗共赏，在全民族的深心中生着根的路。

我认为文学的窄路是亚力山大时期希腊人和近代欧洲象征派所走的路，是李长吉和姜白石所走的路，是少数口胃过于精巧的文人所特嗜而不能普及于大众的路。

这种危惧固然不是我所特有的。近年来“大众文学”的号召也来得很热闹。不过“大众文学”究竟还只是一种号召。我们徒听到“大众文学”的呼声而见不着真正的“大众文学”作品。所谓“大众文学”还只是一批找出路的文人代人发言，而所发之言又非尽人所欲言。外来的色彩还是太浓厚。它对于民众依旧是隔膜的，不生根的，在我们民众中本来已生着根的是《三国演义》、《水浒》、《封神榜》、大戏、鼓书、唱本，以及各地所口传的故事和歌谣。这才是我们本有的“大众文学”，而以“大众文学”相号召者对于这些作品没有下过一番真工夫，甚至于还像已往文人一样，对它们存有几分鄙视。我相信，如果想文学的影响普及于大众，除着上列各种民间文艺所指示的方向以外，别无它路可走。

我们怎么依照民间文学所指示的路径去走呢？

先就眼睛看到的事实说。我们试到成都市区各家书店去看看。这里的书店即以卖唱本者为最多，生意也特别发达。区区成都一市，听说唱本多至五六千种。自商店学徒、茶馆清客以至于人力车夫凡能识字者，莫不以看唱本去消磨他们的时光，他们读着，讲着，揣摩着。其津津有味的样子远过于大中学生之读国文。这是一件可注意的事实。

再就戏剧说，在成都川戏与话剧同样的流行。依理说，话剧比较川戏易懂，应该能吸引一般民众。而事实却不然。看话剧的只是一般所谓“知识分子”，而一般人看戏仍然到悦来园或成都戏院。据我个人的经验说，我的过去教育使我接近于话剧。但是在成都看了一两回话剧，便使我裹足不前。川剧则多看一回，意味便深厚一回，这也是一件可注意的事实。

如果我们研究一番唱本与川戏词的内容，我们都会感觉到它们大半太鄙俚粗俗，经不起从文学眼光去分析。它们既是鄙俚粗俗，何以有如许伟大的势力呢？原因也许很多，我想最重要的是：

它们的形式和技巧，有长久的传统在后面，在一般民众心中生了很深的根蒂。如果我们接收这种根深蒂固的对于民众有吸引力的形式和技巧，把鄙俚粗俗的内容换为新鲜精妙的，我相信民众对于文学的兴趣可逐渐提高，而文学自身也可以得到一种新的力量和生命。我希望我们的文学家们多学民歌去做诗，多学旧戏去写剧本，多学唱本和民间故事去做小说；这种“旧瓶装新酒”的路可以走得通，我们只要看汉魏乐府如何得力于民歌，宋元词曲如何得力于教坊歌曲，就可以知道。现在也有好些人明白这个道理，在努力地做这种工作，顾颉刚先生便是好例。顾先生的着重点在激发爱国情绪，如果我们能够同时顾到艺术价值，那就更圆满了。

（载《新新新闻每旬增刊》创刊号，1938 年 7 月）

流行文学三弊

文学的条件本很简单，第一是有话值得说，其次是把话说得恰到好处。有话值得说，内容才充实；说得恰到好处，形式才完美。像其它艺术一样，文学必须寓亲切情趣于具体意象。情趣与意象欣合无间，自成一新境界，就是值得说的话。没有亲切情趣，自己未曾受感动，决不能感动人；有亲切情趣而没有具体意象来表现它，喜只发泄于一笑，悲只发泄于一哭，境迁情逝，便了无余蕴。情趣化为意象，作者才可作沉静的回味，读者才可由境见情。情趣意象的融合是艺术的胚胎，在心中化育，也可在心中含蓄。在心中含蓄时，他对于作者自己仍不失其艺术的价值。但是，人是社会的动物，每个人都有把个体生命扩充为社会生命的希冀，有话总得要说给人听，守秘是最苦的事。心里有话必须说出，而把心里的话说得恰到好处，结果就是艺术作品。有作品，艺术才可以由作者传达到读者。这里所谓“恰到好处”颇不是一件易事。一则语言不常能跟着思想感情走，每个人都经验过有话说不出的苦楚，或是所说的和所想的究竟还相差一点歉意。语言这个工具于写作者的手里，如同刀锯在匠人的手里一样，要经过若干艰苦的训炼，才能运用自如。其次，所谓“恰到好处”，以作者为准与以读者为准亦不尽同。在作者看，词或已达意；在读者看，仍未必能完全了解。性分、修养、经验人各不同，这种了解上的差别是于理应有的。调和折衷或是最稳妥的办法。“修辞立其诚”，“言之无文，行之不远”。“立诚”和“行远”在第一流作品里是并行不悖的。

这番道理本极浅近平凡，但极浅近平凡的也往往极不容易做到。目前流行文学作品，从印行的诗文小说戏剧以至于壁报和课堂习作，都似乎没有达到这种极浅近平凡的标准。许多写作者似根本不明白文字是什么回事，拿文学做招牌来做种种可笑的勾当，在文坛上酝酿一种极不健康的风气。没有出息的始终没有出息，在文坛上鬼混若干年以后，逃不了他们应受的遗忘与消灭。最可怜的是一般有志于文学的青年，只有那一个不健康的风气做榜样，盲目地跟着旁人走，到后来只是一蟹不如一蟹，糟踏了许多有为的青年，也糟踏了才露头角的新文学。这篇随感录并不敢为作家说法，只是站在读者的地位来诉一点苦。章实斋做过《古文十弊》，现在不勉强凑足成数，只就一时所认为最重要的指出三点。

一、陈腐——人常为惰性所累，欢喜朝抵抗力最低的路线走，抵抗力最低的路线是被人践踏到熟烂的路线，在个人为习惯，在社会为风俗，为传统。习惯和风俗的潜势力比什么都大，人常不知不觉地被他们拖着走。对于和他们不相容的总是加以仇视与抗拒。在每个时代，伦理、政治、学术以及全体文化的进展所感到的最大的阻碍力就是习惯风俗，就是心理学家所说的“呆板反应”（stockresponses)。在文艺方面，习惯和风俗的阻碍力尤其险毒。一种已成作风的僵硬化，一种新兴作风的流产或夭折，都是习惯和风俗所伴的惰性在作祟。中国几千年来文艺笃守传统，到现在，大学国文系还让一般似通不通的学究把持着，禁止学生谈语体文，教他们专做那些似通不通的策论诗赋。这就正是中了惰性的毒。不过，新文学家也得自己反省：他们在精神上是否真与顽腐学究有什么不同呢？现在文坛上弥漫着的是模仿抄袭的空气。白话文运动初期，多数人在传染浪漫派的无聊的感伤，后来又贩卖写实主义、象征主义、大众化，种种空洞的名词，很少有人脚踏实地埋头努力开辟一条自己的路径，创造出思想、体裁、内容都度越流俗，值得一读的作品。最重要的原因是写作者根本没有文艺的资禀与修养，只是拿文艺做商业上和政治上的敲门砖。书店老板或政党走狗今天想出一个花样，他们如法炮制；明天想出另一个花样，他们依然如法炮制。文艺变成游街队的叫卖、小喽啰的呐喊，还有什么风格生命可言！倒霉的是我们花钱买书的读者，读来读去，老是那么一套，读了第一篇便不想读第二篇，勉强看下去越觉得烦腻，把一点文学味抹杀得一干二净。从前有些慈善家（其中也不乏伪君子），要劝人行善消恶，便造出许多故事，如某甲放了若干乌龟的生，后来享了长寿，某乙犯了奸淫，后来自己的妻女显了报应。这类故事已成为一般“善书”《感应篇》、《阴骘文》内容的共通性。谈现在流行文学作品——尤其是所谓“宣传”品——我们常嗅到“善书”“感应篇”之类的气息。著“善书”，说“圣谕”，以及写八股文的精神和方法，在任何时代都是要不得的，而现在还在那里滋长蔓延，这是我们最为新文学危惧的。尽管传统派批评家呐喊着要永恒性与普遍性，每个艺术作品的境界必定是独到的、新鲜的。没有创造，就没有艺术。所谓“创造”，并不是根据一个口号，敷衍成一篇文字，贴上“诗”、“小说”或“戏剧”的标签，而是用适当的语言表现出一个具体的境界和亲切的情趣。这是资禀和修养的结晶，不是支票或头衔所能买到的。

二、虚伪——文艺不是一种门面装饰，而是丰富精神的充溢。文艺的创造多迫于不得已，有话总得要说。如果心里本来无话可说，最好就不说话。没有话可说而勉强要说，所说的话就变成内心生活贫乏的掩饰，文艺上的虚伪多由此起。虚伪的病根在中国文学史上本来种得很深。从前文人以文字为应酬工具，做寿序、墓志铭乃至于专门著述，照例都有一套门面语，都要摆一个空心架子，内容尽管很空洞，表面却须显得富丽堂皇。这是古文的通病，也是八股文和试帖诗的秘诀。它在新文学中不但没有铲除，而且因为受到不健康的外来影响还变本加厉。近代西方文学颇着重细腻的描写，一间房子，一个人，或一条狗，往往要费几千言来烘托渲染，节目上堆节目，形容词上堆形容词。有些人以为如此才显得精细富丽，其实这种写法本来不尽可为法。要把事物表现得活跃，着墨太多往往反成障碍。把词藻当装饰来掩盖内容的空洞，在任何文字中都是大病。而且中西方语句构造习惯不同，西文所能承得起的繁词丽藻中文常承不起。现在许多作家——尤其对外国文仅有一知半解而对本国文则毫无素养者——不明白这个道理，以为做文章秘诀在搬弄漂亮词句，往往写上满篇陈腐而僵硬的形容词句，不能叫读者见出一个活跃的境界来。这是穷人摆富贵架子，戳穿了一文不值。这种虚伪是偏在形式方面，以浮华掩空洞。此外另有一种虚伪起于内容方面。近十年来，法国象征派诗和现代英美诗也一鳞一爪地传到了中国来，它们的特征是竭力撇开寻常蹊径，用深微的意象、音节，表现新鲜的情调，做得好就幽深微妙，做得不好就僻窄艰晦。这种作品在西方也只是少数知识分子的玩艺儿，聊备一格固未尝不可，决不能认为是文学的正宗大道。近来，我们的新兴作家中，也有人正在模仿这种作风，成就较好的，固然可以启示学者一种新观点去感觉事物，对于粗疏陈腐是一剂良药。但是，也有好些人在冒招牌，本来没有象征诗和现代英美诗的那种情调（文化背景和社会经验不同，我们本来很不容易做起那种情调），而偏要做起来像有的样子，披上一层不易看穿的道袍，叫你猜想其中有如何神秘，等你费许多力量看穿了，原来还是一个空心大老倌，叫你懊悔得不偿失。这种勾当有些像走江湖的医生、相士的“法术”，从前人所谓“以艰深文浅陋”，也是目前很流行的一个毛病。

三、油滑——文艺和游戏在起源上本很接近，它们都是富裕的生命流露于自由活动，都是要在现实世界之上另造一个意象的世界来应情感的需要。文学家看世界，多少有如看戏，站在超然的地位，把人生世相中形形色色当作惊心动魄的图画去欣赏，对于丑陋、乖讹、灾祸时而觉得可笑，时而觉得可悲。这种悲笑是获得启示后的感动，是对于人生世相较深刻的认识和较隽永的回味，不致逼人走到佯狂或颓废的路上去。所以文艺是最高度的幽默与最高度的严肃超过冲突而达到调和。一个人如果一味严肃而没有幽默意识，对于文学就终身是门外汉；但是，因为同样理由，如果一味幽默而见不到幽默的严肃境界，也决不会产生伟大的文学作品。一味严肃的人对于文学倒没有多大危险，因为他们钻进清教徒或道学家的圈子里去，就不会闯进文学的区域来。一味幽默的人倒往往把文学当成一种玩世的工具，使文学流为油滑。西方有一句谚语说：“这世界对于好用思想的人是一部喜剧，对于好动情感的人是一部悲剧。”大概第一流的文学作品必能调和思想与感情的冲突而同时见出世界的喜剧的与悲剧的两方面。有时思想感情乖离，幽默与严肃脱节，文学就容易偏向喜剧的调侃，以及在讥刺方面发达。这种变动发生大半在“理智时代”。古希腊的哲学鼎盛时代和近代欧洲十八世纪都是最显著的例子。大多数文人在这种时代对于人生社会的态度是讽刺的，心里不满意于现状，谴责过于悲悯，理智的抗拒多于情感的激动，无可奈何，出之以讥刺，聊博一笑。讽刺文学的发达表示心地的僻窄，情感的压抑或萎靡，以及整个精神生活的不健康。所以，讽刺文学最发达的时代，也往往是文学水准最低落的时代。我们的这个时代是否偏于理智的，我们不敢武断，但是，情感的压抑与萎靡却是不可讳言的事实。我们大多数人对于人生、社会的态度——如果不只是叫嚣鬼混而确实有一个态度的话——是偏向于讽刺的。从鲁迅一直到老舍都是如此。讽刺者大半与滑稽玩世者有别，他们还是太认真，出发点还是一副救世心肠。但是，讽刺的骨子是天生的，讽刺的面孔是可以假扮的。没有讽刺的骨子而学得讽刺的面孔，结果就会成了专会谑浪调笑的小丑。年来所谓"幽默文学"颇有这种倾向。提倡"幽默小品"的人也许有他们的见地，不过，学他们的人往往一味憨皮臭脸，油腔滑调。坏风气传染得特别快，现在，不但学生壁报和报纸副刊在学《论语》的调子，就是许多认真的作家往往在无意之中也露出点油腔滑调。这也是文坛上一个很严重的病相。

以上所说的三种弊病当然不是流行文学所特有，它们在中国文学史上老早就种了祸根，不过，现在特别现得显著。白话文运动起来以后，许多人过于兴奋，以为这是中国文学的空前的革命。从外表说，这种看法或者不无片面真理；但是，我们放冷静一点去衡量，就会觉得已往传统精神最坏的方面是在"流毒"。真正的文学革命不只是换一个语言躯壳就可以了事。用文言可以说谎和摆空架子，用白话还是可以说谎和摆空架子。这番话并非对白话文表示恶意，文学必须用活语言，这道理只有愚顽者才会否认。不过，语言究竟只是一种表现工具，表现工具改善了不一定就能保障运用它的人成为文学家，就如刀锯改善了不一定就能保障运用它的人成好匠人是一个道理。而且语言跟着思想走，思想未脱混沌芜杂的状态,语言也决不会精妙。真正的文学革命必定从充实内心生活做起。目前大患,不在表现内心生活的工具不够,而在内心生活本身的贫乏。关于发展内心生活这一点,我们希望作家自己有觉悟,肯努力,同时也希望政府和社会少给一点诱惑与钳制。

(载《战国策》第7期,1940年7月)

就部颁《大学国文选目》论大学国文教材

民国 29 年夏，教育部大学用书编辑委员会在北碚开会，经大会议决提前编选大学国文教材，并推定魏建功、朱自清、黎锦熙等六位专家负责编选。今年 10 月教育部颁发的《大学国文选目》就是六位专家工作两年的结果。《选目》当另在本刊发表，现在我们可以先就《选目》作一个简单的统计。如以时代为标准，《选目》包括的文章计周秦两汉共三十篇（占全部二分之一），魏晋南北朝共十三篇，唐宋明共十七篇（内有诗五篇）。如以类别为标准，计经十二篇，子七篇，史十六篇，此外集部杂著计论二篇，序四篇（已列史者不计），词赋（连铭在内）五篇，奏疏（连对策在内）三篇，书牍二篇，杂记三篇，墓表一篇，总共六十篇。

六位编选专家都是国学名宿，而且都曾经在大学里担任过多年的国文教学。兹事体大,他们编选历两年之久,斟酌去取之间,自然会煞费苦心。本人对国文既没有下过多少工夫,一向又没有教过大学国文,毫无资格说话,尤其无资格批评六位专家的工作。如果我冒然应允本刊写一点意见的话,我的唯一的借口是专家和普通人的观点常不相同,有时普通人的见解,因为不受某一专门学识的蔽囿,也很可以供参考。

看了那六十篇选目以后,我把所选的文章翻出来大致看了一遍,颇有一点感想。我这样问我自己:假如我是现在的大学一年级生,读过这六十篇以后,我对于国文能否达到《选目》所悬的水准呢?对这问题,我很茫然。我因为受过十年的私塾教育,到初进大学时,重要的经史都已读过,所以这《选目》中的文章有一大半我在那时都已相当熟悉,于是我又换一个方式自问:那时候这些文章在实际上对于我有多大影响?对这问题我倒有些把握可以回答:我记得很清楚,在初进大学时,我读得最多的是两汉以前的著作,可是我最感觉得益受用的倒不是那些经子骚赋而是一部分史传和寥寥数百篇唐宋人的散文。从那时到现在,二十多年间我也还不断地翻旧书看,我也很明了群经诸子与楚词汉赋的文章真茂美,拿唐宋文来比,真是小巫见大巫。可是到现在我还不敢说,我在写作方面可以从《易经》、《书经》、《庄子》、《离骚》之类大文章中得一点力。

这并非说,这些名著在其他方面对于我毫无用处,文艺欣赏本身就是一种修养,何况它们于供欣赏之外,还帮助我了解古人的学术思想和生活状况?但是这些作用是否为大学国文教学的主要目的却大是问题。依我的愚见,大学国文不是中国学术思想,也还不能算是中国文学,它主要的是一种语文训练。如果这个看法不错,部颁的《大学国文选目》似还有商榷的余地。就大体说,两汉以前的文章选得太多,唐宋以后的文章选得太少;它着重史传叙事文是一大特色,不过十六篇史传再加上三篇《左传》,几占全部三分之一

(如论篇幅超过全部二分之一),似嫌过多,论著(经子不计)只有两篇,书牍只有两篇而且都是谈论文章的。杂记只有三篇(《水经注》一段,《洛阳伽蓝记》二段,而唐宋人作品如韩柳欧苏的名作全不入选),在分量分配上都像有欠斟酌。诗本可不选,要选的话,只有李白《梦游天姥吟》、杜甫《北征》和《哀江头》、白居易《琵琶行》、苏轼《题烟江叠嶂图》五篇,也不能示诗体大概。

把大学国文当作一种语文训练看,编选教材必须顾到两个重要的事实,第一是时间,在现制课程标准上,大学生只在第一年级共同必修国文,授课时间每周仅三四小时(连作文在内),国文以外第一年级还有六七种课程须修习,能够用于国文一科的自修时间也极少。在有限制的时间之内,编选的教材必须精当,使学生读着就能受用,不至囫囵吞枣。其次是程度。每年大学入学试验中的国文试卷我们都可以见到,现在一般大学生的国文程度非常低下,这是不可讳言的事实。我们须因材而教,悬的标准不宜过高,选的教材必须有很明显的规模法度可循,文字也不宜过于深奥。才吃乳的小儿就令他嚼肉骨,非徒无益而又有害。

把这两个事实放在心里,我们编选教材时有一个先决问题:大学国文教学究竟应悬怎样一个目标,学生修习完毕之后究竟应达到怎样一个水准?我们已经说过,这不应该只是灌输学术思想与文史知识。要研究群经诸子和史学名著,文哲史诸系设有专课,可供高年级生选习,不能挤在国文一科里去填塞。国文为现制文、法、理、工、农诸院一年级生共同必修,就应有一个可以希望文、法、理、工、农诸院学生都能达到的目标。这目标也并不难找。既是一个受高等教育的中国人,他起码就应有用中国文阅读和写作的能力,大学国文就应悬训练阅读和写作两种能力为标准。不过这两种能力有深有浅。就阅读说,中国古籍深奥难读的很多,国文专家也不一定都能把任何古书读得透体,据一般经验,继续阅读,继续进步，日积月累，阅读的分量愈多，阅读的能力亦愈强。我们不能希望大学生对于这须循序渐进的工作可一蹴而就；我们只能希望他们有借注解而读群经诸子，不借注解而读两汉以后散文而略懂其大义的能力。至于写作也有高低等差，我们不能希望一般大学生能写高深古雅的诗词歌赋和古文，能固然好，不能也无妨；我们只能希望他们能用浅近文言或国语写公私信，做学术论文，叙述时事或故事，描写眼见耳闻的人物，写得辞明理达，文通句顺，我们所悬的大学国文教学的目标不应低于此，也不必高于此。

在这两种能力之中，写作比阅读还更重要。这有三个重要理由。第一，一般人如理、工、农诸院的毕业生在事实上阅读古书的机会不多（这并非说，他们无须读古书），但是他们都必须用中文发表思想，至少也须能写一封通顺的信。就目前实际情形说，大学毕业生能够写一封通顺的信的人并不很多。这缺点必须趁早补救。其次，就一般经验说，对于写作有浓厚兴趣的人对于阅读也自然有浓厚的兴趣。不知写作甘苦的人纵然多阅读也大半不能深入。自己多写作，对于旁人的作品决不会轻松放过。所以训练写作即间接训练阅读。第三，大学专门课程甚多，用中文的课程大半都可以训练阅读，只有写作一项必须在国文课程中才可以彻底研究。目前，一般学校对于国文偏重讲解阅读，作文在名义上两周有一次，实际上往往一学期只作几次。学生敷衍塞责，教授也不能细心批改，这是一个极不合理的办法。

要训练写作能力，我们须把两个不同的路径分清，一是立本，一是示范。立本就是打根基。这可分深浅两层说：就深一层说，立本是积学蓄理，蕴于中者深厚然后发于外者丰腴，从前人作文所以贵能熔经铸史。就浅一层说，立本对于语文的声音训诂和语句的组织树立基本的知识，使用字不至不妥，行文不至不通。换句话说，小学和文法是文章的基础，要习写作，必先把这基础奠定。至于示范则纯从文章的规模法度技巧诸方面着手，精选模范文若干篇，使学者熟读烂嚼口诵心维，从里面讨些诀窍，到自己临文时，知道意思如何剪裁，段落如何划分，局势（如上下承接，前后呼应，轻重匀称等）如何安排，句如何造，字如何用，声调如何抑扬顿挫，立言如何得体。立本和示范本也可相依互用，但立本侧重文章背面的普遍修养。示范是说文言文，使光华可以焕发。立本是求有话可说。示范是研究如何把话说得出而且说得好。很显然地，国文在一年的短促期限里决谈不到立本。立本是大学以前的事和大学本科诸专门科目的事。我们决不能希望在寥寥数十篇模范文中求立本。但为示范起见，如果选得精，讲得好，读得熟，习作得勤，寥寥数十篇模范文就很可够用。文章的内容尽管千差万别，作文的道理则说来说去都不外理明辞达，文从字顺。俗语说得好，“一通百通”，能做一篇好文章，就能做无数篇好文章。在大学里时间和精力都只允许侧重示范，而实际上一般大学生没有以文章为千秋事业的必要，也只须侧重示范。既然是示范，就须适合学生程度。就目前大学一年级生的程度说，过于古奥的文章实在是高不可攀。在其他方面，尽管是“取法乎上，仅得其中；取法乎中，仅得其下”，在练习写作方面，“画虎不成反类犬”，倒不如取荀子“法后王”的意思。秦汉文章除《孟子》、《左传》、《史记》、《汉书》以外，大半绝对不可模仿。比较易模仿的还是唐宋以后的文章，因为规模法度比较明显，技巧比较浅近，就大体说，姚姬传的《古文辞类纂》所示的路径是很纯正而且便于初学的。

我对部分大学国文选目不免有微词，从以上一番话约略可以见出，编选者似没有很注意到大学国文只有一年，和现在大学生国文程度很低落两个重要的事实。他们多选两汉以前作品，用意似在立本与训练阅读的能力，忘记国文选本在任何级学校中都应偏重示范。我相信《易·坤文言》、《书·秦誓》、《庄子·秋水》、《荀子

·天伦篇》、《赋篇》、《淮南子·冥览训》以至于《离骚》、《长门赋》之类文章，决不宜做现在大学生的作文模范。单拿《离骚》来说，如果只叫学生懂，至少也得十几小时的讲解，那就要费一个多月的工夫，占去全年授课时间十分之一。学生在费去这么多的时间听讲之后，能否懂得几分是问题，就是懂得，能否在里面学得几分写作的诀窍更是问题。像这类文章在国文系较高年级中讲授，原无可非议，摆在一年级中，让文、法、理、工、农诸院学生共同必修，未免是躐等躁进，毫无实益。看编选者的用意，似要把选本弄成一个很完备的百货店。就时代说，从先秦一直到明朝，每时代都有代表作；就种类说，从群经诸子正史以至诗词歌赋，每种都陈列一两件样品。这种办法如从文学观点编订选本，或有必要，为大学一年级生奠定语文基础起见，我们实无须五花八门的陈列，而要指出一个简捷的路径。依我的愚见，我们不妨把选文分做四类，即叙事、说理、状物、抒情。前两类的分量应较多，因为用得最广。大学国文选目中叙事文特多，所可惜的是过于侧重古代；说理文太少，群经诸子虽亦说理，难以为范，唐宋以后的代表作仅三数篇，实在说不过去。我还有一个见解，时代愈近，生活状况和思想形态愈与我们的相同，愈易了解，也愈易引起兴趣。我主张多选近代文，这也是一个理由。尤其是说理文，近代的比较痛快透辟，不像秦汉人的言简意赅，难于捉摸主旨。贾生《治安策》也许比王安石《上仁宗皇帝书》写得更好，可是学生想得益，与其读十遍《治安策》，不如读一遍《上仁宗书》。如果我教我的子弟做说理文，我毫不迟疑地叫他们看章行严的《甲寅》政论文字，《大公报》社评，和梁任公、胡适之诸人的论著。至于叙事文，我也必定叫他们除史传之外看看小说（中外新旧在所不论）。我觉得现在一般国文教师还是不脱“非三代两汉之书不敢观”那种“头巾气”，大家穿着纱帽圆领衫和高跟靴在演戏，好像穿起时行便服就有失尊严。要想国文教学走上合理的路，这种“架子”和“头巾气”必须放下才行。

我不愿在这篇短文里再翻出文言和白话的老争执。白话文能否完全取文言文而代之，我不敢武断；不过白话文日渐推广，大多数学生在做白话文，却是铁一般的事实。现在编选大学国文教材的人把白话文完全撇开，只有两种可能的解释。第一种是他们反对白话文。这是受成见与短见的累，时间会证明他们的反抗白费气力。另一种是他们以为白话文容易，无可讲亦无须讲。这更是一个极大的误解。白话文并不比文言文容易，其中也有很大的讲究。大多数学生既在做白话文，而教员天天替他们讲群经诸子，似未免近于滑稽。世间没有可以不学而能的，学生不着实正经地去研究白话文而全凭自己的意思去做，自然不会做得好。他们做不好，于是复古运动者援为攻击白话文的借口。这事实在有些冤枉。《大学国文选目》的编选者大半是白话文能手，深知其中甘苦，上述两种解释似不能应用到他们身上去，而他们竟不选一篇白话文范作，我百思不得其解，同时我也很惋惜他们给人一个排弃白话文的印象，很可发生不健康的影响。

（载《高等教育季刊》第2卷3期，1942年9月）

丰子恺先生的人品与画品

——为嘉定丰子恺画展作

在当代画家中，我认识丰子恺先生最早，也最清楚。说起来已是二十年前的事了。那时候他和我都在上虞白马湖春晖中学教书。他在湖边盖了一座极简单而亦极整洁的平屋。同事夏丏尊、朱佩弦、刘薰宇诸人和我都和子恺是吃酒谈天的朋友，常在一块聚会。我们吃酒如吃茶，慢斟细酌，不慌不闹，各人到量尽为止，止则谈的谈，笑的笑，静听的静听。酒后见真情，诸人各有胜概，我最喜欢子恺那一副面红耳热，雍容恬静，一团和气的风度。后来我们都离开白马湖，在上海同办立达学园。大家挤住在一条僻窄而又不大干净的小巷里。学校初办，我们奔走筹备，都显得很忙碌，子恺仍是那副雍容恬静的样子，而事情却不比旁人做得少。虽然由山林搬到城市，生活比较紧张而窘迫，我们还保持着嚼豆腐干花生米吃酒的习惯。我们大半都爱好文艺,可是很少拿它来在嘴上谈。酒后有时子恺高兴起来了,就拈一张纸作几笔漫画,画后自己木刻,画和刻都在片时中完成,我们传看,心中各自欢喜,也不多加评语。有时我们中间有人写成一篇文章,也是如此。这样地我们在友谊中领取乐趣,在文艺中领取乐趣。

当时的朋友中浙江人居多,那一批浙江朋友们都有一股清气,即日常生活也别有一般趣味,却不像普通文人风雅相高。子恺于"清"字之外又加上一个"和"字。他的儿女环坐一室,时有憨态,他见着居然微笑;他自己画成一幅画,刻成一块木刻,拿着看看,欣然微笑;在人生世相中他偶然遇见一件有趣的事,他也还是欣然微笑。他老是那样浑然本色,无忧无嗔,无世故气,亦无矜持气。黄山谷尝称周茂叔"胸中洒落如光风霁月",我的朋友中只有子恺庶几有这种气象。

当时一般朋友中有一个不常现身而人人都感到他的影响的——弘一法师。他是子恺的先生。在许多地方,子恺得益于这位老师的都很大。他的音乐图画文学书法的趣味,他的品格风采,都颇近于弘一。在我初认识他时,他就已随弘一信持佛法。不过他始终没有出家,他不忍离开他的家庭。他通常吃素,不过作客时怕给人家麻烦,也随人吃肉边菜。他的言动举止都自然圆融,毫无拘束勉强。我认为他是一个真正能了解佛家精神的。他的性情向来深挚,待人无论尊卑大小,一律蔼然可亲,也偶露侠义风味。弘一法师近来圆寂,他不远千里,亲自到嘉定来,请马蠲叟先生替他老师作传。即此一端,可以见他对于师友情谊的深厚。

我对于子恺的人品说这么多的话,因为要了解他的画品,必先了解他的人品。一个人须先是一个艺术家,才能创造真正的艺术。子恺从顶至踵是一个艺术家,他的胸襟,他的言动笑貌,全都是艺术的。他的作品有一点与时下一般画家不同的,就在他有至性深情的流露。子恺本来习过西画，在中国他最早作木刻，这两点对于他的作风都有显著的影响。但是这些只是浮面的形相，他的基本精神还是中国的。或者说，东方的。我知道他尝玩味前人诗词，但是我不尝看见他临摹中国旧画。他的底本大半是实际人生一片段。他看得准，察觉其中情趣。立时铺纸挥毫，一挥而就。他的题材变化极多，可是每一幅都有一点令人永久不忘的东西。我二十年前看过他的一些画稿——例如“指冷玉笙寒”，“月上柳梢头”，“花生米不满足”，“病车”之类，到于今脑里还有很清晰的印象，而我素来是一个健忘的人。他的画里有诗意，有谐趣，有悲天悯人的意味；它有时使你悠然物外，有时使你置身市尘，也有时使你啼笑皆非，肃然起敬。他的人物装饰都是现代的，没有模拟古画仅得其形似的呆板气；可是他的境界与粗劣的现实始终维持着适当的距离。他的画极家常，造境着笔都不求奇特古怪，却于平实中寓深永之致。他的画就像他的人。

书画在中国本有同源之说。子恺在书法上曾经下过很久的工夫。他近来告诉我，他在习章草，每遇在画方面长进停滞时，他便写字，写了一些时候之后，再丢开来作画，发见画就有长进。讲书法的人都知道笔力须经过一番艰苦的训练才能沉着稳重，墨才能入纸，字挂起来看时才显得生动而坚实，虽像是龙飞凤舞，却仍能站得稳。画也是如此。时下一般画家的毛病就在墨不入纸，画挂起来看时，好像是飘浮在纸上，没有生根；他们自以为超逸空灵，其实是画家所谓“败笔”，像患虚症的人的浮脉，是生命力微弱的征候。我们常感觉近代画的意味太薄，这也是一个原因。子恺的画却没有这种毛病。他用笔尽管疾如飘风，而笔笔稳重沉着，像箭头钉入坚石似的。在这方面，我想他得力于他的性格，他的木刻训练和他在书法上所下的工夫。

（载《中学生》第66期，1943年8月）

谈文学选本

文学作品是读不尽的！人生有限而近代生活又极繁忙，所以对于爱好文学的人们，我们不必要求过奢，不妨容许他们取一点捷径。让每个人都接近一点文学，总比叫大多数人因书籍太多而索性不读，较胜一筹。

不过文学教育是一种精神上的享受，而不是一种知识的贩卖。比如喝茶，茶的好味道一定要喝才能知道。喝起来，每个人有每个人的滋味。每个人自己所尝到的滋味才最亲切，最真实。读一千部茶经或茶史也抵不上啜一口真正的好茶。读文学也是如此，人所读的尽管为量极少，必须真正是文学作品，而不是关于文学的"道听途说"，如文学史，文学大纲，戏剧原理，小说作法之类书籍。与其搜寻许多学术权威著作去辨明五言诗和七言诗，或是词与曲的关系和分别，不如学会真正爱好一首诗或一首词。因为这个道理，没有多少时间可读书而却爱好文学的人们，应该丢下文学史或文学大纲之类书籍，去找几部轻便而不太简陋的选本来细心玩味。在选本里读者还可以和作者对面，可以和他发生亲切的契合，尝到他的作品的特殊滋味。

在读选本之前，我们须明白选本的功用和缺陷。编一部选本是一种学问，也是一种艺术。顾名思义，它是一种选择。有选择就要有排弃，这就可显示选者对于文学的好恶或趣味。这好恶或趣味虽说是个人的，而最后不免溯原到时代的风气，选某一时代文学作品就无异于对那时代文学加以批评，也就无异于替它写一部历史，同时，这也无异于选者替自己写一部精神生活的自传，叙述他自己与所选所弃的作品曾经发生过的因缘。一部好选本应该能反映一种特殊的趣味，代表一个特殊的倾向。

因为如此，一个好选本还可以造成一种新风气，划出一个新时代。在中国，《昭明文选》、《玉台新咏》、《花间集》、王渔洋的《古诗选》、姚惜抱的《古文辞类纂》以及张惠言的《词选》，都曾经发生这样的功用。在西方专就英国来说，十八世纪波塞主教（Bishop Percy）所选的《古英诗遗迹》，是浪漫运动的一个重要的成因。冉塞（Allen Rainsay）的《茶桌杂抄》激动了彭斯（Bunns）和其他苏格兰诗人用苏格兰土语写诗。现代英国诗有回到多恩（Donne）及“哲理派”的倾向，而开这个风气的是一个选本，即谷里尔生教授（Crierson）的《十七世纪哲理派诗选》。

初学文学者对着浩如烟海的典籍，不免觉得如置身五里雾中，昏迷不知去向。其实真正好的作家并不多，而真正好的作家的真正好的作品也往往寥寥有数。为文学训练起见，泛读不如精读，精读必须精选。最大的词人如苏东坡，集里有许多随便写成不可为训的词，最大的诗人如英国华兹华斯，集里中年以后的许多作品大半为“才尽”之作。我们读他们的全集所得的印象远不如从精选本所得到的那样完美。有些诗人如贾长江、姜白石诸人终身在写诗，而现在所流传的他们的诗集都不过薄薄的一本，可是里面篇篇精粹，我颇疑心他们自己曾经严格地删选过。如果每个作家都像他们肯“割爱”，那就无劳后人去选。不幸得很，许多大作家都有敝帚自珍的毛病，让很坏的作品摆在集里，掩盖了真正好作品的光焰。本来在文学训练中，读坏作品有时也很有益，因为好坏在相形之下才易见出。不过就一般读者说，从许多坏作品中抉择少数好作品，不但时间不允许，能力也决不够。文学上披沙拣金的工作应该让修养深厚的学者去做。这种工作的结果就是选本。它的最大的功用在供一般人能以最少的时间和精力，得到一国文学最精华的部分所能给的乐趣。

编选本既能披沙拣金，所以选本不但能为读者开方便之门，对于作者也有整理和宣扬的效果。选某一作家的诗文，就好比替一个美人梳妆打扮，让她以最好的面目出现于世。一个诗人获得听众，有时全靠选本做媒介，一般中国读者知道陶谢李杜苏黄，大半靠几种通俗选本。这种了解当然是不完全的，甚至于是不正确的，但是究竟比毫不了解为好。选本对于不甚知名的作家的功劳尤其大。许多诗人一生只做过几首好诗，如果不借选本，就早已淹没无闻。欧洲最古的选本是《希腊诗选》，里面包含一千余年的（从纪元前五世纪到纪元后六世纪止）希腊文短诗。有许多诗人借这部选本以一两首短诗甚至于一两句隽语而永垂不朽。在中国也有许多诗词专集的作者借《文选》、《玉台新咏》、《花间集》之类选本而流传到现在。一个选本可以说是文学上的博物院或古物陈列所。

选本都不免反映选者的个人好恶以及当时的风气。所以公允只是一个理想，事实上都难免有所偏向。有偏向就有缺陷。比如英诗最通俗的选本《英诗金库》的选者生在维多利亚后时代，和当时诗人丁尼生是密友，他的选本就不免囿于维多利亚时代的不太高尚的文学趣味，对于划时代的诗人如多恩（Donne）、布莱克（Blake）诸人竟一诗不选。王荆公的《唐百家诗选》，把一般人所公认的大家如李杜诸人一律放弃，而入选作者的诗也往往不是代表作。明朝有许多唐诗选本也只是代表何李钟袁那一般人的粗疏或浮浅的趣味。从这些事实看，专靠选本也有很大的危险，那就是依傍一家之言，以一斑揣想全豹。很少有选本能把所选的作家的真正面目揭出来。一般选家都难免有些像印象派画家，从某一个角度看出某一面相，加以过分地渲染。好作品往往被遗弃，坏作品往往得滥竽。一般只知信任选本的读者不免被人牵着鼻子走，不能行使独立自由的判断。所以读选本虽是走捷径，终只能是初学入门时的一种方便。从选本中对某作家发生兴趣以后，必须进一步读全集。一般选本只是一种货样间，看得合适，你就应走进货仓里去自行抉择。

每个研究文学者对于所读的作家都应自作一个选本，这当然不必编印成书，只要有一个目录就行。学问如果常在进展，趣味会愈趋纯正。今年所私定的选目与去年的不同，前后比较，见出个人趣味的变迁，往往很有意味。同时，你可以拿自己的选目和他人的选本参观互较，好比同旁人闲谈游历某一胜境的印象，如果彼此所见相同，你会增加你的自信，否则，你也会发生愉快的惊讶，对于自己的好恶加一番反省，这是文学批评的一种有益的训练。

三十五年十一月改写旧稿

（载《唐百家诗选》第 12 期，1946 年 11 月 3 日）

在中国语文诵读方法座谈会上的发言[①]

我对于诵读问题发生兴趣，是偏重在诗的方面。诗文的和谐与否，大半寄托在它的节奏上面。所谓节奏，就是音长、音高、音势三方的起伏变化。节奏大致可分为两种：一种是语言的、自然的、个别的节奏；另一种是音乐的、形式化的、原型的节奏。从语言的节奏方面说，又因为各人的呼吸循环器官不能完全相同，就生出生理的节奏；对于一篇诗文的理解有深浅之别，就生出理解的节奏；喜怒哀乐的变化无常，就生出情感的节奏。从音乐的节奏方面说，诗本来是伴奏的，诗的节奏即是音乐的节奏。过后诗离开音乐而独立，仍能从变化杂多的节奏中求得整一的形式，即所谓原型

① 中国语文诵读方法座谈会于 1946 年 12 月 13 日下午在北京大学蔡孑民先生纪念馆召开，魏建功主持。陈士林、周定一记录。——编者。

(pattern),使大家诵读诗词时还有大致相同的标准可循。

写作时,节奏对于表现有什么功用呢?我以为过去所谓诗文中"气势神韵",所谓"谐与拗"等等问题,都是生理的反应而已。作者把这种反应表现于诗文中,叫读者也感到相应的生理节奏。每个作者和每个时代又各有一种原型的节奏,这种节奏我们是可以从诵读中去学习模仿的。

其次我们要问到诵读时要用那一种节奏好呢?在诗歌方面,我从前在英国尝听英国诗人诵读他自己的作品,音调都极平稳,很少极高极低或极快极慢的变化,其特别着重处,只在协韵的地方。过后,在法国听诗人诵诗也是这样。不过我以为诵读诗歌通常可以用这两种方式:即戏剧式与歌唱式,都是在形式的节奏之中流露语言节奏的读法。至于在散文方面,我以为诵读古文的法子,原则上应该与念诗相同,才可抓住原作的气势神韵,无形中得到某一作家或某一时代文章的空架子。等自己下笔为文时,也就不期而然的有某一作家或某一时代的气势神韵了。所以从学习和模仿的观点来说,我是主张诵读文言文应注重形式化的节奏。至于语体散文,诵读要依语言的节奏为主。何时参互并用两种节奏,则诵读人应当看文意而定。

古文诵读式须抓住所谓气势神韵,也就是节奏。这样,才可以得到它的空架子,无形中受其影响。所以旧日的读文法多少还有点价值。

(载《国文月刊》第53期,1947年3月)

“五四”以后的翻译文学

中国古来便有翻译，主要的是佛经，但一直没有系统，“五四”以后的翻译亦然，并未能和人民接近，翻译家毫无组织。有些是为了职业，有些是练习文字，也有爱好文艺的人。“五四”以来翻译介绍的重点，主要有三个：一是写实主义文学；一是帝俄和苏俄的文学；一是问题剧。一方面人们要求现实的小说与戏剧，一方面翻译介绍也影响了文学变迁上的欧化，但令人不太满意的是介绍十九世纪太多，不易使人对欧洲文化系统了了，再则译文粗制滥造者太多，譬如“bridge”（纸牌戏）翻做“桥”，“drawing room”翻做“画室”，这是不行的。翻译必具三个条件：一是对外国文精通；一是对本国文精通；一是有文学修养，具备这样条件的人还很少。总之，一国文化介绍至他国非短期间即可奏功，中国翻译佛经便曾经过六朝唐宋若干年的工作。西方文化是值得介绍的，“五四”以来虽作过努力，终嫌不够，爱好文艺的青年应当把外国文学好，把本国文弄好，在此特提出这点希望。

（载《北平日报》，1947 年 5 月 4 日）

《文学杂志》复刊卷头语

《文学杂志》在26年创办，发行了4期就因抗战停刊。当时每期销行都在两万份以上，在读者中所留的印象并不算坏。事隔10年，到现在还有些读者打听它有无复刊的消息。这一点鼓励使我们提起勇气把它恢复起来，虽然我们明知道目前复刊是处在一个不很顺利的环境。我们准备着挺起腰杆奋斗下去。我们的目标在原刊第一期已表明过，就是采取宽大自由而严肃的态度，集合全国作者和读者的力量，来培养成一个较合理想的文学刊物，借此在一般民众中树立一个健康的纯正的文学风气。我们现在仍望指着这个目标向前迈进。

我们刚才说过，目前《文学杂志》复刊是处在一个不很顺利的环境。这大概是无庸多加说明的。这些年来，由于国家民族当了空前的大难，引起整个局面的骚动，出版业萧条，从事文学的人们生活不安定，因之作品的生产随时都在受障碍。但是最严重的情形还不仅在此，而在有一些本来与文学无缘的人们打着文学的招牌，作种种不文学的企图，把已经混乱的局面弄得更混乱。他们制造出来的大半不是印出来供报销而没有人看的空洞闹墨，就是有人看而危害健康的刺激剂和麻醉剂。一般低级趣味的刊物对于现代青年所注射的毒汁流祸之烈恐怕有甚于鸦片烟。这就是我们所谓不很顺利的环境，这也就是我们所要尽我们的力量去克服的环境。我们想用滋养来代替刺激麻醉，用麦面米饭代替鸦片吗啡。

我们对于文学的看法，犹如我们对于文化的看法，认为它是一个国家民族的完整生命的表现。一个国家民族的完整生命有它的历史的传统，现时的内部环境与外来影响，以及人民对于这些要素所酿成的实际生活的体认。因此，文学这棵花所赖以滋润的土壤很广，它不能脱离哲学，艺术，科学等等文化部门而独立。尽管文学不必直接讨论这些文化部门，它的根却必须伸到它们里面去吸收滋养。因为这个缘故，我们准备于文学创作和理论之外，每期略载讨论一般文化思想的文章。

我们认为文学上只有好坏之别，没有什么新旧左右之别。我们没有门户派别之见，凡是真正爱好文学的人们，尽管在其它方面和我们的主张或见解不同，都是我们的好朋友。我们想把这个刊物办成一个全国性的刊物。凡是爱护本刊而肯以好作品见投的我们都一律欢迎。理想常是走在事实前面，我们所发表的文章或许不尽能符合读者的理想，但是我们的态度是谦虚的，一切善意的批评我们都情愿接受来作为时时图谋改进的参考。至于恶意的批评我们准备一概置之不理。市场上许多竞争的恶伎俩不幸久已闯进文坛，大家都想卖独家货，以为打倒旁人就可以抬起自己，于是浪费精力于纵横捭阖，闹店骂街。其实这不仅是浪费精力，也显得趣味低劣。遇着这种排击,我们绝对不回手。我们希望这刊物仗着它本身的力量生存,如果它没有生存的力量,它就会不打自倒;如果它有生存的力量,那是打不倒的。是非自在人心,最后的公正的裁判者还是大多数读者。我们准备接受这最后的公正的裁判。

有人说过,一个作家不仅要能创造他的作品,还要能在读者群众中创造能欣赏那种作品的趣味。这话固然不错,但是在另一方面,如果没有能欣赏好作品的读者群众,能写好作品的作家也不容易产生,至少是不容易得到鼓励。就这个意义来说,一国的文学并不只是一个特殊职业阶级的成就,而是全民众的成就。现在有些人在惊讶我们处在这样伟大的时代,何以没有能产生一个伟大的文学,甚至于把失败的责任一齐推到从事文学的人们的身上去。在我们看,这未免把事情看得太简单。第一,任何伟大的文学都不是一蹴而就,它需要深广的根源与坚定而长久的努力。我们现在还没有脱离叫嚣浮动的状态,要想真正创造一点有价值的东西出来,我们必须镇定沉着,实事求是,稳扎稳打,有一番功夫自然会有一番效果。其次,像我们刚才所说的,作者与读者互为因果,有什么样作者便有什么样读者,有什样读者也便有什么样作者。作者与读者互相提高水准,文学才能顺利迅速地发辉光大。单就一个文学刊物来说,情形也是如此。我们在开头表明宗旨时,就说要"集合全国作者和读者的力量"来办成一个较合理想的文学刊物。这里的插句是非常重要的。我们的理想能否实现,就要看作者与读者们能否爱护与赞助。一个编辑者的地位是很卑微的,他只是作者与读者中间的一个媒介人。处在这个卑微的地位,我们吁求一切真正爱好文学的作者和读者们共同努力,使本刊成为他们中间的一个值得爱护的联系。

(载《文学杂志》第 2 卷第 1 期〔复刊号〕,1947 年 6 月)

现代中国文学

本文是应张晓峰先生之约为《现代中国文化》一部书写的一章。字限五千左右，所以只能说一个概括，粗略在所难免。因为它还可以见出变迁的大势，附载于此[①]。

近五十年里，中国经过了它在历史上未曾经过的大变动。文学的变动是时代变动的反映。这时代变动的起源是东西文化的接触。这接触期间正值欧美强盛而中国衰弱，一接触之后，两两相形，中国的各方面的弱点陡然暴露，于是知识界起了一个维新大运动。这运动中有几件大事：

① 指《文学杂志》第2卷第2期。——编者。

第一件是教育方式的改革，学校代替了科举，近代科学代替了古代经籍的垄断。在早期的这种改革诚不免肤浅幼稚，却收了很大的效果。就文学而言，它解放了八股与经义的桎梏，使语文变成较适用于现实人生的一种工具。新闻事业随着教育事业发达。作者与读者都逐渐多起来，作者运用语文于时世的叙述和讨论，读者从语文中得到较切实的知识，发生较亲切的兴趣。语文与实际生活接近，这一点是不容忽视的，在从前，语文是专为读经籍与讨论经籍用的，与现实人生多少已脱了节。文学不能在广泛的人生中吸取源泉，原因也就在此。

第二件大事是政体的改革——民主政治代替了君主专制。这改革在初期也很幼稚肤浅，却也收了很大的效果。就文学而言，读者群变了，作者的对象和态度也随之而变了。二千余年来，中国文学在大体上是宫廷文学，叫得好听一点是庙堂文学。它是一个进身之阶，读书人都借此以取禄获宠。所以写作的对象是皇帝和达官贵人，而写作的态度也就不免要逢迎当时朝廷的习尚。周秦的游说，两汉的辞赋，六朝清谈艳语，唐宋的词，元代的曲，明清的八股时文，都是这样起来的。从战国到满清，奏疏策议成为文学中重要的体裁之一，这在外国都无先例可证。君主既推翻了，宫廷文学也就随之失势。如今，作者的写作对象不是达官贵人，而是一般看报章杂志的民众。作者与读者是平辈人，彼此对面说话，从前那些“行上”和“行下”的态度和口吻都用不着了。这个变迁是非常重要的。文学从此可以脱离官场的虚骄和谄媚，变得比较家常亲切，不摆空架子；尤其重要的是，它从此可以在全民族的生活中吸取滋养与生命力。

由古文学到新文学，中间经过一个很重要的过渡时期。在这时期，一些影响很大的作品既然够不上现在所谓“新”，却也不像古人所谓“古”。梁启超的《新民丛报》，林纾的翻译小说，严复的翻译学术文，章士钊的政论文以及白话文未流行以前的一般学术文与政论文都属于这一类。他们还是运用文言，却已打破古文的许多拘束，往往尽情流露，酣畅淋漓，容易引人入胜。我们年在五十左右的人大半都还记得幼时读《新民丛报》的热忱与快感。这种过渡时期的新文言对于没落时期的古文已经是一个大解放，进一步的解放所要做的事不过把文言换成白话而已。白话文运动只是历史发展的当然的结果。这运动开始于民国六年，它的倡导人是北京大学一批教授，胡适、陈独秀、钱玄同诸人，它的喉舌是《新青年》和《思潮》几种杂志。胡适在《文学改良刍议》里提出新文学的八大信条：一、不用典；二、不用陈套语；三、不讲对仗；四、不避俗字俗语；五、须讲求文法；六、不作无病之呻吟；七、不摹仿古人须语语有个我在；八、须言之有物。陈独秀在他的《文学革命论》里也提出三大主义：

一、推倒雕琢的阿谀的贵族文学，建设平易的抒情的国民文学；

二、推倒陈腐的铺张的古典文学，建设新鲜的立诚的写实文学；

三、推倒迂晦的艰涩的山林文学，建设明了的通俗的社会文学。

话到此为止，胡、陈两人的主张多是消极的，破坏的，他们都针对行将就木的古文说话，这些话在历史上说过的人也很不少，不过他们把它大声疾呼，造成了一个广泛的有意义的运动。他们的真正的贡献在提倡白话文，胡适在《建设的文学革命论》里说：

我的唯一宗旨只有十个大字："国语的文学，文学的国语。"我们所提倡的文学革命只是要替中国创造一种国语的文学。有了国语的文学，方才可以有文学的国语。

这个呼声很明亮而响亮，当时很博得大多数青年的强烈的拥护，也惹起一些眷恋古人者的微弱的抗争。平心而论，胡、陈诸人当初站在白话文一方面说话，持论时或不免偏剧，例如把古文学一律谥为“死文字”，以为写的语文与说的语文必定全一致，而且一用白话文，文学就可以免去虚伪、陈腐、空疏之类毛病，这些见解在理论与事实的分析上诚不免粗疏；但是，他们的基本主张是对的，文学以语文为工具，语文都随时代生长变迁，居今之世，不能一味学古人说话。用现代语言表现现代情感思想，使现代一般民众都能了解欣赏，这不但在教育上是一个大便利，在文学上也是一个大进步。要论维新运动以来影响到中国文化的大事件，白话文运动恐怕不亚于民主政体的建立。

从民国六年到现在，中国处在多事之秋，政治的波动常波及文学，这短促的三十年见过许多门户的对立，和许多主义的宣扬，大半是昙花一现，在这篇短文中我们无用缕述。其中有一个较广泛而剧烈的争执却不能不趁便一提。这就是左派与右派的对立。本来新文学运动的倡导人大半是自由主义者，在白话文的旗帜之下，大家自由写作，各自摸路，并无一种明显的门户意识。“左翼作家同盟”起来以后，不“入股”的作者们于是尽被编入“右派”的队伍。左翼作家所号召的是无产阶级文学或普罗文学，要文学反映无产阶级的政治意识，使文学成为政治宣传的工具。因为无产阶级的政治意识在中国尚未成为事实，他们也只是有理论而无作品。不过他们的伎俩倒被政治色彩不同的人们窃取，近二三十年文学界许多宣传口号都是这种伎俩的应声。我们看见许多没有作品的“作家”和许多不沾文学气息的文学集会。

谈到作品这二三十年的成就却也未可厚非。二三十年在历史上是很短促的，我们原不能存大的奢望。我们不要忘记新文学还在萌芽期，所要寻问的不是有无划时代的伟大的作品，而是多数人的共同努力是朝那一个方向。如果我们把五十年以前的传统文学和近三十年的新文学对比参较，我们会发现一个空前的突变。我们确是在朝一个崭新的方向走。

先说诗。新诗不但放弃了文言，也放弃了旧诗的一切形式。在这方面西方文学的影响最为显著。不过对于西诗的不完全不正确的认识产生了一些畸形的发展。早期新诗如胡适、刘复诸人的作品只是白话文写的旧诗，解了包裹的小脚。继起的新月派诗人如徐志摩、闻一多诸人大体摹仿西方浪漫派作品，在内容与形式上洗炼的功夫都不够。近来卞之琳、穆旦诸人转了方向，学法国象征派和英美近代派，用心最苦而不免偏于僻窄。冯至学德国近代派，融情于理，时有胜境，可惜孤掌难鸣。臧克家早年走中国民歌的朴直的路，近年来却未见有多大的发展。新诗似尚未踏上康庄大道，旧形式破坏了，新形式还未成立。任何人的心血来潮，奋笔直书，即自以为诗。所以青年人中有一个误解，以为诗最易写，而写诗的人也就特别多。

次说小说。通盘计算，小说的成绩似比较好，原因或许是小说多少还可以接得上中国的传统。而近来所承受的外来影响大体上是写实主义，这多少需要实际人生的了解和埋头苦干的功夫。鲁迅树了短篇讽刺的规模，沈从文、芦焚、沙汀诸人都从事于地方色彩的渲染，茅盾揭开都市工商业生活的病态，巴金发掘青年男女的理想和热情。这些人的作品至少有一部分在历史上会留下痕迹的。抗战以来继起的作者未免寥寥。论理，这伟大的动荡不应不反映于文学，而反映的最适宜的媒介当然是小说。

再次说戏剧。戏剧意在上演，本最易接近一般人民，但是在技巧上它比小说较难，成功极不容易。近年来戏剧的成就不但比不上小说，而且也比不上新诗。早期剧本大半是“文明戏”，剧界先进如陈大悲、余上沅、熊佛西诸人都没有写成一部可留传的剧本。独幕剧至今还算丁西林的《一只蚂蜂》可看。改编剧本倒有很成功的。从洪深的《少奶奶的扇子》到李健吾的《阿史那》,可看的改编本很不少,原因是技巧的困难已经原作者解决过。创作剧本最成功的要算曹禺,他的剧情曲折,对话生动,早已博得听众的好评。只是他摹仿西方剧本的痕迹有时太显著,情节有时太繁复。抗战中戏剧最流行,但是用意多在宣传,情节多偏于侦探,杰作甚少。郭沫若写了几部历史剧,场面很热闹,有很生动的片断,可惜就整部看,在技巧上破绽甚多。总之,戏剧距离理想还很远。

新文学所受的影响主要的是西方文学,所以不得不略谈翻译。林纾以古文译二流小说,歪曲删节,原文风味无存。但是,他是第一个人引起中国人对西方小说发生兴趣的,功劳未可泯没。继起的周作人、胡适诸人开始用白话翻译,多偏重短篇。到近二十年才有大规模的长篇翻译。论体裁还是小说居多。耿济之、曹靖华、鲁迅、高植所译成的俄国小说影响最大。此外,潘家洵之于易卜生,梁实秋之于莎士比亚,李健吾之于福楼拜,袁家骅之于康拉德,熊式一之于伯瑞,往往以一人之力译成一家的代表作,用力之勤也很可佩服。诗最难译,徐志摩、朱湘、梁遇春、梁宗岱、卞之琳、冯至诸人对于西诗各有尝试,但都限于零篇断简。总观翻译界,努力很可观,而成就不算卓越。原因有两种。第一是从事于翻译的人不是西文了解力不够,就是中文表现力不够。如果以译文校原文,不免错误的十之五六,失去原文风味的十之八九。其次,翻译者无组织、无计划,各凭私人一时兴趣取舍,东打一拳,西踢一脚,以至选择不精,零乱无系统,结果我们对于西方文学不能有一个周全而正确的认识。

翻译虽是不正确、不周全,却已发生了很大的影响。第一是体裁形式的解放。西方文学有许多体裁形式不是我们所固有而是我们可学习的。诗歌放弃了旧格律,小说放弃了章回,戏剧放弃了歌唱和散漫的结构，都在摹仿西方的技巧，现在虽还幼稚，将来总会逐渐成熟。其次是人生世相的看法的改变。文学的要义在“见得到，说得出”，这“见”字很要紧，如今我们已逐渐学得西方文学家“见”人生世相的法门了，这就无异于说，我们扩充了眼界，磨锐了敏感，加强了想象与同情。第三是语文的演变。中西文组织形式大异，原亦各有短长，就大体说，西文的文法较严密，组织较繁复，弹性较大，适应情思曲折的力量较强。这些长处迟早必影响到中国语文。这就是中国语文欧化的问题。这是势所必至的。开始或嫌勉强，久之自觉习惯成自然。我相信欧化对于中国语文是好的，它可以把西文的优点移植过来。文化的其它方面可以由交流而融会，语文当然不是例外。

西方影响的输入使中国文学面临着一个极严重的问题，就是传统。我们的新文学可以说是在承受西方的传统而忽略中国固有的传统。互相影响原是文化交流所必有的现象，中国文学接受西方的影响是势所必至，理有固然的。但是，完全放弃固有的传统，历史会证明这是不聪明的。文学是全民族的生命的表现，而生命是逐渐生长的，必有历史的连续性。所谓历史的连续性是生命不息，前浪推后浪，前因产后果，后一代尽管反抗前一代，却仍是前一代的子孙。历史上还没有一个先例，让我们可以说某一国文学在某一个时代和它的整个的过去完全脱节，只承受一个外国的传统，它就能着土生根。中国过去的文学，尤其在诗方面，是可以摆在任何一国文学旁边而无愧色的。难道这长久的光辉的传统就不能发生一点影响，让新文学家们学得一点门径？这问题是值得我们思量的。

总之，我们的新文学还在开始，我们还在摸路，我们还需要更谦虚的学习，更多方的尝试，更坚定的努力。

（载《文学杂志》第 2 卷第 8 期，1948 年 1 月）

刊物消毒

这些年来大家在提倡普及教育，扫除文盲，仿佛以为只要一般国民都能读书识字，一切问题就自会解决。现在普及教育已算有相当成效了，拿现在比三五十年前，文盲的数目确是减少了，而许多问题却仍然没有解决，社会也并没有光明起来。这就足见只有读书识字的能力还不够，还有一个更基本的问题：读什样书，识什样字！

文字只是一种钥匙，拿它来可以打开许多门类知识的门。可贵者并不在文字本身，而在文字所传的知识学问。我们叫许多人识字，有什么知识学问传给他们呢？或是换一个方式来问，现在多数识字的民众在读些什么书呢？

暂且按下这个问题不答，让我们回顾我们中国过去二千多年的情形。从前中国读书识字的人读的是什么书？不是经史，便是子集。就是一般不以读书为职业而略能识字的人们要拿读书来消遣，所读的也是《三国演义》、《水浒传》、《封神榜》、《西游记》一类带有文学意味或教训意味的书籍。

让我们再环顾现在欧美各国的情形。一般文明国家的民众在读些什么书呢？每一个人清早起来头一件事就是看报纸，白天里各人去做各人的事，到工作完了，若是没有旁的消遣，就读一点书，读的大半是各种知识方面的杂志，也有些人郑重其事地读文学、科学、哲学、历史各方面的名著。

现在我们再问目前中国的情形如何。到一个时髦的有钱的人家里一看，你居然看到一间书房，里面红木玻璃柜整整齐齐地摆着《四部丛刊》或是《大英百科全书》之类书籍，琳琅满目，可是从来没有人把它们打开翻一翻，它们只是装饰。走到一个公立图书馆，你零零落落地看到三五个人，管出纳的人守着柜台打瞌睡，整个的气氛冷清得像一座深山古刹。走到一家旧书店，店伙计大有“逃空谷者闻人足音”的喜悦，你纵不买书，他也巴不得你多留一会聊聊天；问起旧书价，他说论本不如论斤，当作废纸卖，价钱还要高些。走到一家新书摊，除掉一些陈腐的教科书和党八股式的宣传品之外，你看到一些红红绿绿的封面印着电影明星的刊物，只有它们是崭新的，你可以想到它们无须在那里久摆，可怜的书贾们就靠它们来撑持门面。你如果在国内作一次旅行，你可以看见轮船上、火车上、飞机上、旅馆里、码头上、车站上，处处都是这些印着电影明星乃至于妓女照片的红红绿绿的小型刊物。我说“红红绿绿的”，本是事实，不过据说它们的通行的台衔是“黄色刊物”，为什么是“黄色”，恕我无知。反正这些就是现在中国一般识字的民众所读的书。原来几十年来扫除文盲的努力就是为着要使一般民众有读这种黄色刊物的能力！

这些刊物的内容是家喻户晓的，无庸缕述。总之不外是影星妓女以至于学府校花名门闺秀的桃色新闻，贪官污吏的劣迹，社会里层的奸盗邪淫的黑幕，以及把这一切乌烟瘴气杂会在一起的章回小说。它们已在出版界树立起一种强有力的风气，凡是刊物如果不沾染它们的一点色彩，就行不通，卖不掉。我知道北平有一家报纸每天有大半篇幅都是报导强盗闹妓院，父亲逼奸女儿和儿子谋杀父亲之类"社会新闻"。

我能想象到茶房店伙、少爷小姐以至于达官贵人们读这一类刊物时的"过瘾"。过的什么瘾？淫瘾，盗瘾，欺诈瘾，残酷瘾，嘴嚼粪和猪滚污泥的瘾。他们有闲暇，黄色刊物消遣了他们的闲暇；他们有饥渴，黄色刊物满足了他们的饥渴。花钱不多，费时不多，买起来方便，带起来方便，读起来不用费脑筋而有陶醉之乐，读完了扔到字纸篓里，如吸完一袋烟之后吹去烟灰，本无足惜。谁说这不是近代文明带给人们的福泽！

中国人老是说"开卷有益"，读这种黄色刊物的益处何在？它喂养了人们的低等欲望，让它们一天肥壮似一天；人们的心地本已恶浊，在它恶浊之上累积恶浊，叫他们永远甘于恶浊，不复知人间有所谓羞耻事。它在生命的源头下毒，把一切生命毒得一干二净。读品在近代荣膺"精神食粮"的雅号，这种黄色刊物也是一种精神食粮，它是精神食粮中的吗啡鸦片烟。像吗啡鸦片烟一样，它刺激你，麻醉你，弄得你黄疲刮瘦，瘫软无能；弄得你骨髓精血里都深藏它的毒素，遗传给你的子子孙孙。

吗啡鸦片的毒是有形的，人人知其祸害；黄色刊物的毒是无形的，许多人深中其毒而不自知。它的猖獗反映着民族精神的颓废，一般人的生活趣味的低落；大家对它多见不怪，所以法律不加禁止，舆论不加制裁，教育不加防范。依现在情形看，它还有一个很兴旺的前途。但是这是中国民族精神的生死关头所在，我们明知其不可为而仍不能不向国人大声报警：这种黄色刊物一日不扑灭，中国人就一日不能成为一个纯洁的健康的民族，而现在中国社会一切黑暗现象也就一日不能消除。

我们要用法律去制止它。它不能援言论自由作护身符。没有人有毒害人心的自由。我们既然可以禁止吗啡鸦片，也就可以禁止黄色刊物。在任何尊重自由的国家里，法律都要照管到所谓“公共善良风化”(public decency)，何况黄色刊物的流播简直要危害国家的生存！我们不明白政府近来正在厉行纸张节约，把许多很好的刊物和报纸的篇幅弄得非常紧缩，何以还让这些诲盗诲淫的刊物横行无忌，像苍蝇蚊虫似的满天飞！

我们要用舆论去制裁它。这种黄色刊物的作者和发行者借逢迎人类低劣欲望来赚取几个钱维持生活，在事实上等于精神上的卖淫，而它的读者就是精神娼寮的顾主。我们必须使一般民众透彻地明白这个道理，明白作这种东西和读这种东西都是应该羞耻的丑事，一个人如果能借此赚钱或借此取乐，他的脸上就已打了一个烙印，证明他是属于下贱的一种。

我们要用教育去防范它。说到究竟，对于某种东西的爱和恶是趣味的问题。现在多数民众的趣味低劣到非黄色刊物不读，那只能证明两点，一点是上文所说的民族精神的堕落，一点是文字教育的腐败。前一点的责任我们人人都要负，后一点就要特别归咎于国文教师和文学作家。国文教师没有能使学生养成好坏的鉴别力以及非好书不读、见坏书就痛恨的那种严正的趣味。文学作家没有能替一般民众多写一些好书。人不是生来就倾向下贱的，所以流到下贱，是因为没有一种高尚的力量提举他，鼓励他。如果有好书可读，而修养又足够见出好书的滋味，人们为什么一定要去读黄色刊物呢？这是根本的解决，我们希望国文教师和文学作家们在这方面多加努力。

（载《天津民国日报》，1948 年 1 月 1 日）

谈报章文学

在染着经院气的人们看，报章和文学不能发生关联。报章只是朝菌随生随死，而文学是千秋事业；报章只能投俗好，而文学须自拔于流俗，曲弥高而和弥寡。这看法不只在中国是很普遍，就是在报章文学最发达的欧美，所谓 journalistic writing（“报章写作”）也含有贬责的意味。你说一个作者的风格是“报章的”，乃至于说一个人的英文是“报章的”，他都不会觉得你恭维他。

一直到现在，还有一派自尊的学者们不肯读报章里的文章，他们不肯替报章写文章，更不消说。从前我有一位笃好古典的朋友，看到我的案头摆着一些文学刊物，很惊讶而且惋惜地问：“你也在看这些东西？”他特别着重“也”字，言下仿佛有错认了我的意思，以为我本来还洁身自爱，于今竟做出这样没出息的事，看报章里的文章，后来他发见我不但看，而且还写，替报章写，他就不再说什么，只在面上露一点难过的样子，我明白，他认为我是无可救药了。

这不全是一种偏见。就事实论，报纸文章普通确是很坏。报章的主要功用是报导新闻和反映舆论，这些都是严肃而不免枯燥的工作。社会除此之外还有一点消遣，报章于是就“副刊”一点文学作品供消遣。所以文学在报章里变成一种“余兴”，只是茶余酒后聊散心神的读物。作家有以此为业的，能写文章给人看，就想人看得高兴，而报章读者各色人等都有，一般的趣味不能很高，作家就势必要迁就他们，迎合他们的不很高级趣味，于是产生一些空洞肤浅而富于刺激性与麻醉性的东西，一般报章文学的现状都是如此。这种作品的影响很坏，是无可讳言的。读者如果认为这是文学，就会养成文学的低级趣味，永远不会能欣赏真正的文学；作者如果认为这是文学，也就会养成油腔滑调，永远不会能创造真正的文学。所以染着经院气的人们不屑看报章文学，更不屑写报章文学，确有他们的见地。

但是因噎不能废食。报章文学并非天生来必然要坏，它的坏是由于读者与作者都不肯努力求好。语文的功用原在表现思想与情感，各时代情境不同，表现的方式也就不同。原始人类一切都借口传，文字发明以后，口传变为笔写；印刷发明以后，笔写又变为印刷；从前印刷的都是整部书籍，近代报章流行以后，零篇片段可以逐日逐月分期印行。这可以说是表现方式的进步，因为流传愈广愈速。我们不能相信由笔写变为印刷时，文学必然要因为流传较广较速，而就贬值或降低身分。由印成书本变为印成报章，道理也应该是一样。无论如何，我们既生在这个时代，就应该接受在这个时代最通行的表现方式，也就应该把这个表现方式弄得完善合理。

它可以弄得完善合理，历史有前例可证。姑且拿英国来说，十八世纪散文写得最好而影响也最大的要算艾迪生。当时报章文学初露头角，他主编一个小型日刊叫做《旁观者》，以亲切流利的文笔谈日常生活中一些小问题，以及文学哲学政治上一些大问题，结果不但奠定了一代的文风，而且影响到当时社会的风俗习惯。他自己表明宗旨说：“苏格拉底据说把哲学从天上搬到人间，我有野心要人说我把哲学从书斋和图书馆、学校和书院搬到俱乐部和集会场、茶席和咖啡馆里。”这可以说是学术的大众化或通俗化。通俗化原来有它的弊端，它有时不免使人把学术看得太容易，甚至淆乱学术的真相，但是它也有它的功德，它叫一般人能赶上时代，至少是明白他所处的时代，不长留滞在愚昧状态中。艾迪生在《旁观者》里确实做到了这一点，他叫一般英国人每天清早于消遣娱乐中得到一点教益，同时读到一篇浅显而典雅的文章，无形中对他们自己运用语文发生好影响。像这种报章文学比起“书斋和图书馆、学校和书院”里许多正经作品和高头讲章，对于社会的效益还要大得多。

这是十八世纪的事，近百年来报章日渐发达，在报章上发表作品已成为文学家的惯例，许多有名的小说家，像狄更斯、萨克雷、威尔斯诸人，都先在报章发表他们的作品而后集结成书。甚至于富于研究性的学术著作，像法国圣伯夫的许多文学传记，以及极不通俗的诗篇，像艾略特和奥登的作品，也都先出现于一般刊物。理由很简单，作者需要读者，而报章能供给的读者数目最多，品类也最繁复。

作者需要读者，这是人情。文学的功用原来就在作者有所见，有所感，借语文的传达，在读者心中引起同见同感。“孤高自赏”虽然可以见出作者的身分，却不一定是文学的健康状态。“象牙之塔”只是作者的囚笼，而不是他的发育成长所依赖的土壤。真正伟大的作者，必须了解现实人生，因此他就必须接近民众，就多对于人生起深刻的同情的了解，多吸收文学的生命力。就民众说，他们多接近作者（这就是说，多读他们的作品），也就多学会作者的较锐敏的观察、较丰富的想象，和较深挚的情感，因此对于人生得到较深广的了解和较纯正的感受，至于文学趣味的加强与提高，是当然的结果，更不消说。作者的成就愈大，读者的趣味也就愈提高；读者的趣味愈提高，作者的成就也就愈大。从历史看，文学风气的演进大抵如此。所以居今之世，一个文学作家不能轻视他的读者群众，因此也就不能轻视读者群众最多的报章，报章在今日是文学的正常的发育园地，我们应该使它成为文学的健康的发育园地。

这是报章文学作家的责任。他不能轻视读者，他不必逢迎读者，他却不妨由迁就读者而逐渐提高读者。说话的用意原来在使人懂，明知其不懂而仍唠叨不休，这正是“不可与之言而与之言，失言”。但是从另一方面说，如果所说的话旁人无须说而已全懂，说也就是多余的。所以凡是要说的话都有两个条件：第一，听者可以懂；其次，听者未经说出就还未懂。因其可懂，话不是白说的；因其由未懂到懂，话是有效验的，对于听者是有进益的。文学的效用，说来说去，原来不过如此。它叫人逐渐多懂一点，或是懂得更透彻一点。这就是说，它逐渐启发人，提高人的心灵水准。一个报章文学作者如果做到了这一步，他就算尽了他的能事了。他所写的应该是他的读者群众在现状所能接受的文学，同时也应该是使这群众能得到进益的文学。这种作品应该不叫一般读者觉得干燥无味，也不叫高明人觉得它的趣味是低级的。总之，它要能深入浅出，雅俗共赏。

这番话就作为编者开始编辑本刊的一种告白，编者自己把它悬为一个理想，也希望惠稿人们协力促成这个理想的实现。

（载《天津民国日报》，1948年2月2日）

日　记

——小品文略谈之一

就体裁说，日记脱胎于编年纪事史。在史部著述中，编年纪事体起来最早。史是穷究本源的学问，给过去事实以因果线索的说明。要寻溯因果线索，先要搜罗孤立杂陈的事实，近代学者所谓“资料”。所以搜罗事实是史的第一步工作，也是史的发展中最初为史家看重的工作。说明因果线索是史学上比较晚起的观念，古代人大半只据实直书。中国古代史有专官，官有专掌。“左史记言，右史记行。”记的方法大半是遇到一件事情发生，随时就记下来，一事一条，如登流水账，先后次第就依事情发生的年月安排。这便是编年纪事。《春秋》是这个体裁的典型。西方各国史的著述也多起于 chronicles(即编年纪事)。例如著名的《盎格鲁—撒克逊编年纪事》，就是英国的最早的史乘。这部书不像中国古史出于史官，它成于中世纪寺院的僧侣，作者以私人的资格逐年逐月记载国家的大事。

这种以私人资格写成的编年纪事实在就已经是日记。但是它和日记究竟有一个重要的分别：编年纪事以一国为中心，例如《春秋》中的“我”就是鲁国；日记以作者私人为中心，其中的“我”只是作者自己。“中心”与“观点”不同。任何史籍都必采取一个观点，而那个观点都必是作者个人的观点，我谓“客观的历史”并不存在。现存的《春秋》是孔子站在他自己的尊周尊鲁的观点上，以鲁国为中心，去记载当时天下大事。日记是作者站在他的资禀、经验、修养所形成的观点上，以自己为中心，记载每日所见所闻。自己所见所闻可能为天下国家大事，也可能为私人琐事。在这一点上日记与编年纪事又有不同：编年纪事不记私人琐事，纵然偶尔破例，也必因为私人琐事有关国家大事，《春秋》、《左传》记齐姜、夏徵舒、灵辄、杜隗诸人的琐事，可以为证。

编年纪事起来很早，照理日记也应该如此。但是事实不然，日记起来很晚。在西方，希腊的 ephemeris（意谓“日记”）还是官书，记载军队行动或是国王起居，罗马的 diarium（“日记”）只是记载奴仆的配给账目，都与后来的日记（diary）没有直接的渊源。最早的近代语言写的日记起于文艺复兴时代，法国有两部最早的日记都不著作者的姓名。一部的作者是一位牧师，另一部的题名是《一位巴黎市民的日记》。西方写日记的风气到十七世纪才盛，英国两位极著名的日记作者爱文林（Evelyn）和斐匹斯（Pepys）都生在这个时期。在中国，《四库全书》中子部杂家类，史部杂史与传记类，集部别集类（日记可能隶属的部门）都不列日记为一目。据个人所知道的来说，清朝才逐渐有日记出现，比较为人所知的是陆清献（陇其）公日记，臧庸《拜经日记》，钱大昕《竹汀日记》（这几种实在是论学笔记，与寻常日记有别）。曾文正公（国藩）日记，李文忠公（鸿章）日记，李慈铭《越缦草堂日记》数种。这当然不能证明前人不写日记，很可能有写的不印行，但是这可以证明从前人不很重视日记，不认为它有流传的价值。

在日记起来之前还有一个过渡的体裁，就是笔记。它的内容无异于日记，只是不逐日安排。古代许多零星琐碎的私家著述，实在都要归于笔记一类。像《论语》、《檀弓》、《韩诗外传》、《晏子春秋》、刘向《说苑》之类，可能都是随时记载，日积月累起来，似有系统又似无系统的。唐人说部盛行起来以后，笔记更日渐发达。像《北梦琐言》、《归田录》、《见闻录》、《涑水记闻》、《侯鲭录》、《梦溪笔谈》、《池北偶谈》、《容庵笔记》之类，或记异闻，或谈琐事，或品评人物，或讨论诗文，或记载朝政，或描写风俗，不拘一格，不避芜琐。其实都是笔记而近于日记。在西方也是如此，记事的多于“备忘录”（memoirs）一类，罗马大将凯撒的“备忘录”（commentaris）记载他自己所经过的战争，是最早的例子。十六、七、八世纪，写“备忘录”的风气最盛，许多政治家退休或文艺家告老时，只要境遇安逸，时间富裕，都写一部“备忘录”，类似“自传”而涉及当时一般掌故。记言的则取随感录、笔记、对谈录各种形式。像马尔库斯·奥勒利乌斯的《冥思录》，琼森的《发现录》（Ben Jonson：Discoveries），布莱克（Blake）、柯尔律治（Coleridge）一类文人的笔记（notebook），歌德的《与爱克曼谈话》之类作品，其中内容若是摆在日记里也都很合适。

不过这些作品虽近于日记而终非日记，不仅因为它们不标明年月日，尤其重要的是它们大半是作者存心著述，有意要流传给后人的。最好的日记像爱文林和斐匹斯两人的作品，都是作者死后多年才被人发现印行。作者自己初无意借此传世享名。斐匹斯记了九年的日记，不但从来没有向至亲好友谈过，不但时常把它当作一种秘密文件谨慎地藏起，而且用当时人所不熟悉的而后人须费一番研究才发现出来的一种速写字体记录。他仿佛深怕人知道他写过这部日记或是拿它公布。许多日记作者也都这样谨守秘密。

这是日记的一个特色,作者是在自言自语,为自己的方便或乐趣而写作,无心问世。惟其如此,他毫无拘束,毫无隐瞒避讳,无须把话说得委婉些,漂亮些,只须赤裸裸地直说事实或感想。他只对自己"披肝沥胆"(confidential),所以他想写的真正是"亲切的"(intimate)。例如斐匹斯早年同情于革命党,查理第二复辟后,他在1666年11月1日有这样一段记载:

> 我们和两三位乡绅在一块吃饭,其中有我的老同学克里斯马君,我和他谈了很多。他还记得我在年轻时是一个剧烈的革命党,我深怕他会记得皇帝(注:查理第一)砍头那一天我所说的话(那话是"如果我要当牧师向他布道,我的题目应该是'恶人的过去史须毁烂去'")。但是后来我发现他在那时已离开学校。

这话是不能告诉人的,说出来有生命的危险,在日记中他居然说出来了。在另一日记中他记下这样一段:

> 今早我去了礼拜堂。牧师的演讲甚好,但是前一排一位漂亮小姐的背影惹得我心花意乱。我拿一本诵圣诗给她,好使她回过头来。照面看去颇失望,她像不高兴。收捐用盘子不用劝施囊。真讨厌。要给半皇冠币(注:银币值二先令六便士)。以后要记得放些六便士小银币在口袋里。

这样的坦白在一般自传中颇不易看到。寥寥数语叫我们马上可以看出他的性格。

日记的好处在泄露作者的深心的秘密。怕泄露秘密,那就失去日记的好处。惟其如此,不但作者自己,就是他的亲戚朋友,也往往不肯轻于让一部日记公布，一则怕作者自己的不大好看的一面性格现了出来，一则怕触忌讳，里面可能有许多使旁人不大好看的话。有些作者不免在日记里发泄私人的忿恨和忌妒，李慈铭在《越缦草堂日记》里对他所不高兴的同时文人学者常爱信口雌黄，就很惹起一些指责。连斐匹斯日记的编辑者也很谨慎地删去原文许多有失体面的话。这种对于作者的虔敬虽然可佩，究竟不免淆乱日记的真面目。

日记虽然本来不是拿来发表的，可是发表了出来，用处却是很多。第一，它是很好的历史资料。正史通常有两个大缺陷。它只记国家大事，只传风云变化中主要人物，对于一般社会内层的风俗习惯以及不影响到政教大端的而却具有特性、值得记忆的人物，或是一概抹煞，或是语焉不详。其次，它往往出自史官之手，或是依据官书，偏袒忌讳，常所不免。这两个缺陷都可以借私人日记来弥补。法国十四、五世纪那两部无名氏的日记，提供我们许多关于当时的政治社会状况的知识。英国十七世纪许多大事像伦敦大疫、大火，以及革命内战之类，在爱文林和斐匹斯的日记里都有很翔实的记载。从这些日记里我们对于当时英法两国社会人情风俗比从正史里还能得到更具体的印象。其次，与史实相关的是传记的资料。替一个人作传记或年谱，如果他有日记留传，我们就有最原始可靠的证据。尤其是一个人的内心生活在日记里比在他的一般言行里可以看得更清楚。日记作风的倾向颇类似小说，在十七、八世纪以前，一般日记与小说都侧重浮面的事态变动，近来这两类作品日渐变成“内省的”，爱作深微的心理描写。曾经轰动一时的俄国女艺术家巴西柯塞夫(Marie Bashkirtseff)的日记(1860 年至 1884 年)，就是一部极好的内心生活的自传。第三，它是文学研究的好资料。时人华兹华斯的妹妹多萝西(Dorothy)的日记就是一个好例。这两位兄妹常在一起，遇到一个新鲜有趣的境界或人物，兄写成诗，妹就用散文写在日记里。借着这种日记我们知道华兹华斯的许多诗是在什么情境之下写成的。还有另一类日记，像法国龚古尔兄弟(Los Concourts)和纪德(Gide)，英国曼斯菲尔德(Manstfield)，以及美国爱默生(Emerson)诸人的作品，常流露作者对于人生、自然与文艺的深切的感想，也有助于文艺的了解与欣赏。

最后，我们不要忘记日记对于近代小说发展的影响也很大。较早一点的像意大利名著《爱的教育》(有夏丏尊译本)就是用日记体写的。近来像乔易司的《尤利西斯》(James Joyce Ulysses)和吴尔夫的《黛洛维夫人》(Virgnia Woolf：Mrs. Dalloway)两部划时代的小说名著在形式上都是一日的日记，把一天里的外界印象与内心变化极细微地描写出来，篇幅到了几百页之长。这可以说是日记体的登峰造极了。

我们都是人，了解人性是人性中一个最强烈的要求，我们都有很浓厚的好奇心，要窥探自己的深心的秘密和旁人的深心的秘密。在要求了解之中，我们博取同情也寄与同情。我们惊喜发现旁人与自己有许多相同，也有许多不同。这世界不是一个陌生的世界，却也不是一个陈腐单调的世界。因为这个缘故，记日记与读日记都永远是一件有趣的事。

(载《天津民国日报》，1948 年 3 月 1 日)

随感录(上)

——小品文略谈之二

依心理学的分析，人类心思的运用大约取两种方式：一是推证的，分析的，循逻辑的方式，由事实归纳成原理，或是由原理演绎成个别结论，如剥茧抽丝，如堆砖架屋，层次线索，井井有条；一是直悟的，对于人生世相涵泳已深，不劳推理而一旦豁然有所彻悟，如灵光一现，如伏泉暴涌，虽不必有逻辑的层次线索，而厘然有当于人心，使人不能否认为真理。这分别相当于印度因明家所说的比量与现量，也相当于科学与艺术。“言为心声”，文学作品中也可以见出同样的分别。有一类文章是“想”出来的，有一类文章是“悟”出来的，“想”由于人力，“悟”由于天机。本来得之于“想”的就可以“想”去了解，把文章的脉络线索理清楚了，意思也就自然清楚；本来得之于“悟”的就必以“悟”去了解。“悟”须凭经验涵养的印证，工夫没有到那步田地，丝毫也不能强求，所以“悟”的文章对于莫明其妙的人们往往带有神秘色彩——禅宗语录是最显著的例。

就大体说，随感录这一类文章是属于“悟”的。它没有系统，没有方法，没有拘束，偶有感触，随时记录，意到笔随，意完笔止，片言零语如群星罗布，各各自放光彩。由于中国人的思想长于综合而短于分析，长于直悟而短于推证，中国许多散文作品就体裁说，大半属于随感录。《论语》可以说是这类作品的典型，随便几节为例：

子在川上曰：“逝者如是夫，不舍昼夜。”

子曰：“予欲无言。”子贡曰：“子如不言，则小子何述焉？”子曰：“天何言哉？四时行焉，百物生焉，天何言哉！”

山梁雌雉，子路拱之，三嗅而作。子曰：“时哉时哉！”

这类文章大半文词极简洁而意味隽永，耐人反复玩索。虽是零碎的记载，各自独立，而结集起来全盘看去，仍有一个一贯的生命，因为每句话都表现作者的人格，许多零碎的话借作者的混整的人格贯串起来，终成一个整体，虽杂而却不至于乱。既是随感，题材便不必一致，或记人事，或谈哲理，或评人物，或论文艺，无所施而不可。中国许多著作都多少有随感录的性质。经部如《易》卦彖象辞，《曲礼》，《檀弓》，《春秋》记言；子部如《老子》，韩非《说林》，《韩诗外传》，《晏子春秋》，刘向《说苑》；集部如杂说杂记笔记语录诗话之类有许多都是一时兴到之作。《论语》以后，取随感录的体裁而最成功的当然要推《世说新语》。这部书尽管是摭拾史乘，尽管是分类记录，而每条都可以独立自成一个小天地，如清泉秋潭，印心照眼，令人悠然起遐想。许多宏篇巨制，经作者精心结构，经我们读者仔细揣摩过的，往往只是一种功课，境过即忘；而这类零星感想却凭它们的简单而深刻，平易而微妙的力量渗入我们的肺腑，活在我们的生活里，在漫不经心的时会，突然在我们心里开花放光，令我们默契欣喜，这是随感录这一类文章的妙用。

西方思想本长于推证与分析，所以西方文学大半以结构擅长。讲结构不能不穷究本原，寻溯变化，推判终极，亚理斯多德在《诗学》里所以特申文艺作品要有头有尾有中段，那个似平凡而却紧要的教训。头尾全具，变化毕陈，篇幅就不能不延长，所以西方著作无论是哲学科学或是文学的，大半有两大特色：第一是篇幅长，其次是条理清楚。像一座建筑，它有一个架子，柱梁墙壁，门窗户扇，架得起也拆得开，令人望之一目了然，古代的史诗，近代的小说以及哲学科学名著都是如此。所以随感录这一类文章不能算是西方人的本色当行，但是西方心智的发展毕竟是多方面的。在思想方面，从古到今，直悟的综合的方式也并非没有卓越的代表人物。因此，随感录这一类文章还是有悠久的渊源与广泛的应用。如果把它们集结起来，成就也颇可观。

随感录在西文中有许多名称，有时是“格言”(maxims)，有时是“隽语”(epigrans)，最早见而到现在还习惯用的是 aphorisms，意谓“简隽的断语”。这一种作品大半是判而不证，以简短隽永为贵，它起源于希腊哲学家希波克拉提斯(Hippocrates)，他是当时的医学权威，曾结集一些经验证为有效而科学系统还不能容纳的事实，用简短的语句表达出来，就成为西方最古的一部 aphorisms。其中也有涉及一般人生的：

技艺悠久而生命短促。

性格即命运。

我们不能在同一河流里濯足两回。

醒者共有一个世界，睡者各有一个世界。

听得见的乐调是和谐的，听不见的乐调更和谐。

像这一类话现在已成为一般人的口头语。罗马人崇实用而喜词令，所以格言隽语也很受人欣赏，姑译数例以见一斑：

民主国由人民统治，但是所谓人民并非乌合之众，而是团体的集合，团结的主力是尊法律，谋公益。

没有比所谓“平等”更不平等的。

（以上西塞罗语）

国家愈腐败，法令愈滋章。

恨我们所害过的人，这是人性。

（以上塔西陀语）

到处都去过的人一处也没有去过。

小债成恩，大债成仇。

（以上塞内加语）

要在愚人面前显得学问，在学问的面前就显得是愚人。

如果我们让妇女们和我们平等,她们马上就要占我们上风。

（以上昆提利安语）

妻下于夫,这是平等婚姻的唯一路径。

（马提尔阿利斯语）

一国的格言可以见出一国的国民性,罗马人最关心政治伦理,所以这方面的格言比较多。

格言贵在简隽,在产生时就有两重目的:一是实用的,经验之语取便于记忆的形式,可以做生活的指南;一是艺术的,本是平易近人的道理,因为表达的方式简短而隽永令人一听到就觉得喜欢,类似一般文学作品的欣赏。它仿佛是一种敷着糖壳的药丸,药取其可医病,糖壳取其甘旨适口,使人乐于接受。普通讲道理的话,尤其是关于道德生活的,最易流于平板枯燥。格言隽语的长处就在把平常的道理说得不平板枯燥。世界各国的道德家言大半取 aphorisms 的形式,用意都在便于记忆与便于流传。最显著的例子是希伯来民族的"箴言"(见《旧约》)和中国的"贤文"。

格言隽语本来都属于随感录一类,但是就一般而论,随感录比格言隽语较长,尤其在近代事例中,也比格言隽语较易见出作者的个性。最早的例子要推罗马皇帝马尔库斯·奥勒利乌斯(Marcus Aurelius)的《冥思录》,摘译数则如下:

我们所说所做的大部分都不必要,如果把这些抛开不说不做,我们就有较多的闲暇和较少的烦恼。因此,在每一时候,一个人应自问:"这是否属于不必要的一类呢?"他不仅要抛开不必要的举动,还要抛开不必要的思想,免得有不必要的举动跟着来。

甲替旁人做了一件功德事，就以为这是一种恩惠而居功自喜。乙不居功自喜，心里却仍把那人看成受惠者，自己知道自己做了什么。丙连自己做了什么也不知道，做了就算做了，如同葡萄结实。结了实就不追究其它，正如一匹马走完了路程，一条狗攫获了猎品，一只蜂酿成了蜜，一个人做成了一件好事，并不要叫旁人来瞧，而只往下做另一件好事，像葡萄到了另一个季节就结另一批果实。

人们找退隐的地方就到乡下别墅，海边或是山里，而你也常存这个愿望。但是这样做就足见这种人最平庸，因为无论什么时候，你都可以自己作主，退隐到你自身里面去。一个人退隐到自己的心灵里去，比退隐到任何地方都比较清静，较不受尘忧俗累的侵扰，尤其是他的内心里如果有一种思致，省察那种思致就马上踏进完全静穆的境界。所以你要时常让你自己有这种退隐，时常更新你自己；并且你所想的道理须是简而要，每逢你回头去省察它们，它们就够把你的心灵完全洗净，把你送还到你须回去应付的事情上，丝毫不存一点不乐意的心情。

从这几个例子看，作者在心理原型上是属于“内倾”的一种，欢喜朝自己的内心里面去看。他的这部《冥思录》是开头就说明白是“为自己写的”，本无心问世，所以不存客套，自言自语似地把心事话说出来，这种作风已开近代日记体的先河，它的特点在切己或亲密(intimate)，后来在比较近代的随感录一类文章中日益显著。

（载《天津民国日报》，1948年4月9日）

随感录(下)

——小品文略谈之三

人类思想和语文都逐渐由简朴而繁富,随感录一类文章的特色在简朴而隽永,所以古代人只要寥寥数语就可以了事。不过近代人也有一个特殊倾向,宜于在随感录方面发展,就是他们比古人较锐意求精巧,不惜钩心斗角雕章琢句,一方面炫耀自己的才智,一方面博取听者的惊心夺目。在欧洲,这倾向在第十七八世纪的法国最为显著。法国人承继拉丁的"清晰"的理想,思想最尖锐而语文也最灵活,思想尖锐的人们最容易窥探深心的秘奥,也最容易取刺讥或打诨的态度,本着这种民族思想与语文的特性,法国人比较会把一个道理或一种心情轻描淡写地表达出来,显得既委婉(elegant)而又有锋芒(pointed)。在十七八世纪,法国社会在客厅里聚谈的风气很盛,一个人能否成功成名颇要看他在客厅里话谈得漂亮不漂亮。所谓漂亮并非指滔滔雄辩，而是指微妙精巧，耐人寻味，话不在多，却要实在能动听，这恰是随感录一类文章所要做到的，而法国人对此在客厅谈话中都有娴熟的训练，所以随感录在近代法国特别成功，法国人也替这类作品奠定了一个极恰当的名称，这就是 pensees，意谓“所感想的”。提起这个名称，我们当然要想到帕斯卡尔（Pascal），在他以前，蒙田（Montaigne）已经写过一些近似随感录的文章，不过篇幅较长，归到“试字”（essay）一类较妥。帕斯卡尔才是法国随感录体裁的真正的典型，现在摘译数则以见一斑：

人愈有智慧就发现愈多的优异的人，平常人见不出人与人的分别。

莫说我没有新鲜话可说：材料的处置总是新鲜的，好比玩手球，你和我们玩的同是一个球，可是我把它摆布得比较好。

自然本色的文章风格令人惊而且喜，因为人本来指望看见一个作家，所发现的却是一个人。

克莉奥佩特拉（注：非洲皇后，叫几位罗马大将倾倒的）的鼻子如果短一分，全世界就会为之改观。

你为什么杀我？——什么？你不是住在河那边吗？朋友，你如果住在河这边，我就算是杀人犯，这样杀你就不公平；但是你既然住在河那边，而我是一个好汉，杀你就是公平。

人只是一棵芦苇，自然界最脆弱的，但是一棵运用思想的芦苇。要摧毁他，无须全宇宙都武装起来，一股气，一滴水，都够致他死命，但是在宇宙摧毁他时，人依然比摧毁者较高贵，因为他知道自己死，知道宇宙比他占便宜；而宇宙却毫不知道。

这无穷空间的无终寂静使我颤栗。

第一流随感录的作者往往同时具备哲学家与诗人两重资格，帕斯卡尔可以为证，惟其是哲学家，才能看得高远也看得微细；惟其是诗人，才能融情于理，给它一个一个令人欣喜而且不易忘记的表现方式。

和帕斯卡尔同时的还有一位拉罗什富科公爵，写过一部《箴言录》(La Rochefoucauld:Maximes)，在随感录体裁中也久已成为一部古典。这是一位老于世故者，对于人性的较不光荣的一方面特别看得清楚，例如：

自尊心在一切谄媚者之中是最大的一个。

情欲往往产生和它们相反的情欲：贪吝有时生奢侈，奢侈也有时生贪吝；人有时强硬由于软弱，大胆由于怯懦。

我们都有足够的力量忍受旁人的痛苦。

有些过失如果我们自己不犯，我们看到旁人犯了，就不会那样高兴。

伪善是罪恶向德行所致的敬礼。

多数人爱公正只怕是自己受到不公正。

人人都埋怨自己的记忆力不好，没有人埋怨自己的判断力不好。

我们太惯于对旁人作伪，结果对自己也就作伪了。

愚蠢往往保护我们不受聪明人的欺骗。

全书简直是一部性恶论，与一般道德家言是两回事。随感录一类文章本宜于在简洁中露锋芒，带一点刺讥的辛辣性容易显得干脆而生动。说坏话要俏皮容易，说好话要俏皮难，难在不落平凡，一落平凡，便失去这类体裁的长处。

随感录在法国最为发达，作者如伏尔泰（Voltaire）、香孚（Chamfort）和沃维纳格（Vau Venargues）都是所谓“以言语妙天下”的。较晚起的犹伯尔（Goubert）特别值得提及。他自己说过：“如果世间有人呕尽心肝要把一部书的话写成一页，一页的话写成一句，一句的话写成一个字——那就是我。”

英国方面随感录作者也很多。斯密斯教授（L. P. Smith）曾辑有一部选本，并且做了一篇论文介绍。对这类文章有兴趣的人们可以问津于此。德国方面诗人歌德也是随感录的高手，此外为叔本华、尼采诸哲学家亦时有隽语。大约英国人重实际，随感录中世故语者多；德国人富于玄想，随感录中诗意哲理居多。不过这两国语文都比法文重拙，所以随感录这类体裁并非这两国人的特长所在。本文意在说明这类体裁的特点，不在穷溯它的历史，所以姑且从略。

培根说过，有些书是供咀嚼的。随感录主要地是供咀嚼的书。

虽是零篇断简，它们是长久涵养的结晶，读者须优游涵泳，有证于经验，有奖于心怀，才能吸收它们的好处。它们不是茶余酒后的消遣，也不是“锲而不舍”的正经功课。唯其如此，当你一气读下去的读品，它们颇像珍味杂陈，不免令人腻味。作者原不是一气写下去，读者也就不宜一气读下去，最好今日东取一鳞，明日西取一爪，有时间仔细玩索。它们可供咀嚼，却也只能当作小点心咀嚼。

（载《天津民国日报》，1948 年 4 月 26 日）

谈书牍

语文的功用在传情达意，传达的方式不外口说与笔写两种。文字未产生以前，一切都靠对面交谈；有了文字，声借形留下可行远传久的痕迹，这就叫做“书”。“书”字在古训中有“舒”、“如”两义，“舒”是舒达心意，“如”是言恰如心。书以记言，言为心声，所以书就是笔谈，作者借这个媒介向不能对面的远方人或未来人倾衷曲。就这个意义说，一切著作都是作者致读者的信，现在所谓“信”古人通叫做“书”，可见著书与通信在基本原则上是一致的。

不过一般的书籍和信札有一个重要的分别：书籍是写给一般读者群，作者与读者不必有私人的关系；信札是专为某一人或一群人看的，作者与读者通常都有某种私人的关系，或是亲友，或是师徒主仆。这种私人的关系带给了信札一个特色，它显出作者与读者在情感态度上的分寸，亲切或是疏泛，爱慕或是怨恨。写信与著书不同：著书能使读者“如闻其语，如见其人”，就算能事已尽；写信则不仅要表现作者与读者私人契合的程度。书可泛说，甚至眼光可以不注在读者；信就必须“切己”，心目中时时想着读信人，一封见不出私人情感的信就是一封不必写的信。

在西方，凡是私人中间的文字传达一律叫做“信”(letters)。在中国，它随作者身分与内容性质而有种种名称。上行言事者叫做“奏议”、“上书”、“章表”或“禀”、“呈”，下行言事者叫做“诏令”或“谕旨”，平辈通闻者叫做“书”、“启”、“笺”、“牍”等等。上行下行者虽有私人的关系，大半是公事文章，有时近于律令与策论，可以略而不谈。本文所称“书牍”大致采取曾国藩《经史百家杂钞》的分类。不过“书”与“牍”实在还有分别，“书”是很正式而且很郑重的写作，有时是长篇大论，言政讲学，像叔向《诒子产书》，司马迁《报任安书》以及韩愈《与孟尚书书》之类；“牍”是纯粹的私人随便道款曲的文字，不发大议论，不谈国家大事，有如对面谈心或说家常话，这种信在西方通常冠上“亲切的”(intimate)或“推心置腹的”(confidential)之类形容词。《昭明文选》把“书”与“笺”分列，“笺”就是“牍”，古人写信用木简，“笺”、“牍”、“简”、“札”都是同义字。用木简就不能不“简”短，简短也是这类信札的一个特色。本文意在谈小品文，所以从前所谓“书”的一类也略而不谈，只谈随便写来的简短的亲切的那一类书札。

这类书札本非著述，在著述家看，它们未免琐屑不足道，所以通常不把它们采入史传或选集。时代愈久远，这类材料愈不易搜寻。这是很可惜的一件事，因为古人的文章特别以简朴见长，最宜于书牍。统观中国书牍演变，约可分为五个时期，它们的分水界在魏晋、盛唐、北宋以及晚明。魏晋以前，著录的书牍多为吉光片羽，言简意赅而风味隽永。《文心雕龙·书记》篇引秦绕朝赠晋士会以策：

子无谓秦无人，吾谋适不用也。

如果“策”字依刘彦和解作书简，这就是短信的一个古例。这两句话希望晋人不要小看秦人，伤叹秦君无知见，不行自己的计谋，预料秦要受晋的欺侮，满腹牢骚都发泄在这一声愤慨中。《史记》载项羽要烹汉高的父亲，汉高回答说：

吾与项羽俱北面受命怀王曰，约为兄弟。吾翁即尔翁，必欲烹而翁，则幸分我一杯羹。

寥寥数语把两人性格完全托出。项羽粗暴鲁莽，出此下策；汉高临危不乱，他的话带有打官腔、轻蔑、狠毒、果决、幽默种种意味在内。汉朝皇帝多善于辞令，文帝与赵佗书是人所熟知的，看他多么慈祥、坦白、委婉，藏锋不露！马援退休，光武给他一封短信说：

卿归田里，曷不令妻子从？将军老矣，夜卧谁为搔背痒也？

关切之中寓调笑，一代风云人物，退到田舍中倩老妻搔背，也颇令人起滑稽之感。

中国文章风格素重堂皇典雅，看起来如踩高跷行路，高则高矣，无奈站在人行路之上另一个平面上，与日常生活隔着一层。两汉文章虽“淹博无惭于古”，却还有像王褒的《僮约》那一类啜啜道家常琐屑的文章，这种较平易近人的风格较宜于便笺小简，我们在汉人书牍中还可以看到这种风格。姑举两例。一是人所熟知的杨恽《报孙会宗书》：

臣之得罪已三年矣。田家作苦，岁时伏腊，烹羊炮羔，斗酒自劳。家本秦也，能为秦声；妇赵女也，雅善鼓瑟；奴婢歌者数人，仰天拊缶而呼乌乌。

一幅家庭行乐图，一腔罪臣的委曲，都跃现目前。另一是冯衍《与妇弟任武达书》。冯衍妻悍而妒，疑夫通婢，不免泼辣打骂。他写信给她的弟弟诉苦，中间有这句话：

惟一婢，武达所见，头无钗珥，面无脂泽，形骸不蔽，手足抱土。(妇)不原其穷，不揆其情，跳梁大叫，呼若入冥。贩糖之妾，不忍其态。

丑婢与泼妇的相貌神情也写得淋漓尽致。这种写实的风格可惜一挫于六朝绮丽，再挫于唐宋高古，没有健旺的发展。

魏晋书牍已开始染着辞赋骈俪的风气，看到昭明所选的书笺，我们就觉得已进到另一世界。这风气始于建安七子，一直推演到齐梁。不过在这新时代的初叶在曹孟德、诸葛武侯、王右军诸人书牍中，我们还可以看到汉人的简隽。在曹氏父子中我最佩服老瞒，不论诗歌或书牍，都显得英气勃勃，不是当时雕章琢句的文人们所可望尘。且看下列数例：

今幼主微弱，制于奸臣，未有昌邑亡国之衅，而一旦改易，天下其孰安之？诸君北面，我自西向！

——《答袁绍书》

近者奉辞伐罪，旌麾南指，刘琮束手。今治水军八十万众，方与将军会猎于吴。

——《遗孙权书》

赤壁之役，值有疾病，孤烧船自退，横使周瑜虚获此名！

——《又遗孙权书》

“诸君北面，我自西向”，何等斩钉截铁！“方与将军会猎于吴”，何等优闲幽默，咄咄逼人！“孤烧船自退”，何等自欺欺人！“奸雄”与“老瞒”于此见之。不过此公于霸气中自有一副柔情侠骨，读者无妨检阅他的遗嘱和《与荀彧悼郭嘉书》，去看看这位奸雄性格的可爱的一方面。

诸葛公在危难中受重任，忠贞体国，具见于出师二表，其它教令书牍，大半论事论人，操心危，虑患笃，处处见出孤臣孽子的谨慎周密，固不期以文字见长。姑举三例以见一斑：

前后所作斧，都不可用……彼主者无意，宜收治之。非小事也。若临敌，败人军事矣。

——《作斧教》

张飞虽实武人，敬慕足下。主公方今收合文武以定大事。足下虽天素高亮，宜稍稍降意也。

——《与刘巴书》

臣家成都有桑八百株，薄田十五顷。子孙衣食自有余饶。臣身在外，别无调度；随时衣食，悉仰于官，不别治生，以长尺寸。臣死之日，不使内有余帛，外有盈财，以负陛下也。

——《临终遗表》

从他的书牍中我们所见到的孔明是一位小心翼翼的人，决不如传说中那位穿八卦衣摇鹅毛扇的那样萧闲自在。

右军善书，所以他的书札寸纸只字都被后人珍视，保存的比较多。现存右军诸帖有许多是零碎不完全的，单就每一帖看，固然各具风味；但是要明了他的整个的人格，非把全部书帖摆在一起看不可。中国书牍圣手古今只有两人，前有王右军，后有苏东坡，两人胸襟气度也颇有相似处。右军是魏晋人物的一个典型的代表。后人对于魏晋人物的看法多侧重“清谈”、“旷达”一方面，其实这只是一方面，而且不是庐山真面目，看右军书帖便可以知道，他写给殷浩、谢安、谢万诸人的长信，讨论国家大事、品题人物、解说处世做人的道理，都有大臣的老成谋国、醇儒的立己立人的风度。比如他诫谢万的书：

> 以君迈往不屑之韵而俯同群辟，诚难为意也。然所谓通识，正自当随事行藏，乃为远耳。愿君每与士之下者同，则尽善矣。食不二味，居不重席，此复何有，而古人以为美谈。济否所由，实在积小以致高大，君其存之。

这算得“清谈”，又算得“旷达”么？（关此点可参看《断酒帖》，《增运帖》，《群凶帖》等）。再看他谈到家庭婚丧的一些信：

> 吾有七儿一女，皆同生，婚娶已毕，惟一小者尚未婚耳。过此一婚，便得至彼。今内外孙有十六人，足慰目前。足下情至委曲，故具示。
>
> ——《十七帖》之一

> 延期官奴小女并得暴疾，遂至不救，愍痛心，奈何！吾以西

夕，至情所寄，惟在此等，以禁慰余年。何意旬日之中，二孙夭命。日夕左右，事在心目，痛之缠心，无复一至于此，可复如何！临纸咽塞。

像这类的话，帖中不知凡几。右军自是至性深情人，不容以"旷达"二字书之。我寻遍右军诸帖，没有一语可见旷达，他有闲情逸致，常爱在人生崇高幽美方面流连玩索，却是事实。他寄信给在蜀的朋友，详询汉画可否摹取，盐井火井是否真有，严君平、司马相如、杨子云有无后人，并且表示愿登汶岭峨眉一游，说"得果此缘，一段奇事"。另一帖向人索取青李、来禽、樱桃的种子，"吾喜种果，今在田里，惟以此为事"。此外有约人围棋、采菊、登山诸帖，都可以见出右军对人生许多方面意致都很浓。我们把右军帖全部一看，可以对他的为人得到一个很清楚的印象，而这印象是和一般人所想象到的魏晋人物相差很远。

子桓、子建兄弟与吴质、陈琳诸人来往书札，已开六朝绮丽的风气，到齐梁更甚。当时写信如写字绘画已自成一种艺术，写信者都有意在这上面做文章，仿佛叫收信人不仅知道信的意思，还要把它当作一件珍贵的作品留存，随时可以取出赏玩。爱这类"美"文的读者们可以问津于《昭明文选》或《六朝文絜》，这里只略举数例，以见风气的转移：

每念昔日南皮之游，诚不可忘。既妙思六经，逍遥百氏，弹棋间设，终以六博，高谈娱心，哀筝顺耳，驰骋北场，旅食南馆，浮甘瓜于清泉，沈朱李于寒水……

——曹丕《与吴质书》

暮春三月，江南草长，杂花生树，群莺乱飞，见故国之旗鼓，感生平于畴日，抚弦登陴，岂不怆恨！

——邱迟《与陈伯之书》

山川之美，古来共谈。高峰入云，清流见底。两岸石壁，五色交辉。青林翠竹，四时俱备。晓雾将歇，猿鸟乱鸣。夕日欲颓，沈鳞竞跃。

——陶弘景《答谢中书书》

人非新市，何处寻家；别异邯郸，那应知路？想镜中看影，当不含啼；栏外将花，居然俱笑。分杯帐里，却扇床前，故是不思，何时能忆？

——庾信《为萧悫与妇书》

这些书牍都极力注意调声设色，绚烂满目，有如蜀锦吴绣。在艺术中它们颇像晚唐诗、南宋词与明清院书，极精工之能事。不过就个人的趣味来说，我还是喜欢家常随便的一类。除掉王右军以外，六朝书牍属于这一类的也颇不少。比如下列数例：

江表惟长沙有好米，何得比新城粳稻耶？上风吹之，五里闻香。

——曹丕《与朝臣论禾稻书》

少加孤露，母兄见骄，不涉经学。性复疏懒，筋驽肉缓。头面常一月十五日不洗，不大闷痒，不能沐也。每常小便而忍不起，令胞中略转乃起耳。

——嵇康《绝交书》

汝旦夕之费，自给为难。今遣此力，助汝薪水之劳。此亦人子也，可善遇之。

——陶潜《戒子书》

仁寿殿前有大方铜镜，高五尺余，广三尺三寸，立著庭中，向之便写人形体了了，亦怪也。

——陆机《与弟云书》

这类自然流露的文字，易见作者平生性格与一时兴致，实在比前面所引的那些花枝招展的文章较富于生气。

唐朝古文运动是对于六朝绮丽的一种反动。就一方面说，文章由骈而散，由繁富而古朴，理应宜于产生轻便自然的书牍；可是就另一方面说，古文家不但有意为文，而且时时存心摹古避俗，往往不写信则已，一写就是长篇大论，拖着腔调说话。韩柳诸大家文集里所谓“书”都实在是“论”，没有一篇随意写的尺牍；《唐文粹》的几卷“书”也是如此。这当然不就能证明唐人不写这类尺牍，但是单就它们不被收入选集一点来说，当时人看轻这类小品，却无可置疑。从现存的长篇书信来看，唐人对于尺牍似未见擅长。论政论道论文的书信置之不论，就拿自道衷曲的书信来说，它们也往往有些装腔作态。姑举两例：

与足下久别矣，以吾心之思足下，知足下悬悬于吾也。各以事牵，不可合并。其于人人，非足下之为见而日与之处，足下知吾心乐否也？吾言之而听者谁欤？吾唱之而和者谁欤？言无听也，唱无和也，独行而无徒也，是非无所与同也，足下知吾心乐否也？

——韩愈《与孟东野书》

茕茕孤立，未有子息。荒陬中少士人女子，无与为婚，世亦不肯与罪人亲昵。以是嗣续之重，不绝如缕。每当春秋时飨，孑立捧奠，顾盼无后继者，栗栗然欷歔惴惕。恐此事便已，椎心伤骨，若受锋刃。此诚丈人所共悯惜也。

——柳宗元《与许孟容书》

两书在韩柳文集中都是上品文字，其中有真情感，写得很酣畅淋漓，都无可否认，但是拿它们和汉魏人短笺相较，终不免有不惬人意处。意简而辞繁，其病一。有意摹古修词，韩书故为低徊往复，摇曳生姿；柳书全体语调酷似司马迁《报任安书》；两书都拉着腔调说话，不似寻常人缕缕道家常口吻，其病二。唐人本胎息两汉，特别景仰汉人的奇古朴茂。不过汉人的奇古朴茂是本乡本调，家常亲切；唐人的高古朴茂则如南人当京官学蓝青官话，一听到就令人觉得他有几分勉强做作。古文家轻视尺牍，尺牍恐怕也必须回避古文家；因为尺牍代替面谈，而面谈的胜境在无拘无碍，家常亲切，它最忌讳扮腔打官话。

宋人的文章风格大体继承唐人，可是多少放弃了唐人的那种殿庑巍峨的气象而来于平淡轻便。这变化在诗中最显著，在书牍方面也可以看出。因此，宋人的书牍比较平易近人。古文的风气仍很盛，“书”还是皇皇大文。唐人原有一派保存着六朝的骈俪，宋人也没有完全放弃这方面的传统；欧阳修、王安石本来都是古文家，而集中小“启”大半还是骈俪。不过当时用骈俪作启，已把它作官样文章看待，大半用在应酬方面，姑举一例：

伏审荣膺帝制，显正台司，伏惟庆慰。伏以史馆相公诚明禀粹，精祲穷微。高步儒林，著三朝甚重之望；晚登交陛，当万乘非常之知……

——欧阳修《贺王安石入相启》

这种四六体尺牍已开后来幕僚文牍的风气，文无足取，影响却甚广大。不过在宋人尺牍中这究竟不是正宗，正宗必数苏、黄。东坡、山谷的书札在当时已为人珍视，所以早就搜集印行。东坡是绝顶聪明人，胸无尘芥，诗文书画都如行云流水，意到笔随。一般文人强作"雅"语，往往"雅"得俗不可耐，东坡的风雅却是他的自然本色，毫无做作，这是他的难能可贵处。东坡如右军，在全部尺牍中现出一个很明显的性格，篇篇都有独到，不宜以一斑窥全豹。我们在这里勉强举例，只是想引起阅读全书的兴趣：

过辱枉顾，知事务冗迫，不敢久留语。纸轴纳去，余空纸两幅，留与五百年后人跋尾也。

——《与孙子思》

今日雾色尤可喜，食已，当取天庆观乳泉泼建茶之精者。念非君莫可与共之。然早来市无肉，当相与啖菜饭耳。不嫌，可即今相过。

——《与李公择》

或圣恩许归田里，得款段一仆，与子众丈、杨宗文之流往来瑞草桥，夜还何村，与君对坐庄门吃瓜子炒豆，不知当复有此日否？

——《与王元直》

某睹近事，已绝北归之望，然中心甚安之。未说妙理达观，但譬如元是惠州秀才，累举不第，有何不可？

——《与程正甫》

这些尺牍简隽自然，犹是汉魏人风味，不像韩欧诸公那样踩高跷拉调子说话。“言为心声”，东坡能“以言语妙天下”，还是因为他的胸襟超人一等。

苏、黄并称，不过在尺牍方面，黄只能算是一个配角。他的短简大半谈读书写字，亦偶有涉及私人日常生活的，但常不免矜持，姑举两例：

子瞻论作文法，须熟读《檀弓》，大为妙论。书字甚工，然少波峭，政以观古人书少耳。可取古法帖日陈左右。事业之余辄写数纸，颇胜奕棋废日。

——《与孙郊老》

某寓舍已渐完。使令者但择三四人差谨廉者耳。既不出谒，所与游者亦不多。山花野草，微风动摇，以此终日。衣食所资，随缘厚薄，更不劳治也。此方米面皆胜黔中。食饱饭，摩腹娑婆以卒岁耳。

——《答宋子茂》

这种尺牍本也楚楚可人，但是摆在苏公的作品一起，终觉作者胸中没有那一股清气，笔下也没有那种灵活气。

明朝人最讲究尺牍，时代较近，流传的也较多。赖古堂《尺牍新钞》搜罗较富，其次则陈眉公（编者按：此处应为“陈眉公的门人沈佳胤”）的《翰海》所收的也大半是明人作品，明人尺牍也像他们的书画诗文一样，爱做表面工夫，风致翩翩，但缺乏真正的生气，有时竟“雅”到俗不可耐。姑举数例：

> 一水盈盈，重门深闭，玉人夜从何路来吾梦境也？计剪灯细语，当在林莺唤友梁燕将雏之际。
>
> ——孔顾之《寄朱景周》

> 先生言霏霏流霞，竟爽眉际，都是晋人气味，一见凉骨。痴俗人那得领如许清快。
>
> ——徐文长《与屠赤水》

> 山中已有一亭，次第作屋。晨起阅藏经数卷，倦即坐庭上，看西山一带堆蓝设色，天然一幅米家墨气。午后闲走乳窟听泉，精神日以爽健，百病不生。吾弟若有来游意，极好。三月初间花鸟更新奇，来住数日，烟云供养，受用不尽。
>
> ——袁小修《寄四五弟》

这都是典型的明人气味。他们都有些“斗方名士”的习气，啸傲山川，纵情风月，自以为是世间第一等高人雅士，友朋酬酧，互相激扬，日日以“雅事”消磨岁月，作“雅语”自慰衷怀。他们的尺牍就是这样写成的。他们的好处古人都已有了，古人的好处他们摹拟渲染，往往就成为他们的坏处。说艳丽他们和六朝相距甚远；说隽永他们所得的只是苏东坡的牙后慧。

不过这只就一时风气而言，通则都有例外，明朝人也有些能自拔于流俗的。宗子相《报刘一丈书》，描写士子奔走权贵之门的丑态，淋漓尽致，常见于选本，无用钞引。此外我颇喜欢像下列两例的书札：

先司徒及先太安人生平不问卜，不推命。男女婚姻，一言即决，亦不待媒妁之往复也。故儿辈结缡，并未尝先求庚帖。……小女今十六岁，辛丑生，其月日与时亦不能详。庚帖，造命也。命曰造便当造之。必得小女庚帖，乞迂数月，俟有精于推命者命其造一八字，极富极贵极多男，方送来如何？

——张萱《答人议婚》

弟入都半载，尘垢满身，未经一浴，无此具也。北人都不办此，且谓多浴耗神。不审此地诸公得此养生妙诀，果能与彭篯比算否？老年翁以南人居北，必能避此迂风。如有其具，幸为一假。

——李渔《与倪涵谷》

我喜欢这类书札，因为它们有一事就说一事，说得直截了当，不卖弄风雅，也不咬文嚼字，而文字也自明快可读。

书牍虽小道，却是最家常亲切的艺术，大可以见一时代的风气，小可以见一人的性格。回顾中国二千年来书牍风格的演变，约有三个主潮。一是古文派，像乐毅《报燕惠王书》、司马迁《报任安书》、杨恽《报孙会宗书》、马援《与杨广书》以及韩愈、柳宗元、欧阳修、王安石诸古文家的作品所代表的，这派作品在文体上以骈为主，严肃有如正式著述，宏肆有如长江大河，一泻千里。一是骈俪派，像曹丕《与吴质书》、邱迟《与陈伯之书》、鲍照《登大雷岸与妹书》、梁简文帝《与萧临川书》、祖鸿勋《与阳休之书》、庾信《为萧悫与妇书》之类所代表的。这派作品在文体上以骈为主，镂金绣彩，备极精工，情称其文时风致亦复翩翩可喜，辞溢于情时易流为浮华俗滥。一是帖札派，像曹操、王羲之、苏轼、黄鲁直诸人作品所代表的。这派作品与前两派的最大异点在随时应机，无意为文，称心而言，意到笔随，意尽笔止。就文体说，它随兴所至，时而骈，时而散，时而严肃，时而诙谐，不拘一格。在这三派之中，最家常亲切而也最能尽书牍功用的当推后一派。但是这后一派在已往也最为人所忽视，因为过去文人不属于古文派就属于文选派，在古文派看，尺牍与语录小说同为芜杂不雅驯，在文选派看，他们在这里面找不到他们所羡慕的辞藻声色。因此，这一派尺牍往往不收入文集或是选本。如果尺牍要走上正轨，这风气必须矫正过来。我们要记得书牍本是代替面谈，我们所需要的是家常便饭而不是正式筵席。

（载《文学杂志》第3卷第1期，1948年5月）

谈对话体

对话直接记载主宾应对语，记载者据闻录实，自己不另加论断，在文法上这通常叫做直接叙述格。它的应用最广泛的是在戏剧，戏剧以对话表示情节的演进，除约略指示台景外，作者全不露面说话。其次是历史与小说记言的部分也用对话，因为对话本身值得流传或是有助于事态演变与人物性格的了解。不过对话在这些著述里只是附庸，无论是戏剧、小说，或是历史，要表现的主要是人物和他们的行动。本文所谈的对话专指不是戏剧、小说或历史，而是自成一种特殊体裁叫做“对话”(dialogue)的那一类，像柏拉图的许多著作。

对话体特别宜于论事说理。在不用对话体的论事说理的文章中，作者独抒己见，单刀直入，只要持之有故，言之成理，就算“自圆其说”；至于旁人的种种不同的看法，可以一概置之不问，至多也只是约略转述，作为己说的佐证或是作为辩驳的对象。但是同一事理往往有许多方面，观点不同，所得的印象或结论也就不同；而且各人的资禀修养很可以影响他的见地，所谓仁者见仁，智者见智，事理的看法没有完全是客观的。单刀直入的文章如平面画，作者对于所画事物采取某一角度去看，截取某一断面去表现，同时他的主观的依据也只是某一时某一境的思路和心情。论事说理贵周密，周密才能平正通达。这种片面的主观的见解当然是不周密的，惟其如此，它有时可能是歪曲的、错误的。对话的好处就在它对于同一事理取各种不同的角度去看，把它的正反侧各面都看出来，然后把各面不同的印象平铺在一起，合拢起来就可以现出一幅立体的活动影片。

事理虽有多面的看法，却不一定每面看法都是对的。有时须综合各面才见全体真相，有时某一面特真，而真也要待证明其它各面错误后才明显。对话虽是各面平铺并陈，却仍有宾有主，着重点当然仍在主，正如一出戏里许多人物中必有一个主角。宾可以托主，也可以变主，改变他的思路或纠正他的片面观的偏蔽，所以宾的用处仍然很大。中国已往文论家谈到对话体的只有章学诚，而他的态度却是不同情的，他反对用对话的理由是：

> 理之易见者不言可也；必欲言之，直笔于书其上可也，作者必欲设问，则已迂矣……且问答之体，问者必浅而答者必深，问者有非而答者必是。今伪托于问答，是常以深且是者自予，而以浅且非者予人也，不亦薄乎？
>
> ——《文史通义·匡谬篇》

章氏可惜没有读过柏拉图的《对话集》或是没有想到公孙龙子

的《白马论》以及提婆的《百论》之类作品，否则他便不至说出这种话。他没有明白“宾”的用场。“宾”并不是临时竖起的草人来供打倒，他必须是“主”的劲敌，值得一打，而且在打“宾”时，“主”须鼓起他在平时不常鼓起的勇气与力量，“宾”可以说是“主”的感发兴起者。譬如两拳师角力，败者本领愈大，胜者也愈有光彩，“狮子搏兔”并不是对话的胜境。对话平衡众说而折衷于一是，可以说是对于同一事理的各种同样有力的看法的角力，由比较见胜负，在比较中彼此都尽了最大的努力，所以胜负不是偶然侥幸的，而是叫人不得不心悦诚服的。

论事说理宜于采用对话体，还另有一个更重要的理由。思想是解决疑难的努力，没有疑难就不会有思想。疑难是思想的起点与核心，思想由此出发，根据有关事实资料，寻求关系条理，逐渐剥茧抽丝，披沙拣金。有时疑难之中又有疑难，解决了一层又另有一层继起，须经过许多尝试与错误，反驳与修正，分析与综合，才能达到一个周密而正确的结论，所谓“表里精粗无不到，然后一旦豁然贯通”。从此可知，思想是一长串流动生发的活动，它有曲折起伏，有生发的过程。一般单刀直入的文章不能显示这种思想的过程，而只叙述思想的成就，它所叫人看见的只是思想结果(thought)而不是思想动作(thinking)本身。其实思想的生发的线索和惨淡经营的甘苦，比已成就的思想还更富于启发性。对话的好处就在反复问答，逐渐鞭辟入里，辩论在生发也就是思想在生发，次第条理，曲折起伏，都如实呈现，一目了然。所以对话不仅现出一种事理的全面相，而且也绘出它所由显现的过程，用生物学术语来说，它不仅是一种“形态学”(morphology)，而且是一种“发生学”(genotics)。它也可以说是思想的戏剧，把宾主的思想动作都摆在台上表演，一幕接着一幕，从始以至于终。因此，就文格说，它也有一种特长，就是戏剧性的生动。在名家的手中，它还可以流露戏剧性的幽默。

从历史看，对话最盛行的时代，往往也就是思想最焕发的时代。古希腊的哲学时代，印度的大乘经论制作时代，以及中国的周秦诸子时代，都是极显著的例证。在这三个思想的高潮之中，写对话体而成就最大的要推希腊的柏拉图。他的全部哲学都用对话体写出，现存的还有三十六种之多，其中多数是长篇巨制。这些对话中的主人大半是他的老师苏格拉底，苏格拉底自己并未著书，柏拉图的思想和对话的文格无疑地都受了他的老师的影响。一提到苏格拉底，我们就要联想到他的辩证法（Socratic method），即从对立面求统一的思想方法。这辩证法的成因是当时讲学的风气。纪元前第四世纪左右的希腊，颇类似稷下谈天时代的战国。当时有许多辩士以教授演说辩论为职业，他们自夸利口善辩，能把是的说成非的，非的说成是的。许多青年都受了他们的迷惑，想学得这副本领作获取权位的工具。苏格拉底看到这种颠倒是非的辩证法不但不诚实，而且阻碍哲学思想的进展，于是挺身而出，要揭穿辩士的伎俩。他以为是非必有定准，辩士们所以能淆乱是非者，病根在名不正，义不定。比如说，你谈“公道”，究称什么才算“公道”呢？这须先弄清楚，否则你以它为甲而我以它为乙，或是你先以它为甲而后以它为乙，彼此先后谈话便不接头，暧昧矛盾与错误便从这漏洞中钻出。所以苏格拉底和朋友们讲学，一不先讲抽象的大道理，只就浅近事例入手，层层分辩，一层逼近一层，最后才达到原理通则；二不抬出自己的意见要听者接受，只是装着一无所知，向人求教，抓住对方所说的一句话开始发问，让他表示意见，然后就那意见一层一层地驳问到底，逼得他无路可逃，非把名义定清楚不可，非承认自己错误不可，非接受正确的结论不可。这种由浅入深的正名定义的辩证法，便是柏拉图在他的对话里所用的方法。比较一般对话，柏拉图所写的有许多优点。第一，他不仅是设问答难，只有一宾一主；他的对话中人物往往有七八位之多，而每人所代表的见地都很充分地有力地表现出来，宾不只是主的扣钟锤或应声虫。其次，他的文笔流利而生动，于琐事见哲理，融哲理于诗情，他的每篇对话都像是一首散文诗，节节引人入胜，读之令人不忍释手。对话文的胜境于此可叹观止。读者如果不信，可以去看看《理想国》、《会饮篇》或苏格拉底的《自辩》。《理想国》尤其是西方思想的泉源，青年朋友们常要我介绍西方哲学书籍，我往往只举这一部书。

中国周秦诸子的著述用对话的也很多，不过和希腊的对话相较，差别甚多。第一，对话往往限于一问一答，很少有一层逼着一层问下去，对于一个事理作逻辑分析的。原因在中国思想类型长于直觉而短于分析，长于体验而短于辩证，师儒往往本其经验涵养，以寥寥数语答弟子的疑问，听者默契于心，便涣然冰释，无劳繁词释证。姑举《论语》一段为例：

> 子路曰：卫君待子而为政，子将奚先？
>
> 子曰：必也正名乎！
>
> 子路曰：有是哉，子之迂也！奚其正名？
>
> 子曰：野哉由也！君子于其所不知，盖阙如也。名不正则言不顺，言不顺则事不成，事不成则礼乐不兴，礼乐不兴则刑罚不中，刑罚不中则民无所措手足。故君子名之必可言也，言之必可行也，君子于其言无所苟而已矣。

一部政治哲学只用几句话就说尽，言简而意赅，无用分辩剖析，也无用举例引证。如果柏拉图来说这番道理，“名不正则言不顺”以下五层，便须于每层有一长段问答，逐渐透出这五句结论。孔子只说其“然”，柏拉图便要说出其“所以然”。如果柏拉图的立言方式特称“对话”，周秦诸子的许多问答就只能叫做“语录”。

其次，周秦诸子大半自居论主的地位发抒一番议论，中间夹杂对话，以阐明自己的主旨。昔人常说“庄周之书多寓言”，所谓“寓言”大半是夹在议论中的对话。姑取《养生主》篇为例。庄子开始抽象地说“养生”的主旨，接着连引庖丁解牛、公文轩见介、秦失吊老聃三段对话来阐明这个主旨。后来韩非、荀卿、列子等沿用这种方式的甚多。在这种方式中，对话只是陪衬和譬喻，用间接叙述语气。几个宾主不同题材不同的对话，往往在一篇议论中平铺并列，只要能烘托主旨便行，先后次第不关紧要。它不像西方对话，从头至尾由同一宾主，就同一题材，沿着一条线索，逐层递辩下去。

从这一点可以看出先秦文章风格的一个特点，就是它侧重横面的发展。作者先立定一个主旨，便抱着它四方八面反复盘旋，旁敲侧击，尽量渲染。这种写法已开汉魏辞赋骈俪的风气。西方文章风格却不然，它像柏拉图对话所代表的，大体是沿纵线发展。作者很少开门见山，马上揭出主旨。他先从主旨的胚胎出发，由胎生芽，由芽成树，由树开花，由花结果，层层生展，不蔓不枝。说理文如此，叙事文也是如此。中国人作文章真正要“布局”，西方人作文实在是“理线索”。拿用兵打比，中国文章是横扫，要占的是面；西方文章是直冲，要占的是线。中国文章有宾有主，有正有反有侧，较近于画；西方文章像亚理斯多德所主张的，有头有腰有尾，较近于乐。这种异点反映着两种思想类型，中国思想偏向平排横展，西方思想偏向沿线直展。先秦诸子与柏拉图用对话的方式不同也就在此：一个是抱定主旨，反复盘旋；一个是剥茧抽丝，层层深入。

但是通则都有例外。我们姑举两个显著的例外。第一个是孟子。孟子用对话，不但首尾自成一完整体，全篇用直接叙述语气；而且进展的方式不是横面的而是直线的。换句话说，他的写法与柏拉图的很相近，虽然篇幅较短。读者试取《齐桓晋文之事》、《养气》、《神农之言》诸章一玩索，便知此言不谬。兹举许行的徒弟陈相与孟子一段辩论为例：

陈：贤者与民并耕而食，饔飧而治……

孟：许子必种粟而后食乎？

陈：然。

孟：许子必织布而后衣乎？

陈：否，……以粟易之。

孟：许子奚为不自织？

陈：害于耕。

孟：许子以釜甑爨，以铁耕乎？

陈：然。……以粟易之。

孟：以粟易械器者不为厉陶冶，陶冶亦以其械器易粟者，岂为厉农夫哉？且许子何为不陶冶？舍皆取诸其宫中而用之，何为纷纷然与百工交易？何许子之不惮烦？

陈：百工之事固不可耕且为也。

孟：然则治天下独可耕且为欤？有大人之事，有小人之事，且一人之身而百工之所为备，为必自为而后用之，是率天下而路也。

像这样浅譬近喻，短兵相接，层层逼近，驱虎落阱的办法，把分工的必要说得一清二楚。战国秦汉的文章往往骈多于散，词溢于理；孟子却不然，他始终以散行文，明快犀利，英气逼人，与当时诸子的文风全不相似。这是文格进化中的一个“突变”，何由得此，对于我始终是一个疑谜。

第二个例外是公孙龙子。他是别墨名家。名家向重析理辨微，理应常用对话体，如因明发达后的印度论师。事实却不然，《墨经》立论虽严守逻辑规律而却不用对话，只有公孙龙子是一个例外。他的《白马论》、《通变论》、《坚白论》诸篇，都通篇用对话体，而且主宾都持之有故，言之成理，不像后来设问答难，宾在主的面前显得幼稚可笑。姑举《白马论》一段为例。

> 主：马者所以命形也，白者所以命色也。命色者非命形也，故曰白马非马。
>
> 宾：有白马不可谓无马也。不可谓无马者非马也！……
>
> 主：求马，黄黑马皆可致；求白马，黄黑马不可致，使白马乃马也，是所求一也。……黄黑马一也，而可以应有马，而不可以应有白马，是白马之非马审矣。
>
> 宾：以马之有色为非马，天下非有无色之马也。天下无马可乎？
>
> 主：马固有色，故有白马。使马无色，如有马而已耳，安取白马？故白者非马也；白马者马与白也，马与白马也，故曰白马非马也。

以下反复阐明马与白马之异，一个表面看来像是荒谬的主张（白马非马），经过谨严的逻辑分析，便显得确凿不可移。这个问题牵涉到逻辑学上同一律和周延不周延的问题，以及哲学上本体与现象、唯名与唯实、一元与二元种种问题。如果沿着这个思路发展，中国哲学应该早已和西方哲学走上一条路，早就有认识论和形而上学。可惜公孙龙子只是昙花一现，名家的思想到后来没有发挥光大。

先秦的思想和说理文风格是同时起落的。对话体只在这一个时代放了一回光彩，到了西汉以后便一蹶不振。问答的形式还存在，但是只是一个躯壳。大约西汉以后的对话体文章都效法屈原的《渔父》，问者寥寥数语，答者长篇大论，问只是给作者一个说话的借口，丝毫无辩驳的意味。宋玉《对楚襄王问》、东方朔《答客难》、扬雄《解嘲》以及班固《答宾戏》之类文章都是著例。宋元明新儒家蜂起，著述常用“语录”体，不过是弟子各记所闻，不能算是严格的对话。

对话体的衰落是一件极可惋惜的事。近代思想派别比从前更多，各派入主出奴的风气也更甚，如果多用对话体写说理文，同时也多用对话体的思路去权衡各派不同的见解，也许思想和文章都可望再达到一个高潮。这就说明了百家争鸣的必要。

（载《文学杂志》第3卷第2期，1948年7月）

自由主义与文艺

“自由主义”这个名词在意义上不免有一点含混，尽管人们在热烈地拥护它或反对它，它究竟是什么，彼此所见，常不接头。“自由”有时是自私自便的借口，随意破口骂人，说这是言论自由；它也有时是防止旁人干涉的借口，自己行为不检，旁人不用议论，这是私人行为的自由。一种争论（无论是政治的、宗教的或道德的）有左右两个对立的立场时，你如果一无所属，你的超然的态度也有时叫做“自由的”；所以“自由的”说好一点是“独立的”，说坏一点是“骑墙的”、“灰色的”。既然有这含混，我不能不把我个人所了解的“自由主义”略加说明。

一个人的观念的形成大半取决于他所受的教育。我分析我自己的“自由”观念，大约有两个来源。头一个是我的浅薄的西文字源学的知识。在起源时“自由”这个字是与“奴隶”相对立的。古代社会中人往往分两等,一等人自己是自己的主子,对于自己的所属有权处理;另一等人须奉他人为主子,自己的身家财产都要听他摆布。前者是自由人而后者是奴隶。我所了解的“自由”就是这种与奴隶相对立的一种状态;我拥护自由主义,其实就是反对奴隶制度,无论那是强迫他人做自己的奴隶,或是自己甘心做他人的奴隶。我主张每个人应有他的自主权,凭他的理性的意志发为理性的行动。

其次,我学过一些生物学和心理学,“自由”这观念常和“生展”联在一起。一般生物(连人在内)都有一种本性,一种生机。他们的健康与否就要看这本性或生机能否得到正常的合理的发展;如果得到正常的合理的发展,我们说他们能“自由发展”。自然的发展通常是自由的发展。一种生物如果不能自由发展,那必定由于有一种不自然的压力在压抑它、阻止它,例如一棵花生芽出土,就被石头压起,逼得它不能自由发展,因而拳曲衰萎。这个意义的“自由”是与“压抑”、“摧残”相对立的。我拥护自由主义,其实就是反对压抑与摧残,无论那是在身体方面或是在精神方面。我主张每个人无牵无碍地发展他的“性所固有”,以求达到一种健康状态,不消说得,“自由”的这两个意义是相因相成的,奴隶离不了压抑,能自主才能自由发展。谈到究竟,我所了解的自由主义与人道主义(humanism)骨子里一回事。

本着这个了解,我在文艺的领域维护自由主义。

第一,文艺应自由,意思是说它能自主,不是一种奴隶的活动。奴隶的特征是自己没有独立自主的身分,随在都要受制于人。就这个意义说,人都多少是自然需要的奴隶,脱离不掉因果律的命定,没有翅膀就不能高飞,绝饮食就会饿死,落在自然的圈套,便要受自然的限制。惟有在艺术的活动方面,人超脱了自然的限制,能把自然拿在手里来玩弄，剪裁它，重新给予它一个生命与形式。而他的这种作为并不像饮食男女的事有一个实用的需要在驱遣，他完全服从他自己的心灵上的要求。所以艺术的活动主要地是自由的活动。大哲学家如康德，大诗人如席勒，谈到艺术时，都特别着重它的自由性。这自由性充分表现了人性的尊严。在服从自然限制而汲汲于饮食男女的营求时，人是自然的奴隶；在超脱自然限制而自生自发地创造艺术的意象境界时，人是自然的主宰，换句话说，他就是上帝。人的这一点宝贵的本领我们不能不特别珍视。

我所要说的第二点与这第一点正密切相关：文艺的要求是人性中最宝贵的一点，它就应有自由的生展，不应受压抑或摧残。人性中有求知、想好、爱美三种基本的要求。求知，才有学问的活动，才实现真的价值；想好，才有道德的活动，才实现善的价值；爱美，才是艺术的活动，才实现美的价值。一个完全人在这三方面都应该有平均的、和谐的发展，所谓"实现人生"就是实现这三方面的可能性。如果因为发展某一方面而要摧残另一方面，那就是畸形的发展，结果就要产生精神方面的聋子瞎子。一个人在精神方面是聋子瞎子，他就不健康，他也就不是一个自由人，因为像一棵被石头压住的花草一样，他没有得到自由的生发。就这个意义说，文艺不但自身是一种真正自由的活动，而且也是令人得到自由的一种力量。西方人常说："艺术是使人自由的。"(art is liberative)而不带工业性的艺术如音乐图画文学之类通常也冠上"自由的"(liberal arts)一个形容词。这"自由的"和"解放的"有同样的意义。艺术使人自由，因为它解放人的束缚和限制。第一，它解放可能被压抑的情感，免除弗洛伊德派心理学家所说的精神的失常。其次，它解放人的蔽于习惯的狭小的见地，使他随在见出人生世相的新鲜有趣，因而提高他的生命的力量，不致天天感觉人生乏味。

从以上两点看，自由是文艺的本性，所以问题并不在文艺应该或不应该自由，而在我们是否真正要文艺。是文艺就必有它的创造性，这就无异于说它的自由性；没有创造性或自由性的文艺根本不成其为文艺。文艺的自由就是自主，就创造的活动说，就是自主自发。我们不能凭文艺以外的某一种力量（无论是哲学的、宗教的、道德的或政治的）奴使文艺，强迫它走这个方向不走那个方向；因为如果创造所必需的灵感缺乏，我们纵然用尽思考和意志力，也决定创造不出文艺作品，而奴使文艺是要凭思考和意志力来炮制文艺。文艺所凭藉的心理活动是直觉或想象而不是思考和意志力，直觉或想象的特性是自由，是自生自发。这并非说，文艺可以与人生绝缘，它其实就是人生的表现，人生好比土壤，文艺是这上面开的花，花的好坏有赖于土壤的肥瘠，但是花的生发是自然的生发，水到渠成，是怎样人生的观照就产生怎样文艺。我们不能凭某一个人或某一部分人的道德的或政治的主张来勉强决定文艺生展的方向。在历史上屡次有人想这样做——例如柏拉图、中世纪耶稣教会以及许多专制君主和野心政客——以为文艺走某一方向便合他们的主张或利益，于是硬要它朝那个方向走，尽钳制和奸污之能事，结果文艺确是受了害，而他们自己也未见得就得了益。因此，我反对拿文艺做宣传的工具或是逢迎谄媚的工具。文艺自有它的表现人生和怡情养性的功用，丢掉这自家园地而替哲学、宗教或政治做喇叭或应声虫，是无异于丢掉主子不做而甘心做奴隶。损人利己是人类的普遍的劣根性，宗教家和政治家之流要威迫利诱文艺家做他们的奴隶，或属情理之常；而文艺家自己却大声嚷着："文艺本来只配做宗教、道德和政治的奴隶；做奴隶是文艺的神圣的义务！"这就未免奴颜屈膝而恬不知耻了。

（载《周论》第2卷第4期，1948年8月）

朱佩弦先生的《诗言志辨》

佩弦先生治中国文学史，下过三十年左右的工夫，所研讨的问题甚多，搜集的材料甚丰富，获得的创见也不是三言两语所可说完。因为谨严是他的本性，大部分记录都还没有整理发表，他自己认为还要经过更缜密的搜索和更成熟的思考。我个人所特别惋惜的是他对于陶诗下过那么多年的工夫而没有写下他的意见。前两年我写过一篇《陶渊明》就正于他，他回信说在大体上赞同我的看法，但是在一些枝节问题上他的结论不同，希望将来有机会详细说出，可是至今没有说出而就长辞人世了。这只是一个事例，他的像这样留着没有说出的话还不知凡几。此后十年二十年应该是他的秋收时期。可是老天偏吝惜这十年二十年不给他，这犹如秋收前的风雨灾害，叫辛辛苦苦培养起的东西一旦化为乌有。我们所应追悼的不仅是从私交方面追悼他个人，尤其是从学术方面追悼他的著述没有时间完成。我想趁这个机会挑出他的最近的一部学术著作《诗言志辨》来作一个简单的介绍，使读者对于他治学方面所表现的谨严的精神和缜密的方法可以约略窥见一斑。

《诗言志辨》原拟名为《诗论释辞》，后来因为书中四篇论文全以“诗言志”一个意念为中心，所以改用今名。它是对于文学批评史的一种重要的贡献。近三十年来中国学者很出了一些文学批评史的书籍。这些著述大半以时代为中心，把每时代的文艺主张和见解就散见于当时文献中的七拼八凑地集拢起来，作一个平铺的叙述。这种体例有两个大毛病。第一，就横的方面说，它不分主宾正侧，不能抓住每时代的几个中心问题，更不能见出关于这些中心问题的思想对于当时文艺创作和欣赏起了什么样的作用。第二，就纵的方面说，它不穷原委线索，没有指出每个重要的文艺思想如何起源，如何生展，如何转变，如何与其它思想交接离合。因为有这两大缺点，许多文学批评史都只是一些没有真知灼见的材料书。而且就材料而言，它们也是陈陈相因，不完不备，甚至断章取义，来附和作者的歪曲的见解。每部值得读的历史都是一个纵断面或横断面的解剖，都是一种凭作者理解的再造，想把历史的立体相和盘托出是不可能的，如果要这样办，结果必是囫囵吞枣，或是造垃圾堆。许多文学批评史就失败在这种和盘托出的企图上面。佩弦先生的《诗言志辨》之所以成为一个重要的贡献，也就因为它替文学批评史指点出一个正当的路径和一个有成效的方法。第一是他能从大处着眼。在中国和在其它各国一样，诗是最原始而普遍的文学体裁，重要的文艺思想都从诗论出发（在欧洲从古希腊一直到文艺复兴，主要的批评著作都是诗论），佩弦先生单提出诗来说，正是提纲挈领。再就诗论来说，每个民族都有几个中心观念——或则说基本问题——在历史过程中生展演变，这就成为所谓“传统”——或则说文艺批评者的传家衣钵。比如在欧洲，古希腊人形成一些中心的文艺观念，如“模仿”，“整一”，“诗的真理”，诗的功用在“教训”，在“娱乐”，抑在“健康”之类，二千余年来欧洲文艺批评家的思想就都抱着这几个中心问题打转。懂得了这些中心观念的来踪去向，其它的一切相关的问题自然迎刃而解。佩弦先生看清了这个道理，在中国诗论里抓住了四大中心观念来纵横解剖，理清脉络。这四大中心观念就是（一）诗言志，（二）比兴，（三）诗教，（四）正变。在表面上他虽似只弄清楚了这四大问题，在实际上他以大处落墨的办法画出全部中国文学批评史的轮廓。

诗的问题——也可以说一切文艺的问题——用浅显的话来说，就不外这四种：（一）它本身是什么？为何而作？（二）它是用什么方式作成的？如何而作？（三）它对于人生有什么效用？影响如何？（四）它与时代社会背景有什么关系？怎样演变？中国古圣先贤对于这四个基本问题早已有很确定的见解。就本质说，“诗言志”，这就是说，心里有话要说，诗就把它说出来。就技巧说，诗的作法不外“比兴赋”三义，比是显譬，兴是用隐喻从旁引起，赋是直陈其事。就效用说，诗是教化的工具，它归本于“温柔敦厚”，所以“先王以是经夫妇，成孝敬，厚人伦，美教化，移风俗”。最后，就关系说，诗是时代社会的反映，观诗不但可以知个人的心志，也可以知一国的政俗。时代盛衰造成诗的正变，所以周当至盛有“风雅正经”，衰微之后乃有“变风变雅”；正变随时，变是不得已的，“穷则变，变则通”，知人论世，正不必拘于一成不变之定律。这是我个人对于这四个基本观念的了解，与佩弦先生的不必全同，不过佩弦先生抓住这四点来谈，确是独具卓见。就提出问题说，他是大处着眼；就处理问题说，他却是小处下手。他自己在序文里表明他的意旨说：

现在我们固然愿意有些人去试写中国文学批评史，但更愿意有许多人分头来搜集材料，寻出各个批评的意念如何发生，如何演变——寻出它们的史迹。这个得认真的仔细的考辨，一个字不放松，像汉学家考辨经史子书。这是从小处下手。

引文旁圈（编者按：现改为着重号）是我加的，这几句话足见本书的特色，也足见佩弦先生治学的方法和精神。他要用汉学家治学的——这就是说科学的方法和精神来治文学批评史。姑拿头一篇——《诗言志》——为例来说，他把“诗言志”这句话溯源到《尧典》，再引《左传》襄二十七年“诗以言志”一句旁证，于是就许氏《说文》“诗，志也，志发于言”的解说，谈到“志与诗原来是一个字”。这个字义确定了，他于是进一步从《左传》、《论语》、《檀弓》诸书讨探“志”字的意义，大体说来，“志”与“情”、“意”同义，就是“怀抱”。这整句话弄明白了，他于是从《诗经》搜求证据解释古人作诗的用意，发见这不外乎讽与颂——刺讥和赞美——大半与政教有关，由公卿列士“献”上去的。在“献诗陈志”时代，诗与乐还是合在一起的，书里引了好多证据。“献诗陈志”之后继以“赋诗言志”时代，邻国聘问，友朋宴享，赋诗是一个重要的礼节，虽断章取义，而尚未离乐。诗与乐离在春秋末年，儒家论诗已偏重诗的意义，孔子所谓“兴观群怨”，孟子所谓“不以文害辞，不以辞害志，以意逆志”，都只顾到意义，这可以说是，“教诗明志”时期，当时“诗以读为主，以义为用，论诗的才渐渐意识到作诗人的存在”。战国以后，从荀卿起，便进入个别诗人“作诗言志”时期，“缘情”（源于陆机《文赋》“诗缘情而绮靡”句）的意念便逐渐抬头，有代替“言志”意念的趋势。“缘情”便不涉政教，至于“言志”诗的余波则演成六朝“因文明道”一个意念。这只是头一篇的轮廓，当然不能尽原文的意蕴，但是从此可知佩弦先生如何小心翼翼地搜罗证据，证明“诗言志”一个意念如何起来，如何由“献诗陈志”，经过“赋诗言志”与“教诗明志”，以至于“作诗言志”，再由此由“言志”而演变为“缘情”与“明道”。这个“诗言志”的意念经过这一番汉学家的“认真的仔细的考辨”，于是现出它的“史迹”。其余三篇也是同样的方法，产生许多同样的新颖的见解，我在这里不敢再做复述原书那个劳而无功的工作。我只说我从原书中得到很多的启发。

我对于原书所陈的见解也还有一些疑义，主要的有两点：头一点是关于佩弦先生把“言志”与“缘情”对举，认为春秋战国以前，诗以讽颂为主，“缘情”的作用不著；到了汉魏六朝“作诗言志”时代，“缘情”才掩盖了“言志”。我认为古代所谓“志”与后代所谓“情”根本是一件事，“言志”也好，“缘情”也好，都是我们近代人所谓“表现”。《左传》昭二十五年子太叔语的孔颖达《正义》说“此六志《礼记》谓之六情，在己为情，情动为志，情志一也”。佩弦先生引用此语，并未加反对。其次，说《诗经》里诗篇多是讽颂，与政教有关，那是汉人的说法——“毛序”、“郑谱”是代表——未见得可靠。依我们用常识看，国风多为歌谣，第一义正是言情，到后来聘享赋诗引用来暗射当时政教问题，已是断章取意。这就是说，讽颂已是歪曲义。较早的论诗语如孔子所说的“兴观群怨”也正由“情”字着眼。这“情”也实在就是“志”。

第二点是关于佩弦先生的比兴的解释。这观念起于毛公的《诗大序》：

> 诗有六义焉：一曰风，二曰赋，三曰比，四曰兴，五曰雅，六曰颂。

这六义中风雅颂指体裁，比兴赋指作法，钟嵘、刘勰都是如此看法，我认为大致不差。风雅颂三名较古,《诗经》原来就依此分题。比兴赋连举不见于汉以前的著作,只是汉儒诂经的用语。就《毛传》来看,我以为“比是显譬,兴是隐喻旁引,赋是直陈其事”的解释大体可靠。佩弦先生看到六义平列,以为它们都指乐声上的分别:

风赋比兴雅颂似乎原来都是乐歌的名称,合言六诗,正是以声为用。(81页)

大概赋原来就是合唱。(82页)

比原来大概也是乐歌名,是变旧调唱新辞。(83页)

兴似乎也本是乐歌名,疑是合乐开始的新歌。(78页)

这是一个很新颖的看法,但是可惜没有充分的证据。佩弦先生连用“大概”、“似乎”字样,足见他的谨慎处。

以上两点关系颇不小。不过我的疑义也许竟是一个不学无知者的疑义,安得起死人而问之?朋友死了,一切就归于沉寂,疑无从质,质之无从得回响,令人不能不为之怅然。

(载《周论》第2卷第7期,1948年8月)

敬悼朱佩弦先生

在文艺界的朋友中，我认识最早而且得益也最多的要算佩弦先生。那还是民国十三年夏季，吴淞中国公学中学部因江浙战事停顿，我在上海闲着，夏丏尊先生邀我到上虞春晖中学去教英文。当时佩弦先生正在那里教国文。学校范围不大，大家朝夕相处，宛如一家人。佩弦和丏尊、子恺诸人都爱好文艺，常以所作相传视。我于无形中受了他们的影响，开始学习写作。我的第一篇处女作《无言之美》，就是丏尊、佩弦两位先生鼓励之下写成的。他们认为我可以作说理文，就劝我走这一条路。这二十余年来我始终抱着这一条路走，如果有些微的成绩，就不能不归功于他们两位的诱导。

当时春晖中学的一批朋友相处不算很久，可是在短促的时间里，大家奠定了很长久的交谊。有两件事业都是由此产生出来的。一是立达学园。我们一批年轻的教员，因为不满意春晖中学当局的独裁的作风，相约退出，由匡互生领导，在上海江湾自己创办了一个学校，叫做立达学园。我们所悬的理想是自由式的教育，特别着重启发与感化，想针对中等教育的流行的弊病加以纠正。这学校虽终于受中日战事的打击而衰落，却造就出一批有造诣的学生来，对于中等教育发生了不可忽视的影响。其次是开明书店。我们老早就觉得出版事业对于文化影响的重要，一个理想的书店应该脱离官办与商办的气味，由读书人和著书人自己来经营。由于夏丏尊、叶圣陶几位先生的努力，这计划终于实现。到现在还不过二十五年，开明书店已由一家几百元股本的小书店，一跃而为国内有数的大书店。就出书的质量来说，它胜过一切其它的大书店，对于中学学校和新文艺作者的贡献尤其大。对于这两件事业，佩弦先生和我虽不居主要的倡导者的地位，却都先后出了一些力量。佩弦先生之死，与抱病替开明书店编中学国文教本有关，对于开明可谓鞠躬尽瘁。我自己杂事太多，却未能尽全力，心里常觉歉然。

佩弦先生离开立达、开明的一批朋友是应清华大学的聘；我离开他们，是要出国读书。后来他由清华休假到欧洲去，我还在英国没有归来，在英国彼此又有一个短时期的往还。那时候，我的《文艺心理学》和《谈美》的初稿都已写成，他在旅途中替我仔细看过原稿，指示我一些意见，并且还替我做了两篇序。后来我的《诗论》初稿也送给他，由他斟酌过。我对于佩弦先生始终当作一位良师益友信赖。这不是偶然的。在我的学文艺的朋友中，他是和我相知最深的一位，我的研究范围和他的也很相近，而且他是那样可信赖的一位朋友，请他看稿子他必仔细看，请他批评他也必切切实实地批评。我的《文艺心理学》有一两章是由他的批评而完全改写过的，在序文里我已经提到这一点。

民国二十二年我回国任教北京大学，他约我在清华讲了一年《文艺心理学》，此后过从的机会就更多。在北平的文艺界朋友们常聚会讨论，有他就必有我。于今还值得提起的有两件事。一是《文学杂志》，名义上虽由我主编，实际上他和沈从文、杨金甫、冯君培诸人撑持的力量最多。这刊物因抗战停了十年，去年算是又恢复起来了。头一期就有佩弦先生的文章，但是因为他多病，文债的担负又重，我们不像从前那样容易得到他的文章。其次是朗诵会，当时朋友们都觉得语体文必须读得上口，而且读起来一要能表情，二要能悦耳，以往我们中国人在这方面太不讲究，现在要想语体文走上正轨，我们就不能不在这方面讲究，所以大家定期集会，专门练习朗诵，有时趁便讨论一般文学问题。佩弦先生对于这件事最起劲。语文本是他的兴趣中心，他随时对于一个字的用法或一句话的讲法都潜心玩索，参加过朗诵会的朋友们都还记得，他对于语体文不但写得好，而且也读得好。

抗战中我住在四川，佩弦先生虽是常住昆明，因为家眷在川，到四川去的回数很多。乱离中相见，彼此都已大不如前。他老早就有胃病，昆明教授们生活特别苦，听说他于教书以外，烧饭洗碗补衣全靠自己动手，有时竟吃冷馒头度日，他的旧病可能因此加重，他的形容确是日益消瘦憔悴。这些年来我每次看见他，都暗地替他担心。他本来是一位温恭和蔼的人，生气不算蓬勃，近来和他对面，有如对着深秋，令人起萧索之感。他多年来贫病交加，见着朋友却从来不为贫病诉苦，他有廊下派哲人的坚忍。但是贫与病显然累了他，我常感觉到他仿佛受了一种重压，压得不能自由伸展。于今他死去了，我觉得他是一直压到死的。

读过《背影》和《祭亡妻》那一类文章的人们，都会知道佩弦先生富于至性深情；可是这至性深情背后也隐藏着一种深沉的忧郁，压得他不能发扬踔厉。他的面孔老是那样温和而镇定，从来不打一个呵呵笑，叹息也是低微的。他的脸部筋肉通常是微微下沉，偶一兴奋时便微微向上提起，不多时就放下。平正严肃是他的本性。他那一套旧西装质料虽不讲究，却老是洗刷得干干净净，领结打得挺直；到他的书房里，陈设常是简单朴素，可是一几一砚都摆得齐齐整整。文人不修边幅的习气他绝对没有，行险侥幸的事他一生没有做过一件。他对人对事一向认真，守本分。在清华任教二十四年，除掉休假，他从没有放弃过他的岗位，清华国文系是他一手造成的。教课以外，他的其它活动只有写文章，编教科书，他在开明书店所出的国文教学书籍是一座相当伟大的纪念碑，今日中等学校国文教师不留心研究本行问题则已，留心研究本行问题的没有不从他那里得到益处的。他对朋友始终真诚，请他帮忙的只要他力量能办到，他没有不帮忙的。我得到他的最后一封信，是答复我托他替一位青年谋事的。事没有谋成，而他却尽了力。计算日期，他写那封信是在进医院之前不过几天，那时他的身体当然已经很坏了，还没有忘记一个朋友的一件寻常的请托。我想起自己老是压着信不复，才知道他的这种仔细当极不容易。他的生活兴趣不算很浓也不算很浅，旅行中爱看名胜，集会中爱坐着听人清谈，朋友们说起有好戏他也偶尔抽空去看看，近年来常做旧诗，胃病未发以前他也能喝几杯酒，在朋友中以酒德见称，不过分也不喧嚷。他对一切大抵都如此，乘兴而来，适可而止，从不流连忘返；他虽严肃，却不古板干枯。听过他的谈吐的人们都忘不了他的谐趣，他对于旁人的谐趣也很欣赏，不过开玩笑打趣在他只是偶然间灵机一现，有时竟像出诸有心，他的长处并不在此。就他的整个性格来说，他属于古典型的多，属于浪漫型的少；得诸孔颜的多，得诸庄老的少。

佩弦先生对于学术的贡献是多方面的，主要是文学史，尤其关于诗歌部门。朋友中有远比我较适宜的人——比如说俞平伯先生和浦江清先生——可以详谈他的学术成就，我在此不用再说，只略说他的文章。在写语体文的作家之中，他是很早的一位。语体文运动的历史还不算太长，作家们都还在各自摸索路径。较老的人们写语体文，大半从文言文解放过来，有如裹小脚经过放大，没有抓住语体文的真正的气韵和节奏；略懂西文的人们处处摹仿西文的文法结构，往往冗长拖沓，诘屈聱牙；至于青年作家们大半过信自然流露，任笔直书，根本不注意到文字问题，所以文字一经推敲，便见出种种字义上和文法上的毛病。佩弦先生是极少数人中的一个，摸上了真正语体文的大路。他的文章简洁精炼不让于上品古文，而用字确是日常语言所用的字，语句声调也确是日常语言所有的声调。就剪裁锤炼说，它的确是“文”；就字句习惯和节奏说，它也的确是“语”。任文法家们去推敲它，不会推敲出什么毛病；可是念给一般老百姓听，他们也不会感觉有什么别扭。我自己好多年以来都在追求这个理想，可是至今还是嫌它可望而不可追，所以特别觉得佩弦先生的成就难能可贵。一个文学运动的最有力的推动者不是学说主张而是作品，佩弦先生的作品不但证明了语体文可以做到文言文的简洁典雅，而且向一般写语体文的人们揭示一个极好的模范。我相信他在这方面的成就是要和语体文运动史共垂久远的。

佩弦先生和我同姓，年龄相差一岁，身材大小肥瘦相若，据公共的朋友们说，性格和兴趣也颇相似。这些偶合曾经引起了不少的误会，有人疑心他和我是兄弟，有一部国文教本附载作者小传，竟把我弄成浙江人；甚至有人以为他就是我，未谋面的青年朋友们写信给他的误投给我，写信给我的误投给他，都已经不只一次，这对我是一种不应得的荣誉，他在做人和做文方面都已做到炉火纯青的地步，我至今还很驳杂，“赐也何敢望回”？于今他已经离开人世了，生死我已久看作寻常事，可是自顾形单影只，仍不免有些感伤。回想起当年白马湖的一批朋友们,互生在抗战前就已过去,丏尊在抗战中过去,现在又短了佩弦,只有子恺、圣陶和我几个人还健在,而都已年过五十,渐就衰老。各人在不同的园地里虽然都略有建树,可是离当初所悬的理想相差都还很远,而世界前途越发迷茫混沌,大家对着都莫可如何。我想死者和生者心头是一样感觉沉重的。

(载《天津民国日报》,1948年8月23日)

今日文学的方向

——“方向社”第一次座谈会记录①

时　间　(1948年)11月7日晚8时

地　点　北京大学蔡孑民先生纪念堂

出席者　朱光潜　沈从文　冯　至　废　名

钱学熙　陈占元　常　风　沈自敏

汪曾祺　金　隄　江泽垓　叶汝琏

马逢华　萧　离　高庆琪　袁可嘉

袁　今晚我们举行座谈会,一方面在向文学界的前辈们介绍“方向社”这个文艺团体,一方面想就“今日文学的方向”这一问题

① 这篇座谈的记录,原刊天津《大公报》副刊“星期文艺”第107期,1948年11月14日出版。因来不及请各位发言者校阅,文中有错误处由编者负责。

作个集思广益的讨论，尤其希望在座的前辈们给我们启示和指导。这个论题牵涉甚广，我们虽然没有拟定很细密的讨论的纲领，但我们希望能从三个方面来谈：(一)从社会学的观点来看，今日文学的方向何在？这是说从文学与社会的关系着眼。(二)从心理学的观点来看，又如何？这是说从文学与创作者个人的关系着眼。(三)从美学的观点来看，我们又将得到什么结论，这是说从文学是一种文字的艺术着眼。这儿三者的区分自然是完全为了讨论的方便，它们间的基本的关系是互相包含的，而非互相排斥的。我们特别愿意声明：这儿所谓“方向”不仅指应该不应该的取决，而且是指这样虽好而那样更好的选择。同时，我们提出这个问题的本意只在替我们自己找方向，决无意指导别人。现在就请诸位先生发表高见。

钱 一提到社会学与心理学的文学观，我们就想起马克思与弗洛德。最近 Slochower 在“No voice is wholly lost……”一书中认为马克思与弗洛德的协调是今日文学的出路，也是今日人类的出路。我个人以为不然。马克思与弗洛德都是从研究病态出发的，原为医病，但逐渐他们把病态看作常态，以为每个社会，每个个人都有这种毛病，非吃这药不可。实际上我们知道一个健康的、正常的人并非时刻在性的激动之中。对于病人，他们这二帖药都极有用，但对于根本无病或病根不深的人与社会，是否也要他们吞服这样强烈的药？我觉得无可怀疑。

就生命的活动来说，我觉得只有二个大的方向：一是向上，即所谓“要好”。一是向下，堕落放纵，或坐立不安。所谓“要好”，就是想在自己所选定的范围里把前人不曾分得清的把它分清楚，前人不曾合得紧的把它合得更紧密，也就是分析与综合二种能力的培养。有人说，所谓“美”，就是从不同中求得和谐(unity in diversity)，一个向上的人随时在更多的不同中求更大的和谐。生命既只是意识活动，这样的努力使意识增加，生命也就更丰富，也就是美的增加。当每个个人都做到这个理想，宇宙即有大和谐。《易经》上的许多道理很可以用来解释这些的。

金 弗洛德的目的在治病，似乎没有说每个人都是病态的。他的态度是否是对病人治病，对无病者防疫呢？

钱 他简直认为这防疫针非人人都注射不可。我认为健康的人是连防疫针也不必打的。

冯 他们（指马克思与弗洛德）是以为他们的路是正当的路呢，还是大家应该知道有这二种路子呢？如果指后者，知道一点自然是应该的。

钱 他们认为他们的是唯一的正当的道路。

金 实际上这就是文以载道的问题了（马、弗都代表一种"道"）。我们把范围缩小一点，也许可以说得更确切一点：即文学是否必须载道呢？目前有人认为文学非载政治的"道"不可，不知诸位先生的意见如何？

冯 文学史上第一流的文章都是载道的文章，如韩退之的文章，杜甫的诗。作家对某一种"道"有信仰，即成为他自己的信仰。至于应否强迫别人同"道"是另一问题。

废 金隄所说的是指作家对社会的态度，不指作家自己的"道"。我以为文学家都是指导别人而不受别人指导。他指导自己同时指导了人家。没有文学家来这儿开会，因为他不会受别人指导的。我深感今日的文学家都不能指导社会，甚至不能指导自己。我已经不是文学家，所以我才来开会（全场大笑）。历史上那有一个文学家是别人告诉他要这样写、那样写的？我深知文学即宣传，但那只是宣传自己，而非替他人说话。文学家必有道，但未必为当时的社会承认。

一个大文学家必须具备三个条件：天才、豪杰、圣贤。无天才即不能表现，但有天才未必即是豪杰。有些人有天才而屈服于名利酒色，故非豪杰。如是圣贤，则必同时是天才，是豪杰。三者合一乃为超人，不与世人妥协。

袁 所谓“天才”是否即是从美学着眼，所谓“豪杰”是否从心理学着眼，所谓“圣贤”是否从社会学来看的？

废 可以那么说，但我不喜欢那么说。

冯 废名的话比较亲切些，可嘉的有点抽象。

金 二个文学家的方向可以不同，废名先生承认吗？

废 好的文学家都是反抗现实的，即不明白相抗，社会也不会欢迎他的，如莎士比亚。有哪一个天才、豪杰、圣贤不是为社会所蔑视的？

汪 文是否载道，完全看“道”的定义的宽狭如何。“美”如果是广义的，则文学家求不载道亦不可得的。

沈 驾车者须受警察指导，他能不顾红绿灯吗？

冯 红绿灯是好东西，不顾红绿灯是不对的。

沈 如有人操纵红绿灯，又如何？

冯 既要在这路上走，就得看红绿灯。

沈 也许有人以为不要红绿灯，走得更好呢？

汪 这个比喻是不恰当的。（因为承认他有操纵红绿灯的权利即是承认他是合法的，是对的，那自然得看着红绿灯走路了，但如果并不如此呢？）我希望诸位前辈能告诉我们自己的经验。

沈 文学自然受政治的限制，但是否能保留一点批评、修正的权利呢？

废 第一次大战以来，中外都无好作品。文学变了。欧战以前的文学家确能推动社会，如俄国的小说家们。现在不同了，看见红灯，不让你走，就不走了！

沈 我的意思是文学是否在接受政治的影响以外，还可以修正政治，是否只是单方面的守规矩而已？

废 这规矩不是那意思。你要把他钉上十字架，他无法反抗，但也无法使他真正服从。文学家只有心里有无光明的问题，别无其它。

沈 但如何使光明更光呢？这即是问题。

废 自古以来，圣贤从来没有这个问题。

沈 圣贤到处跑，又是为什么呢？

废 文学与此不同。文学是天才的表现，只记录自己的痛苦，对社会无影响可言。

钱 沈先生所提的问题是个很实际的问题。我觉得关键在自己。如果自己觉得自己的方向很对，而与实际有冲突时，则有二条路可以选择：一是不顾一切，走向前去，走到被枪毙为止，另一是妥协的路，暂时停笔，将来再说。实际上妥协也等于枪毙自己。

沈 一方面有红绿灯的限制，一方面自己还想走路。

钱 刚才我们是假定冲突的情形。事实上是否冲突呢？自己的方向是不是一定对？如认为对的，那末要牺牲也只好牺牲。但方向是否正确，必须仔细考虑。

冯 这确是应该考虑的。日常生活中无不存在取决的问题。只有取舍的决定才能使人感到生命的意义。一个作家没有中心思想，是不能成功的。

朱 我把文学看得很简单，文学即是说话。一个人把所见到的说得恰到好处，即成为文学。每人所见的即是"道"。人人所见不同，有广狭，有深浅，文学因此也就有高下之别。文学反映人生，人生甚广，各阶层的人都可以有不同的看法，而且只有不同才能产生丰富。大家凑合起来，人生乃更完整。现代文学的毛病是把一切看得太简单了，太公式化了。马克思与弗洛德皆如此。至于文学与政治的关系：文学反映人生，政治是人生活动的一部分，文学自然可以与政治有关系，但不能把一切硬塞在一个模型里。

废 朱先生的话很是。我总觉目前文学界空气沉腐。第一次欧战前的欧洲文学，特别是俄国的小说，真是起了很大的作用，我辈都受其影响，但并没有都走这条路。我告诉大家一件事实：中国文学史上确实有第一流的文学家是听命于政治的，如忠君的屈原、杜甫，但仍能在忠君之余发挥他们的才能。另外亦有文学家虽反抗社会而不成其为文学家的，如周秦诸子。大概而论，周秦以后的文学家听命的多，不过他们的天才大，情感重，所以不妨碍他们成为文豪。文学的界限甚宽，只要自己能写，别把这些看得太严重了。

朱 文学的发展往往是兴衰交替的。从某种文学的初期到它的正式成立，路子较宽，为多数人所了解，慢慢的人们讲求技巧，路子渐隘起来，而成为 decadence。如中国早唐与晚唐的诗，南宋与北宋的词，它们的分别即在此。新文学在开始接受西方影响时，路子较宽，欧洲文学目前在 decadence 之中，我们如只学隘的，似不合适。

冯 我的意思正如朱先生所说的。目前我们所接受象征派的影响恐怕是不很健康的。

朱 荷马的作品如今读来仍感兴趣。现代诗人的晦涩虽好，但不太好。语言的功用应在使人了解。

废 二位先生所谈的怕是另一问题。我自己从经验了解晦涩问题的产生。这实在是时代的问题。从前的人写诗如走路，现代人写诗如坐飞机，叫一个只会走路的人突然坐飞机，自然觉得不惯了。

朱 现代文学家是用显微镜看人生，但普通人手上并无显微镜。

冯 将来也许大家都会有的。

废　我再举一事来解释。民国二十年以前，我写过一些小说。当时温源宁先生说我的小说很像当时英国的吴尔夫夫人的，又问我是否喜欢艾略特？我说他俩的作品我一点也没有读过。我当时只读俄国十九世纪的小说和莎翁的戏剧。后来读了点吴、艾的作品，确有相同之感，这实是时代使然。"普遍"一词实在难说，现代的作品不普遍，中国古代的作品又何尝普遍呢？象征派是向来有的。

冯　这怕是文学的开始与结束的分别。

废　这是天才的问题。

沈　这怕是性格不同的问题。

冯　但一个人的性格也会受时代的影响。

沈　虽是同一时代的人但性格还是有分别的。

冯　我虽喜欢现代一部分的东西，但总觉得有些问题。

袁　我想，时代二字很迷糊，不如改说是由于文化的关系。我们实际上不能说诗与文化(poetry and culture)，而只能说文化中的诗(poetry in culture)。我以为现代诗的晦涩性可以从二方面来解释：一为现代文化的高度综合的特征：贯串现代各部门知识的是这样一个发现：一切都是过程，是活的有机体，与别的事物都密切相关。它不仅发生作用，接受反作用，而且有相互作用的情形。因此一切学问都变成研究某些因素或另外一些因素间关系的学问(study of interrelaltionship)。唯心与唯物的人们实际上是同样违背现代思想的主流的，因为他们都把"心"与"物"看成死的东西，实际上所谓"心"、"物"都只是动的"能"(energy)而已。哲学上的连续哲学，物理学上的 field theory，心理学里的 Gestalt 派，社会学中的文化模式的理论都是这个表现，最具体的是目前一部分学者所从事的科学(science)统一(unitied)工作，即设法将各种科学(自然科学、社会科学)连系起来。在这种情形之下，一个现代人所要了解的东西确实太多了。现代文化既如此复杂，现代的诗如何能不复杂？我有一个感想，觉得多数人对文学的晦涩十分敏感，对于身边许多别的事物的晦涩似乎很肯宽容。譬如说，大家都使用电灯，但电的道理对于我以及许多像我的人，恐怕是相当晦涩的，可是我们一进门就捺亮电灯，有几个人问过自己呢？也从没有人去请教过电学家或电灯匠，为什么电灯会亮呢？这只是一个例子而已。其次，现代诗的晦涩可以从现代诗是对于十九世纪浪漫诗的反动上去了解的：浪漫诗是倾诉的，现代诗是间接的，迂回的，因此习惯于直线倾诉的人就不免觉得现代诗太晦涩难懂了。

就目前中国的文化现状说，我承认这类诗是并非必需的。但如果有一部分人比别的人们走在前面一步，而已深深感觉现代文化的压力，而开始有所表现，似乎也是不可厚非的。至于大家是否都该那么做，自然是另外一个问题。现代化的一个严重的弱点出在冒充现代的人的身上，但这是人的弱点，而非这一运动本身所必然包含的过失。我相信，中国的文化不向前走则已，如果还有发展的话，从简单到复杂怕是必然的途径。

冯 文化的发展也可能从复杂走向简单的。

废 袁说的话很对，但太抽象一点。诗人是小孩子，不必等到文化成熟再动手作诗的。

钱 真正的文学作品都是真实生命的真正表现。各个生命的流向不同，但如确是真正生命的表现，无论其为颓废的或向上的，也都是各载其道的。文学的兴衰，正如朱先生所说，是历史上的事实。每一时代的先驱人物，顺其生命之流，不仅开创新的内容，并更开创新的形式。有人徒见形式而不见新形式所根据的新内容，只顾技巧，而造成 decadence。艾略特说过“如无大的技巧，忠实不能存在”(Honesty cannot exist without great technique)，里维斯发挥它而说“技巧是忠实的工具”(Technique is a means of honesty)。

至于现代诗的晦涩实在不能一概而论。艾略特的晦涩确实有他特殊的经验做背景的。有些不肖之徒只模仿他的形式，于是就坏了。

废 仅仅是形式的模仿确是不成的。诗之从简单到复杂倒是一种趋势，从前如此，新诗亦然。你们看胡适的诗多么容易懂，但到卞之琳以后就难懂起来了。另外还有一点：一般说来，文学有二种技巧：一是写实的，即是照相式的，要把当时的真实经验生动地表现出来，而每一个经验都是特殊的，具体的，因此比较难懂；另一种是回忆的，如冯至的《十四行集》，这类诗比较容易懂些。

沈 旧诗可不是这样分的。

废 旧诗也是如此。

沈 旧诗只分抒情的，言志的，与叙事的。

袁 沈先生所说的指主题的分类，而废名先生所说的则根据技巧的不同而分。我觉得废名先生的分类是可以成立的。如果我可以另外换二个名词，那末废名先生所谓写实的即是戏剧的，关键在表现上的逼真与生动；废名先生所谓回忆的即是沉思的，把经验或事物推到一定的距离（时间的，同时是空间的）之外，诗人绕着他们思索而成诗。冯至先生的《十四行集》显然属于沉思的一类，而非戏剧的。沉思的诗是静止的，戏剧的诗是动的。

朱 "修辞立其诚"恐怕仍不失为写作的要义。

废 我还有一点感想：中国新文学很成功，新诗尤其成功，好诗的分量虽少而质量实在很好。新诗中至少可以选五十首出来，足以与任何时代，任何国家的好诗相比。散文小说的方向很好，成就却不算优异。

沈 我看未必尽然。

1948 年 11 月 14 日

（载天津《大公报・文艺副刊》第 107 期，1948 年 11 月 14 日）

在“五四”翻译座谈会上的发言

打击坏译品固然是一个办法，根本的办法还在预防。“五四”以来翻译界最大的缺点在没有组织，没有计划性，没有健全的审核制度和批评风气。翻译商业化了，在谋利润和版税的基础上，书店和翻译工作者散漫无系统地进行他们的工作。于是有三种坏现象发生：(一)无通盘计算，不是平均发展，偏重文法两方面书籍，科学及其它方面都忽略了；偏重英文书籍，其它各国书籍或是忽略了，或是由英文转译。(二)没有选择，第一流书籍多被遗漏，第二、三流书籍译的比较多，甚至有重译几次的。(三)没有和各文化机关和读者群众取得密切联系，没有顾到实际需要。在这种混乱的状态之下，坏译品的产生是难免的。

要预防坏译品的产生，就要改造它所以产生的那些情境。因此，我想到编译局在这方面所应尽的任务。目前各科专门人才既缺少而又分散，编译局如果想像过去佛经译场那样做，不但不可能，而且也不必要。它的任务似应限于下列四种：（一）计划——集各科专家，对各科应译的书籍作一个统筹，分缓急先后，拟定一个目录。（二）组织和联络——组织全国各科翻译工作者，看某书宜于请某人译，分途接洽。（三）审核——译稿须请专家二人以上负责审核，编译局可以在全国各学校及其它文化机关中成立一个审核网，不一定全由局里人去做。私人或私家书店译书，也要先在编译局登记，经核准后才可动手译，经审核后才可付印发行。（四）必须集体做的工作，以及成本大利润小而私人不能或不愿做的学术性工作，如字典编译，译词审定之类。此外，编译局应领导建立一个健全的批评风气，如现在《翻译通讯》所做的还可以推广扩大。

如果编译局能这样做，翻译界一切就会逐渐走上轨道，好译品逐渐多，坏译品自然受淘汰，而且大家既然把翻译看成一件严肃的事，冒昧苟且的风气也就自然不能存在了。

（载《翻译诵讯》第2卷第5期，1951年5月）

新诗从旧诗能学习得些什么

我从小就爱读旧诗，近年来为着要了解我们文学界的动态，也偶尔读些新诗。就效果来说，新诗和旧诗的差别是很大的。有些旧诗，我读而又读，读了几十年了，不但没有觉得厌倦，而且随着生活体验的增长，愈读愈觉得它新鲜，不断地发现新的意味。新诗对于我却没有这么大的吸引力，很少有新诗能使我读后还想再读，读的时候倒也觉得诗人确是有话要说，而且他所要说的话有时也确是很值得说的，不过总觉得他还没有说得很好，往往使人有一览无余之感，像旧诗那种“言有尽而意无穷”的胜境在新诗里是比较少见的。许多旧诗是我年轻时读的，至今还背诵得出来，可是要叫我背诵新诗，就连一首也难背出。这种情形当然也不能完全归咎于新诗，我的偏于保守的思想习惯当然在这里也起了作用，不过这恐怕也只是原因的一方面，另一方面的原因恐怕还在新诗确有些欠缺。

比起旧诗，新诗的欠缺究竟在哪些方面呢？谈到发扬传统，这恐怕是急待研究的问题。每个时代的好的文艺都是反映每个时代的现实生活。中国过去各时代的现实生活比我们这个时代的来得丰富些吗？过去可说的话要比现在可说的话多些吗？稍有常识的人对这问题不会作肯定的答复。我们只觉得现代生活是空前丰富的，我们的新诗跟我们这个伟大的时代很不适应，没有能很好地把这个伟大时代的现实生活表现出来。现实生活总是客观地存在着，文艺的功夫在把它反映出来。有人会把它反映得好，有人不会，其中的关键在于对现实生活的体验，而体验是要凭诗人的整个的人生观与世界观，整系统的思想情感，整个的人格的。在这种客观世界与主观世界的统一中，诗才见出它的深度与广度，也才见出它的真实性。流传下来的成功的中国旧诗总是经得起拿这个深广与真实的标准来衡量的，诗人所写的总是他体验得很深刻的东西，渗透了他的思想感情，形成他的生活中紧要的不可分割的一部分。中国旧诗人的看法是：诗人的修养首先是人的修养，人的修养没有到家，修词便不能“立其诚”，这就是说，不可能真实地反映现实。这一点道理是各国诗的通则，不仅中国诗如此。我们新诗人要学习这方面的道理，当然也不必一定要专从中国传统去学习，但是本国的传统是“近水楼台”，在人民中扎下了深固的根，学起来比较容易，学到的东西也比较易为人民所接受。这是新诗可以从旧诗学习的一方面。

诗歌反映现实是以语言为媒介的。语言与思想情感是紧密地接合在一起的。我们可以说，诗歌的问题主要地是运用语言的问题，而运用语言并不完全是形式技巧的问题，它基本上是思想情感具体化或形象化的问题。姑举李白的一首短诗为例来说明：

子夜吴歌

长安一片月，万户捣衣声。
秋风吹不尽，总是玉关情。
何日平胡虏，良人罢远征。

这首诗里有景有情，而情景是交融的。这样的情景的统一体就凝定于这六句五言的语言，它又和这六句语言形成统一体。不可能换一套语言而还可以恰当表达出这里所表达的情景，更不可能换一套情景而还用这套语言。所以语言的锤炼必定同时是思想情感的锤炼，锤炼语言的形式技巧也必定同时是锤炼思想情感的形式技巧。有了这个了解，我们就可以说，中国旧诗在运用语言的形式技巧方面达到了极高度的艺术性。我也读过一些外国诗，各国诗当然各有特长，但是在形象的清新明晰，情致的深微隽永，语言的简炼妥贴，声调的平易响亮各方面，是许多外国诗所不能比美的。这些特长都不是陶潜、杜甫或其他某一个诗人凭空得来的，它是在历史过程中许多诗人辛苦摸索所积累起来的结果。以往作诗的人都从这样积累起来的宝库下过一番刻苦钻研的工夫，作为他在诗艺上精益求精的一种先决条件。所谓“熟知二谢将能事，颇学阴、何苦用心”，指的就是钻研传统。从这种揣摩中诗人才领会到一字一句的妥与不妥对全诗的成功与否关系甚大，所以自己作诗时必定是刻苦思索，一字不苟，所谓“吟成一个字，捻断数根须”，正显出诗人对自己的工作所抱的严肃态度。过去诗人的成功大半是如此得来的。我们的新诗人是不是这样学作诗呢？是不是这样作他们的诗呢？依我猜测，许多新诗之不能引人入胜，正因为我们的新诗人在运用语言的形式技巧方面，向我们的丰富悠远的传统里学习的太少。他们过于信任“自然流露”，结果诗往往成为分行的散文，而且是不大高明的散文，这样就当然不能产生诗的语言所应产生的美感。我知道新诗人也在学习，但是只是这个新诗人学另一个比较成名的新诗人，学习一些翻译来的外国诗，最远的传统往往不过“五四”。现在应该是我们认识真理的时候了，作诗只有现在流行的那一点点训练是远远不够的。

传统固然不仅是形式问题，但是也不能不同时是形式问题。诗是用有音律的语言的。音律无论在哪一国诗里都是一个重要的成分，而同时也是一种偏于形式的成分。每一国诗都有些历代相承的典型的音律形式，例如中国旧诗的五七言。这种典型的音律形式之所以形成，起先是由于诗须与歌舞合拍，而到了诗乐舞分家之后，是由于每国语言本身的特性。随着语言的变迁，音律形式也往往随之变迁。但是变迁总是在一定基础上变迁，例如中国旧诗由四言到五言，由五言到七言，由五七言到杂言和词曲，都是随时在变，但是变来变去，总还有一些东西没有变，例如讲四声，讲韵脚，讲字组的顿之类。这些历时较长，变动得较少的东西可以说是一国诗的音律的基础。这种音律的基础在各国诗歌里都有相当大的普遍性和稳固性，其所以如此，是有它的社会功用的。诗歌在起源时原是群众性的艺术，音调上的共同基础起了使参加诗歌活动者团结一致的功用，这在劳动歌里特别可以见出。到了诗成为少数文人的专门化的活动时，它仍须有群众的基础，仍须借音调的力量去感染读者。有了音律上的公同基础，在感染上就会在一个集团中产生大致相同的情感上的效果。换句话说，“同调”就会“同感”，也就会“同情”。这情形可以拿《东方红》为例，大家都能唱得出《东方红》的调子，就会都能感染得到《东方红》所表达的情感。同时，这个调子之所以为人民所喜爱，也正因为它能表达出人民的情感。如果它在群众中流行广了，人们也就对它特别感到亲切，欢喜用它这个调子去表达类似的情感，它就成为典型的音律形式。一种音律的基础在一个民族里说是“扎了根”，我想它的意义就是如此。我们的新诗在“五四”时代基本上是从外国诗(特别是英国诗)借来音律形式的,这种形式在我们人民中间就没有“根”。从五四以来,新诗人也感觉得形式的重要,但是各自摸索,人言人殊,至今我们的新诗还没有找到一些公认的合理的形式,诗坛上仍然存在着无政府的状态。我们现在必需以极严肃的态度来对待这种无可讳言的缺陷。如果新诗也不能割断历史,新诗也要有音律,而这音律也要有在人民中间可以“扎根”的公同基础的话,我们就必须从几千年来中国旧诗的音律基础学习。我并非说我们现在一定还要回到五七言或是词曲的格律,但是我们建立新格律,一定要借助于对五七言和词曲等传统格律的周密的研究,看看在运用现代语的大前提下,旧诗的格律有哪些因素还可以吸收利用。只有这样做,我们新诗的音律才可以接上传统,才可以在广大人民中扎根。

谈到这里,有两种流行的误解必须加以澄清。一种是旧诗用的是文言,新诗用的是现代汉语,语言的变迁就决定了旧诗的音律不能再用。这种说法未免过分夸大了文言与白话的距离。这个距离没有一般人所想象的那么大,鲁迅先生早已指出过。白话还是从文言的基础上发展出来的,无论在词汇方面或是在语法方面,二者都还有许多公同点。单就白话来说,是否就绝对与旧诗音律不相容呢?想一想《子夜吴歌》,想一想《花间集》中多数的词和北宋词,想一想元曲和后来的鼓书戏词,再想一想我国各省的很丰富的民歌,我们就有足够的证据可以证明诗歌尽管用当时流行语言,而在音律方面还是可以吸收传统的民族形式。

第二种流行的误解是旧诗的音律形式不足以表达社会主义时代的丰富的生活。这种说法忘记了我们用的还是我们原有的语言,既用原有语言,为什么不能用根据它的特性所建立的音律形式呢?我为着要解决这个问题,翻了一翻一本苏联新诗的选本,看到多数诗人用的音律基本上还是俄国诗传统的音律,就是建筑在轻重相间和押韵的基础上的，就连以创造新形式著名的马雅可夫斯基也不能算是例外，而他们所歌咏的正是社会主义时代的丰富的生活。

总之，一个民族的诗在历史过程中有一种继续不断的日渐发扬光大的生命，后一阶段的发展总是建筑在前一阶段的基础上。我们的新诗在这方面显然还有欠缺，因此，向传统学习的问题是每个新诗人所必须郑重考虑的。

（载《光明日报》，1956 年 11 月 24 日）

涉江采芙蓉

过去中国诗人谈到五言古诗，大半都奉《古诗十九首》为典范。《古诗十九首》最早见于南朝梁萧统的《昭明文选》，没有标出作者姓名。古代的诗在民间流传，就成为公有物，不标作者姓名是常有的事。萧统把这十九首刊在苏武、李陵赠答诗的前面，可见他把它们看成西汉最古的五言诗。经过后来学者的考订，这些诗并非"一人一时之作"，有的是西汉的，也有的是东汉的。另一个较早的选本，陈徐陵的《玉台新咏》，把十九首中的八首列为西汉枚乘的诗，有没有根据，很难断言。我们大致可以断言的是这些诗大半是文人诗，因为里面有很明显的《诗经》和《楚辞》的影响。这里所选的《涉江采芙蓉》这首，据徐陵的选本是枚乘作的。枚乘是汉景帝时的诗人，流传下来的作品还有《七发》，也收在《昭明文选》里。

涉江采芙蓉

涉江采芙蓉，兰泽多芳草。
采之欲遗谁？所思在远道！①
还顾望旧乡，长路漫浩浩。
同心而离居，忧伤以终老！

这是一首惜别的情诗。在古代农业社会里，生活是很简单的，最密切的人与人的关系是夫妻朋友的关系，由于战争、徭役或仕宦，这种亲密的关系往往长期地被截断。这就成为许多人私生活中最伤心的事。因此，中国诗词有很大一部分都是表达别离情绪的。就主题说，这首诗是很典型的。

诗大半是"触物生情"，这首诗是在盛夏时节，看见荷花芳草，而想到远在他方的心爱的人。中国人民很早对于自然就有很深的爱好，对自然的爱与对人的爱往往紧密地连在一起。古代人送给最亲爱的人的礼物往往不是什么财宝，而是一支花或是一棵芳草，送别时总是折一枝柳条送给远行的人，远行的人为着向好朋友表示相念，逢到驿使就托带一枝梅花给他。这种生活情调是简朴的，也是美好的。这首诗的作者也是在自然中看见最心爱的荷花芳草，就想到把它寄给最心爱的人。头两句写夏天江边花香日暖的情况，气氛是愉快的；作者为着要采荷花，不惜"涉江"之劳，是抱着满腔热忱的。采到了，心想这么美好的东西只自己独自欣赏，还是美中不足，要有个知心人共赏才好。可是四面一望，知心人在哪里？四面都是陌生的人，不关痛痒的人，知心人却远在他方，这么美好的东西是不能得到他共赏的，我这点情意是不能传到他那里

① "涉"，从水里走过去；"芙蓉"，不是现在的芙蓉，是现在的荷花或莲花；"兰泽"，生兰草的水边洼地；"所思"，所思念的人；"漫浩浩"，辽远，一望无际。

去的！我们读这首诗，要深刻体会“采之欲遗谁”这句问话的意味。承上两句而来，它是突然的转折，一腔热忱遭到一盆凉水泼来，一霎时天地为之变色，此中有无限的凄凉寂寞，伤心失望。它是一句疑问，也是一声叹息。

还有一点值得注意的是“所思在远道”这句话的位置。难道诗人“涉江采芙蓉”时原来就没有想到这一点吗？真是看到芙蓉芳草，才想到这位“所思”吗？“所思”是时时刻刻在他心头的。“涉江采芙蓉”也还是为了他。如果入首就开门见山，把他表出，文章就平板无味了。在头两句中他是藏锋不露，第三句一转，就趁势把他突然托出，才见出这句话有雷霆万钧之力。这句话是全诗发展的顶点，顶点同时是个转折点，一方面替上文的发展暂时作一结束，一方面为下文的发展作一伏线，所以照例是要摆在中间的。

古诗有时看来很直率，实际上很曲折。“还顾望旧乡，长路漫浩浩”两句就是如此。讲究语法的人们在这首诗里会碰着一个难题，就是许多句子都没有主词，究竟是谁在“涉江”、“采芙蓉”？谁在“还顾”？谁在“忧伤”？说话的人是个男子还是个女子？是男子“在远道”还是女子“在远道”？对于这些问题如何解答，就要看对“还顾”两句如何解释。解释可能有两种。一种是“还顾”者就是“涉江”者，古代离乡远行的照例是男子，照这样看，便是男子在说话，是他在“还顾望旧乡”，想念他的心爱的女子，“涉江采芙蓉”的是他，“忧伤”的也只是他。另一种可能的解释是，“还顾”者就是“所思”，不是“涉江”者，却还是“旧乡”的男子。照这样看，说话的人是留在“旧乡”的女子，是她在“涉江采芙蓉”，心想自己在采芳草寄给“所思”的男子；同时那位“所思”的男子也在“还顾望旧乡”，起“长路漫浩浩”欲归不得之叹。碰到这样模棱两可的难关，读者就要体会全诗的意味而加以抉择。就我个人的体会来说，我抉择了第二个解释。这有两点理由。头一点：“远道”与“旧乡”是对立的，离“旧乡”而走“远道”的人在古代大半是男子，说话的人应该是女子，而全诗的情调也是“闺怨”的情调。其次，把“还顾”接“所思”，作为女子推己及人的一种想象，见出女子对于男子的爱情有极深的信任，这样就衬出下文“同心”两个字不是空话，而“忧伤”的也就不仅是女子一个人。照这样解释，诗的意味就比较深刻些。“同心而离居”两句是在就男女双方的心境作对比之后所作的总结。在上文微嘘短叹之后，把心里的“忧伤”痛快地发泄出来，便陡然煞住。表现得愈直率，情致就愈显得沉痛深挚。

1956 年

（载《中国青年》第 24 期，1956 年 12 月）

怎样学习中国古典诗词

中国青年社约我和另外几位同志写一些介绍中国古典诗词的文章，计划是选择一些有代表性的作品，作必要的简明的注释，详加分析，把好处指点出来，帮助青年朋友们培养阅读古典诗词的兴趣和能力。我欣然接受下了这个任务，因为这是一种有益的而且我也爱做的工作。青年朋友们现在都渴望把生活弄得丰富些，并且从祖国文艺传统里吸收些经验教训，来丰富自己的创作。青年朋友们要欣赏古典诗歌的希望是很深切而普遍的，只是古典诗歌对于他们多少还是一片待开垦的处女地，他们还没有摸到门径，不知道从何下手，或是怎样下手。因此，在介绍作品之前，对怎样学习古典诗词作一点一般性的入门的介绍，是必要的。

中国有文字记载的诗歌，从《诗经》起，已经有两千多年的历史了。这两千多年的传统是不断发展的，一线相承而又随着时代变化的。它可以粗略地分为三个大阶段：一、周秦时代，即《诗经》《楚辞》时代，这时代的诗歌大半来自民间，原来是与音乐舞蹈合在一起的。因为来自民间，所以它在创作和流传上都具有很大的集体性；因为与乐舞相伴，所以它大半可歌，有一定的音律。在这时期，四言体（即四字一句）占主导的地位，但变化比较多，到了《楚辞》，句子就比较长些了。二、汉魏六朝时代，这时代诗歌经过了一个大转变，一方面乐府民歌仍然保持原始诗歌的集体性与可歌性，另一方面诗成为文人的一种专业，文人也吸收了民歌的影响，但不免渐向雕琢方面走，技巧上逐渐成熟，民歌质朴的风味便渐渐减少，诗与乐舞也就渐渐分离了。在这时期，占主导地位的音律是五言体，但是七言也渐渐起来了。三、唐宋时代，这时期是文人诗的鼎盛时代，除了五古七古（即五言和七言不讲音义对偶的像汉魏时代那样的诗）达到了高度的成熟之外；承继六朝的影响，五律七律（即在声音和意义上要求成一联的两句互相对仗）两种体裁也由兴起而渐趋成熟了。原来汉魏以前，诗大半伴乐，诗的音乐主要地要从乐调上见出；魏晋以后，诗既渐与乐分开，诗的音乐就要从诗的文字本身上见出了。这是六朝以后诗讲四声（即平上去入；上去入合为仄声）的主要原因。词也在这个时期由兴起到鼎盛。词本出于教坊（职业歌唱者训练的地方），原来都有一定的乐谱，可以歌唱，后来落到文人手里，也就只是依谱填词，不一定能歌唱了。从诗的发展看，词可以说是从律诗变化来的。后来的曲子又是词的变化。唐宋以后的诗词只能算是唐宋的余波，新的发展很少。

这三大阶段中的作品是浩如烟海的。初学者最好先从选本入手。过去的选本也很多，但是选的人观点不同，大半不很适合现时代的需要。我们希望不久有较好的新的选本陆续出来（例如余冠英的《乐府诗选》）。在适合需要的选本出齐以前，读者不妨暂用过去几种流行较广的选本。我想到有三种卷帙不多的选本可以介绍给读者。第一种是沈德潜选的《古诗源》，选的尽是唐以前的诗；第二种是蘅塘退士选的《唐诗三百首》，选的尽是唐代各体诗；第三种是张惠言的《词选》，是唐五代宋词的最严格的一个选本（或用唐圭璋的《唐宋词选》亦可）。这几种选本选得都相当精，分量很少。我自己去看，不用一个月就可以全看完。初学者看，时间当然要多费些。不必嫌它太少。学习一门东西有如绘画，先须打一个大轮廓，对全局发展变化有一个总的概略的认识，然后逐渐画细节，施彩色，画出一个有血有肉的生动的人物来。读了这几本选本以后，读者就可以看出哪些诗人是自己特别喜爱的，再找他们的专集去读。

古典诗词大半是用文言写的。读者初来难免遇到一些语言的障碍。这种障碍也并不像一般人所想象的那么大，因为第一流的诗词作者所用的语言尽管精妙，总是很简洁的。有许多名著在过去都有些注本，读者遇到困难时不妨查注本，翻字典，或是请教师友。万一没有这种方便，也不要畏难而退。先找自己基本上能懂得的诗（这是很多的）去读，读多了，自然会找出一些文言的诀窍，了解的能力就会逐渐增加。凡是好的诗词都不是一霎子就能懂透的。我从小就背诵过许多诗词，这些诗词我这几十年来往往读而又读，可是是否我个个字都懂了呢？绝对不是这样，有许多字义我至今还没有弄清楚，有许多诗的背景我至今还是茫然。但是这个缺陷并不妨碍我对于那些诗词在基本上能了解，能欣赏，而且能得到教益。学习的过程就是变不懂为懂，这当然需要一些时间和努力。

我们对于古典诗词不可能马上就都彻底了解，但是必须要求彻底了解。凡是诗词都是用有音乐性的语言，刻画出一个完整的具体的形象或境界（可能是景，可能是事，也可能是景与事融合在一起），传达出一种情致。读一首诗词就要抓住它的具体形象和情致。要做到这一点，单像读散文故事那样一眼看过去，还不济事。诗词往往是“言有尽而意无穷”的，须加以反复回味，设身处境地体验，才可以逐渐浸润到它的深微地方，领略到它的情感。诗词的情致是和它的有音乐性的语言分不开的，要抓住情致，必须抓住语言的音乐性（例如节奏的高低长短快慢，音色的明暗等等）。语言的音乐性在默读中见不出来，必须朗读，而且反复地朗读，有时低声吟哦，有时高声歌唱。比如读一首歌（例如《歌唱我们的祖国》），只像作报告式地读是不行的，必须拖着嗓子唱出它的调子来，才能领会到它里面的情感。诗词和我们唱的歌只有一点不同：歌有一定的调子，而多数诗词或是本有一定的调子而现在已经失传，或是根本没有一定的调子。读者只能凭自己体会到的情感，在反复吟诵中把它摸索出来，这也并不是很难的事，时时注意到吟诵的节奏和色调要符合诗的情调就行了。在这过程中读者会发现他原来所体会的那点情感还是浮面的，反复吟诵会使他逐渐进入深微的地方。中国诗词大半都不很长，择自己所爱好的诗词背诵一些，也是一种很有益的训练。

（载《中国青年》第1期，1957年1月）

谈白居易和辛弃疾的词四首

忆江南

白居易

其一

江南好，风景旧曾谙：日出江花红胜火，春来江水绿如蓝。能不忆江南？

其二

江南忆，最忆是杭州，山寺月中寻桂子，郡亭枕上看潮头。何日更重游？

鹧鸪天

辛弃疾

陌上柔桑破嫩芽，东邻蚕种已生些。平冈细草鸣黄犊，斜日寒林点暮鸦。　　山远近，路横斜，青旗沽酒有人家。城中桃李愁风雨，春在溪头荠菜花。

西江月·夜行黄沙道中

辛弃疾

明月别枝惊鹊，清风半夜鸣蝉。稻花香里说丰年，听取蛙声一片。　　七八个星天外，两三点雨山前。旧时茆店社林边，路转溪桥忽见。

这篇短文，谈一谈白居易的《忆江南》两首和辛弃疾的《鹧鸪天》、《西江月》这四首词选择典型的情节来烘托出生动具体的气氛和情调的道理，趁便也谈一谈词的运用语言的精炼。

先说白居易的两首《忆江南》。白居易在杭州和苏州做了三年多的刺史，后来除短期在长安做官之外，都住东都洛阳。他在洛阳时期做了好些回忆苏杭的诗，《忆江南》大概也是在这时期做的。原有三首，头一首总忆江南风景，第二首忆杭州，第三首忆苏州。在北方回忆江南，可写的东西当然很多，白居易在头一首词里只写了春天的江花、江水，因为这个给他印象最深。起句和末句只叙述他到过江南而今回忆江南。回忆的是什么呢？就是腹联两句："日出江花红胜火，春来江水绿如蓝。"这是全首的精华。日出时江边的花，例如桃花之类，特别显得鲜红，就像烈火的火焰。杜甫诗也有"山青花欲然"①(像要燃烧似的)的句子。在风平

① 《绝句两首》，《杜少陵集详注》卷十三。

浪静时，江水在春天就显得格外碧绿，因为夏洪还没到来。旧诗词的妙处在简炼。这两句词的素材是简得不能再简了。但是简炼不等于简单。简单是一览无余，简炼是言有尽而意无穷。有尽之言能传无穷之意，诀窍就在言是经过精选的，它有典型性，能代表或暗示出许多其它的东西。这首词虽写江南，却要从身居北方的人的角度去看。北方春来迟，举目一看，是一片寂静的黯淡的黄土平原，吹的风还是寒冷刺骨的，太阳也还是因风沙弥漫而显得昏黄。回想此时江南，景象就不同了。太阳照着江边的花像火，首先就是一个明亮的温暖的大晴天的气氛，似乎使身上都暖起来了。我们从这一片红花、一江春水感到生命在流动，在欣欣向荣。这两句能引起江南春天繁华灿烂的联想，特别是红、绿、蓝这些鲜明的颜色有强烈的暗示性。它们是江南春天的整幅画面的结晶。作者虽没费笔墨去渲染整幅画面，有了这几种颜色配上“日出”、“江花”等形象，整幅画面就活现在眼前了。

第二首忆杭州。忆的只是“山寺月中寻桂子，郡亭枕上看潮头”。要了解这两句话，宜参看白居易的两首诗，一首是《留题天竺灵隐两寺》①，一首是《郡亭》②。前一首说，“在郡六百日，入山十二回。宿因月桂落，醉为海榴开”。“宿因月桂落”就是这里的“山寺月中寻桂子”。据《长庆集》汪立名注和张宗棣的《词林纪事》所引，天竺、灵隐两寺当时流行一种传说，说月里的桂花在中秋夜里落子，落到寺里来，并且有人附会说这桂子“如牵牛子，黄白相间，咀之无味”。这是一件稀奇的事，这位刺史兴致好，还有些孩子们的好奇心，也趁着中秋宿在寺里，好去找一找月里落下的桂子。郡亭，据《郡亭》那首诗，就在刺史衙门里。诗里说，“况有虚白亭，坐

① 《白氏长庆集》后集卷五。

② 《白氏长庆集》卷八。

见海门山。潮来一凭栏，宾至一开筵”。“郡亭枕上看潮头”也就是指这个。这句话一方面说看潮的方便，一方面也暗示刺史的政清事简，和唐李颀寄韩朋的名句“寄书河上神明宰，羡尔城头姑射山”的意思相近，都是说城市有山林之乐。白居易之所以忆杭州，不仅因为那里湖山秀美，也因为他在那里过了足以自慰的可以表示政绩的生活。杭州可忆的事物很多，一部二十四史从何说起呢？白居易单选两个足以说明他的快乐生活的典型的情节。他所要渲染的气氛是清幽，他所要表达的情趣是闲适。这两句词恰好达到他所要达到的效果，与头一首相比，气氛和情趣都显然有别。选的季节是秋天，没有什么热闹的颜色，却有月夜的桂香，令人起一种清冷的感觉。心情还是愉快的，但不是“日出江花红胜火”那种青春蓬勃活跃的愉快，而是老年人胸无渣滓，悠然自得的愉快。

辛弃疾的词本以沉雄豪放见长，这里选的两首却都很清丽，足见伟大的作家是不拘一格的。《鹧鸪天》写的是早春乡村景象。上半阕“嫩芽”、“蚕种”、“细草”、“寒林”都是渲染早春，“斜日”句点明是早春的傍晚。可以暗示早春的形象很多，作者选择了桑、蚕、黄犊等，是要写农事正在开始的情形。这四句如果拆开，就是一首七言绝句，只是平铺直叙地在写景。词的下半阕最难写，因为它一方面接着上半阕发展，一方面又要转入一层新的意思，另起波澜，还要吻合上半阕来作个结束。所以下半阕对于全首的成功与失败有很大的关系。从表面看，这首词的下半阕好像仍然接着上半阕在写景。如果真是这样，那就不免堆砌，不免平板了。这里下半阕的写景是不同于上半阕的，是有波澜的。首先它是推远一层看，由平冈看到远山，看到横斜的路所通到的酒店，还由乡村推远到城里。“青旗沽酒有人家”一句看来很平常，其实是重要的。全词都在写自然风景，只有这句才写到人的活动，这样就打破了一味写景的单调。这是写景诗的一个诀窍。尽管是在写景，却不能一味渲染景致，必须掺进一点人的情调、人的活动，诗才显得有生气。读者不妨找一些写景的五七言绝句来看看，参证一下这里所说的道理。“城中桃李愁风雨，春在溪头荠菜花”两句是全词的画龙点睛，它又像是在写景，又像是在发议论。这两句决定全词的情调。如果单从头三句及“青旗沽酒”句看，这首词的情调好像是很愉快的。它是否愉快呢？要懂得诗词，一定要会知人论世。孤立地看一首诗词，有时就很难把它懂透。这首词就是这样。原来辛弃疾是一位忠义之士，处在南宋偏安杭州，北方金兵掳去了徽、钦二帝，还在节节进逼的情势之下，他想图恢复，而朝中大半是些昏聩无能、苟且偷安者，叫他一筹莫展，心里十分痛恨。就是这种心情成了他的许多词的基本情调。这首词实际上也还是愁苦之音。“斜日寒林点暮鸦”句已透露了一点消息，到了“桃李愁风雨”句便把大好锦绣河山竟然如此残缺不全的感慨完全表现出来了。从前诗人词人每逢有难言之隐，总是假托自然界事物，把它象征地说出来。辛词凡是说到风雨打落春花的地方，大都是暗射南宋被金兵进逼的局面。最著名的是《摸鱼儿》里的“更能消、几番风雨，匆匆春又归去。惜春长怕花开早，何况落红无数”以及《祝英台近》里的“怕上层楼，十日九风雨。断肠片片飞红，都无人管，更谁劝、啼莺声住”。这里的“城中桃李愁风雨”也还是慨叹南宋受金兵的欺侮。从此我们也可以见出诗词中反衬的道理，反衬就是欲擒先纵，从愉快的景象说起，转到悲苦的心境，这样互相衬托，悲苦的就更显得悲苦。前人谈辛词往往用“沉痛”两字，他的沉痛就在这种地方。但是沉痛不等于失望，“春在溪头荠菜花”句可以见出辛弃疾对南宋偏安局面还寄托很大的希望。这希望是由作者在乡村中看到的劳动人民从事农桑的景象所引起的。上句说明“诗可以怨”（诉苦），下句说明“诗可以兴”

(鼓舞兴起)。把这两句诗的滋味细嚼出来了,就会体会到诗词里含蓄是什么意思,言有尽而意无穷是什么意思。

《西江月》原题是《夜行黄沙道中》,记作者深夜在乡村中行路所见到的景物和所感到的情绪。读前半阕,须体会到寂静中的热闹。"明月别枝惊鹊"句的"别"字是动词,就是说月亮落了,离别了树枝,把枝上的乌鹊惊动起来。这句话是一种很细致的写实,只有在深夜里见过这种景象的人才懂得这句诗的妙处。乌鹊对光线的感觉是极灵敏的,日蚀时它们就惊动起来,乱飞乱啼,月落时也是这样。这句话实际上就是"月落乌啼"①的意思,但是比"月落乌啼"说得更生动,关键全在"别"字,它暗示鹊和枝对明月有依依不舍的意味,鹊惊时常啼,这里不说啼而啼自见,在字面上也可以避免与"鸣蝉"造成堆砌呆板的结果②。"稻花"二句说明季节是在夏天。在全首中这两句产生的印象最为鲜明深刻,它把农村夏夜里热闹气氛和欢乐心情都写活了。这可以说就是典型环境。这四句里每句都有声音(鹊声、蝉声、人声、蛙声),却也每句都有深更半夜的悄静。这两种风味都反映在夜行人的感觉里,他的心情是很愉快的。下半阕的局面有些变动了。天外稀星表示时间已有进展,分明是下半夜,快到天亮了。山前疏雨对夜行人却是一个威胁,这是一个平地波澜,可想见夜行人的焦急。有这一波澜,便把收尾两句衬托得更有力。"旧时茆店社林边,路转溪桥忽见"是个倒装句,倒装便把"忽见"的惊喜表现出来。正在愁雨,走过溪桥,路转了方向,就忽然见到社林边从前歇过的那所茆店。这时的快乐可以比得上"山重水复疑无路,柳暗花明又一村"③那两句诗所说的。词题原为

---

① 张继《枫桥夜泊》。

② 这样解释或与一般解释不同,提出来谨供参考。

③ 陆游《游山西村》,《剑南诗稿》卷一。

《夜行黄沙道中》，通首八句中前六句都在写景物，只有最后两句才见出有人在夜行。这两句对全首便起了返照的作用，因此每句都是在写夜行了。先藏锋不露，到最后才一针见血，收尾便有画龙点睛之妙。这种技巧是值得学习的。

总看这四首词，可见每一首都有一个生动具体的气氛（通常叫做景），都表达出一种亲切感受到的情趣（通常简称情）。这种情景交融的整体就是一个艺术的形象。艺术的形象有力无力，并不在采用的情节多寡，而在那些情节是否有典型性，是否能作为触类旁通的据点，四面伸张，伸入现实生活的最深微的地方。如果能做到这一点，它就会是言有尽而意无穷了。我们说中国的诗词运用语言精炼，指的就是这种广博的代表性和丰富的暗示性。

诗词的语言还要有丰富的音乐性。音律是区别诗和散文的一个重要的标志。这不仅是形式问题。情发于声，是怎样的情调就需要怎样的音调。在诗词中，词对音律是讲究最严的。在这里不能对这四首词作音律的分析，因为它不是在一篇短文里谈得清楚的。读者把这几首词懂透了，不妨反复吟诵。这样，就会感觉到这四首词在音律上都是很和谐的。这和谐的效果是怎样造成的，读者最好自己去仔细分析。多分析，就会逐渐懂得音乐性对诗词的语言有多么重要。

1957 年

（载《语文学习》第 2 期，1957 年 2 月）

迢迢牵牛星

迢迢牵牛星，皎皎河汉女。纤纤擢素手，札札弄机杼。终日不成章，泣涕零如雨。河汉清且浅，相去复几许？盈盈一水间，脉脉不得语！①

前次（1956年本刊二十四期）我们介绍了《古诗十九首》中的一首——《涉江采芙蓉》。这次介绍的《迢迢牵牛星》也是古诗十九首

① “迢迢”，远远；“皎皎”，洁白；“河汉”，天河；“河汉女”，织女；牵牛星在天河西，织女星在天河东；“纤纤”，细嫩；“擢素手”，举起白净的手；“札札”，织布的声音；“终日不成章”，整天在织锦，也织不成一段花纹来；这句诗运用《诗经》里“跂彼织女，终日七襄，虽则七襄，不成报章”的意思，“七襄”指七个时辰，等于现在说十四小时；“盈盈”，丰满，美好；“脉脉”，含情无语凝视。

中的一首。据徐陵的《玉台新咏》，它也是西汉诗人枚乘作的。

这首诗借牛郎织女遭天河隔绝的故事，写出一个年轻女子思念她的爱人而不能相会的怨情。牛郎织女这个美妙的神话是中国古代农业社会的产品。从《诗经》起，它就一直是诗人们爱用的一个典故；直到今天，它在民间还是流传很广的。看过《天河配》那出戏的人们对它都会有很深刻的印象。凡是神话都是原始的民间诗，体现着一个民族中广大人民群众的共同的深切的情感、愿望和理想。人有了情感、愿望和理想，就会起艺术的冲动，想把它表现出来，和旁人一起歌咏赞叹，反复回味体验，作为生活中一种感发兴起的力量。但是情感这一类的内心世界的变动往往是游离不易捉摸的，要把它表现出来，必须借助于客观世界中目可见耳可闻的具体形象。所以诗总是"情景交融"的整体，"情"就是内心生活的核心，"景"就是把"情"表现出来的具体形象。姑拿牛郎织女的神话来说，它就很可以说明神话创作也就是诗创作的过程。青年男女在互相爱慕的时候，总希望朝朝暮暮都能相聚，但是好事多磨，外来的阻力有时叫他们完不成心愿，虽是两人近在咫尺，也会仿佛远隔天渊。这时他们心里当然有无限的苦楚，有苦楚当然也就要申诉。怎样申诉呢？只说"我真痛苦啊！"行吗？那是抽象的，没有真正表达出情感，当然也就不能感动别人。他们抬头一看，就恍然大悟。瞧！天上银河东西那两个星座不也正象我们这样一对俊俏的人横遭隔绝吗？于是天上的两个星座就变成人间牛郎织女的化身，阻挠他们心愿的人便成了王母，他们所遭到的困难和阻碍便成了天河，替他们穿针引线的人便成了乌鹊。这样一来，一个神话或是一首诗就形成了，横遭隔绝的幽怨就借牛郎织女那套故事的具体形象表现出来了。象这样一段神话表达出了广大人民群众的一种共同的深切的情感、愿望和理想，在众口流传之中又不断地得到了修改润色，所以具有高度的人民性，成为广大人民群众所共同喜爱和珍护的文化财宝。在诗歌方面,它就成为一种共同语言,成为诗的传统中一个重要的项目。它之所以重要,就因为它是家喻户晓的,一提到它,就会引起在无数历史年代里逐渐积累起来的丰富的联想和感情。

《迢迢牵牛星》这首诗就是从这样富有人民性的神话传统中吸取了源泉。吸收传统并不等于把旧的东西复述一遍,它只是利用人民中间的这种共同的语言,适应新的情境的需要,来创造出一种新的具体形象。《迢迢牵牛星》就是这样推陈出新的范例。这首诗着重渲染相思而不能相会的幽怨,所以七夕乌鹊搭桥,牛郎织女欢会之类情节就没有采用。其次,这首诗还是属于"闺怨"一类,所以专从织女一方面着想,造成的印象好象只是"单相思"。这样写,诗就有了重点,就成为一个不同于过去一般牛郎织女故事的具体形象。

但是重点却映射出全面,这首诗的妙处就在此。开头两句将"迢迢牵牛星"和"皎皎河汉女"对举,好象是双管齐下,但是接着八句都只写织女,牛郎好象完全丢到脑后,而首句也好象是牛头不对马嘴,大可一笔钩销。但是细看全诗,就可以看出每句话里都有牛郎在背后,"迢迢"两字实在是全篇的脉络。照表面看,"河汉清且浅,相去复几许"就明明说牛郎并非"迢迢",说他"迢迢"好象是自相矛盾,但是相隔虽只"盈盈一水"而却"脉脉不得语",在织女的情感上牛郎便显得迢迢,后来词人所说的"隔花人远天涯近",也就是这个意思。"迢迢"两字总括织女想望牛郎的心境,她之所以"终日不成章,泣涕零如雨"者以此,她之所以隔河脉脉凝望,叹息"相去复几许"者也以此。织女如此,牛郎如何?从"脉脉不得语"一句看,可以想见牛郎也在隔河相望。"单"相思究竟还是"双"相思。"不得语"三字含蓄最深,说"不得语"当然原来"欲语",其所以欲语而不得语者,这幕戏还有一个没有出台的角色在台后横加阻挠。

在这阻挠者的压力之下，牛郎和织女同是受压迫者，有同样说不出的苦衷，然而毕竟是说出了，“河汉清且浅”四句在从前说是“怨”，在现在说就是反抗的呼声。

这首诗和《涉江采芙蓉》在写法上有许多足资比较之点，读者可以自己去细心比较一下。这里姑且提出一点：就是那首诗是站在涉江的当事人的地位写的，是涉江人在自诉衷情，这首诗却是诗人站在旁观者的地位在叙述。这就是所谓“直接叙述”与“间接叙述”的分别。就布局说，这首诗是从外面的活动（织锦织不成，哭泣）写到内心的活动（心想一水之隔竟“脉脉不得语”）。“泣涕零如雨”一句在故事发展中已达到了顶点，下面“河汉清且浅”四句只是说明这泣涕的原因。全诗中最哀婉动人的是这最后四句。它好象是诗人说的，又好象是织女自己说的。究竟是谁说的呢？是诗人也是织女。就全诗结构说，是诗人在间接叙述；就情致说，是织女自己在说心事。读者须体会到这两个观点的分别和统一，才能见出这四句的妙处。诗人做到了“设身处境”、“体物入微”，所以我们读起来，“如闻其语，如见其人”。

读者如果要问：历史上是否确曾有过这样一个织女，做过这样的事，说过这样的话呢？我们可以回答说，这是神话，全是虚构的。但是就情理说，这首诗却是十分真实的。假如有这样的牛郎织女，处在这样的情境，他们于情于理，就必得做这样的事，说这样话。这说明了诗的真实不同于历史的真实，同时也说明了典型性格的本质。典型性格不一定是于事已然的，而是于理当然的。一个性格如果是典型的话，遇到某种典型的环境，就必然有某种典型的表现。就这个意义说，我们可以说这首诗写出了典型的性格。

（载《中国青年》第7期，1957年4月）

一个幼稚的愿望

我对于新诗有一个幼稚的愿望，望它在社会主义社会的基础上，能恢复到它原有的集体性和歌唱性。

诗歌在起源时都是在群众中口头流传的。这种口头流传可以采歌唱的方式，也可以采说书的方式，通常都伴着音乐，而在歌唱时往往还伴着跳舞。在原始社会里，诗歌是文化的总汇，也是全体人民精神生活中一个最重要的项目。全体人民都是诗歌的欣赏者，同时也都是诗歌的创作者和说唱者。他们用诗歌表现出他们内心生活中最深刻的东西：歌颂他们的神和民族英雄，庆祝他们的胜利，哀悼他们的灾祸，表达他们的爱情，描绘他们的生活理想。一首诗或是一支歌是能叫同一集团中每个成员的脉搏，以同样的张弛程度去跳动的，所以一人哀大家都哀，一人喜大家都喜，一人振奋大家都振奋。有人曾把诗歌的影响比磁石，把附近的铁都吸在一起，而且这吸力还可以起“连锁反应”，以至于无穷。

要起这样的作用，靠散文是不行的。顾名思义，散文就是“散”漫，就是不集中，各自为政。谁敲着锣鼓跳着舞来念散文呢？对于过着集体生活的原始人民来说，散文只是办事的语言，诗歌才是谈心的语言，才是精神生活方面的共同语言。语言在诗歌里才达到最活泼的运用，才是真正的活的语言。所以就诗歌来说，单靠阅读还不能起它应起的功用。它必须通过听，通过说唱。

聋子很难欣赏诗歌，哑巴更是如此。在音乐方面，我是个百分之七八十的聋子，百分之百的哑巴，所以在这方面我有些惨痛的体会。谈一首诗歌时，我可以作精细的分析，把语言的字面的意味都嚼干，虽然也得到一些感受，可是身心依旧是很镇静的。等到在一个群众大会里听到旁人歌唱这首诗歌，我的脉搏才跳动起来，特别是在合唱的时候，我才好象丢掉了自己，沉没到人海的脉搏跳动的大波澜里，不由得掉出欢乐的泪来。可是我自己不能参加歌唱，在群众里而又落在群众后面，这种欢乐就冲淡了很多。看一看参加合唱的人们，个个都容光焕发，“不知手之舞之，足之蹈之”，我就明白他们的感受比起我自己的，是有天渊之别的。因此，我体会到，诗歌的生命在音乐，在具有便于大家参与的能起“传染”作用的那种音乐。就在这个认识的基础上，我坚信诗歌如果想在人民大众中扎根，就必须有一些公同的明确的节奏，一些可以引起多数人心弦共鸣的音乐形式。这种节奏和音乐的形式正是一般民歌的特色。

民歌都有以上所说的那种集体性和说唱性。自从劳动分工与社会分化以后，首先是诗歌和音乐跳舞分了家，随后是诗和歌分了家。这虽是社会演变的必然趋势，对于诗歌究竟是一个很大的损失。就是诗歌落到少数文人手里以后，它有无生命，也还要看它是否还保留着几分集体性和歌唱性。就中国诗歌来说，诗与歌的合流有长久的传统。在唐朝，白居易的诗还是“妇孺皆晓”，王之涣和朋友们在旗亭饮酒，还有些素不相识的人在歌唱他们的诗。在宋朝，凡有井水饮处，还是有人歌唱柳永的词。至今流行的曲艺还是运用诗歌的民间风格来博取大众的欣赏。诗歌是从群众的土壤中生长起来的，是与歌唱相依为命的，脱离了群众，脱离了歌唱，它就必然丧失去它的生命。西方资产阶级的所谓“近代派”诗就是因此而走到发泄个人的冷僻晦涩的思想情感，在形式上盛行所谓“无形式的形式”。

我们现在进到社会主义社会了，要达到体力劳动与脑力劳动的结合以及真正的集体生活了，一切形式的艺术，连同诗歌在内，都要成为全体人民精神生活中的重要项目了，我们的诗歌是否可以在这更高的发展阶段上，恢复到它原有的集体性和说唱性呢？如果我这个幼稚的愿望可以实现的话，关于新诗的一系列的问题——例如内容、写法、语言、节奏、形式等等——就都还有重新郑重考虑的必要。

（载《诗刊》第 6 期，1957 年 6 月）

谈李白诗三首

一　谈《经下邳圯桥怀张子房》

《经下邳圯桥怀张子房》

子房未虎啸，破产不为家。
沧海得壮士，椎秦博浪沙。
报韩虽不成，天地皆振动。
潜匿游下邳，岂曰非智勇？
我来圯桥上，怀古钦英风。
唯见碧流水，曾无黄石公。
叹息此人去，萧条徐泗空。

要了解这首诗，先要了解我国过去历史上长期在人民群众中流行的两种人生理想，就是“游侠”和“神仙”的理想。这两种理想在现在看来都是落后的，但是在过去，它们是对当时社会制度的反抗和不满，有积极的意义。游侠就是一般所说的英雄好汉。这种人的理想是要讲义气，讲交情，劫富救贫，打抱不平，特别是在强权淫威之下表示不屈服，如果受到一点耻辱和冤屈，就誓必报仇雪恨，要仇人的命，报仇不成，就是牺牲性命也在所不惜。这种人往往练得一手好武艺，有万夫不当之勇，有时还足智多谋。他们不但要替自己报仇，还要替看重自己的知心朋友报仇，而且替旁人报仇比替自己报仇还更奋不顾身，因为正义感之外又加上对朋友要守信义的动机。这种游侠理想从哪里产生呢？如果社会是符合人民理想的，没有什么仇，就没有什么报仇的人；没有什么不平，就没有什么打抱不平的人。纵然有冤屈不平，如果国家法律能够保障私人的权利，那也就无劳私人去施行惩罚。游侠的存在表明了两个事实：第一，社会上有冤屈不平；其次，国家法律不能消除冤屈不平，甚至它本身就是冤屈不平的根源。在这种情形之下，游侠的理想是正义感的表现，也是人的尊严感的表现，使强权淫威不得不对它稍存戒心而有所忌惮。所以它是有积极意义的。

神仙的理想比起游侠的理想来是较为消极的。游侠要置身“法外”，神仙却要置身“世外”；游侠要凭自己的力量去达到理想，神仙却要凭超自然的力量去达到理想；游侠要抵抗，神仙却常与隐逸结合，只是无抵抗，不合作。这两种理想的性质不同，但是它们的历史根源是一致的。如果社会是符合人民理想的，它本身就是一个极乐世界。它不是一个极乐世界，甚至是一个极苦世界，人们才幻想在它以外能找到一个极乐世界。在科学还没发达的社会里，幻想往往比事实还有更大的说服力和诱惑力，所以象神仙之类的宗教迷信有极广泛的市场。好神仙的人有两面性。就他们逃避现世、迷信有神通广大的力量能创造奇迹来说，是消极的，落后的；就他们厌恨恶浊，不肯同流合污，至少是幻想要有一个合理的社会来说，也未尝丝毫没有积极的一面。游侠和神仙既然都是落后社会的产物，而且对落后社会都表示极端不满，所以在我国过去历史上这两种人常常结合在一起，讲游侠的也往往讲神仙。

李白经下邳桥所怀想的汉朝张良，正是这样一种游侠兼神仙的人物。诗中所说的那壮士是个游侠，黄石公是个神仙，而张良自己为着要替韩报仇，请教这位壮士，但没成功，请教黄石公这位神仙，终得佐汉灭秦，最后却又“学辟谷导引轻身”，“从赤松子游”，又回到神仙。所以张良的一生只是在侠客、谋士和神仙三种行径里兜圈子；而他的所以为谋士，是因为他有侠客的气概，志在灭秦报韩；他的所以终于回到神仙，也并不是象他自己所说的于愿已足，而是因为看到鸟尽弓藏，兔死狗烹，不免有些灰心。这首诗的本事，读者可以翻《史记·留侯世家》（即《张良传》）看一下，这里不必复述。

李白的这首诗是属于怀古和咏史类的。怀古咏史在我国许多诗人的诗集里都占很重要的一部分。古有什么可怀，史有什么可咏呢？这首诗里“岂曰非智勇”，“怀古钦英风”两句给了答案。古人和史事可以引起诗人歌咏的，一定是诗人所同情的，体现了诗人的人生理想的；或是诗人所不同情的，诗人在讽刺之中也表现了他自己的人生态度。这首诗是属于前一种情况的。伟大的诗人都必有人民性，所谓人民性，是说他的人生理想和人生态度与广大人民的是一致的。他在诗里表现了他自己的人生理想和人生态度，也就同时表现了广大人民的人生理想和人生态度。从周秦以后，在相当长的时期中，广大人民的人生理想和人生态度有一大部分表现在上文所说的游侠和神仙，只消把我国民间小说和戏剧的题材统计一下就可以知道。这方面的典型形象，是一般民众头脑里的诸葛亮。诸葛亮在历史上(可看陈寿的《三国志》)并不象在小说和戏剧里那样的神通广大。小说和戏剧都起自民间,一般人民是按照他们自己的理想和愿望来铸成象在小说和戏剧里那样的诸葛亮的形象。而这种形象也正近似司马迁在《史记》里所铸成的张良的形象。这两人都有一面是游侠,有一面是神仙,尽管在程度上略有不同,诸葛亮的游侠的成分较少。诸葛亮的形象有很大的人民性,这是每一个看《三国演义》和看旧戏的人都能体会到的。张良的形象也是这样,他成为许多诗人歌咏的对象,也是因为他有很大的人民性。

张良之所以成为李白歌咏的对象,还有一个特殊的原因。我们一般人想到"盛唐",总以为那时社会怎样安定,国家怎样富庶繁荣,人民怎样安乐,其实这是幻象。当时封建主聚天下的财富于长安,穷奢极欲,人民生活还是很痛苦的。杨家贵戚的骄横叫在朝在野的人都侧目而视。安禄山乱起,唐朝马上就现出土崩瓦解的局面。当时人民对社会秩序的态度可以从当时流行的小说中看出来。唐人小说表面上大半是些爱情故事,实际上游侠和神仙的思想都非常浓厚,至少是从那些故事里面,可以看出当时尚任侠、讲神仙的风气很盛。游侠和神仙的存在,就足以说明当时社会中不平的事和不合理的事是很多的。否则我们也就很难说明李白自己的性格。李白平生爱学道,号称"诗仙",但是他的游侠的一面往往被人忘记。魏颢说他"眸子炯然,哆(腮)如饿虎……少任侠,手刃数人"。他的最知己的朋友杜甫有一首七绝《赠李白》,替他下了这样的评语:

秋来相顾尚飘蓬,未就丹砂愧葛洪。
痛饮狂歌空度日,飞扬跋扈为谁雄?

这就是讥刺他学仙学侠两无成。不管成不成，他对仙和侠的向往却是无可怀疑的。读李白的诗，也就要体会到他的六分仙风，四分侠骨。所以《经下邳圯桥怀张子房》这首诗，不但表现了当时广大人民的人生理想和人生态度，也表现了诗人自己的人格。

这里有一个问题：游侠和神仙都是过去落后社会的产物，现在社会已经完全不同了，游侠和神仙的理想是否还有意义呢？上文分析过，游侠和神仙都有落后的一面，也都有积极的一面。落后的一面会随时代过去，积极的一面对后世人还会有几分鼓舞的力量。每个人都可以就自己读这首诗时所起的情感分析一下。以我的经验说，我在十几岁时就爱读这首诗，常常高声朗诵。朗诵时心情是振奋的，仿佛满腔热血都沸腾起来了，特别读到最后“唯见碧流水”四句，调子就震颤起来，胸襟也开阔起来，仿佛自己心中也有无限的豪情胜概，大有低徊往复、依依不舍之意。这种振奋的心情是痛快的，也是有益的。是否我因为想当侠客和神仙才爱这首诗呢？我从来没有过这种幻想和奢望，这首诗也并没叫我存这种幻想和奢望。但是想到“破产不为家”，求刺客去杀威震一时的秦始皇那种英雄气概，那种要奋不顾身去伸张正义的坚贞英勇的精神，不由得我不回肠荡气，肃然起敬。我爱这种人，觉得在这种人身上见出人的尊严，我希望多见到这种人，我仿佛觉得这种人如果多有些，世界会更光明些，人生会更有意义些。单就我体会这种人的人格来说，我也仿佛得到一种力量，帮助我更好地做人。我想游侠和神仙在这首诗里毕竟是外壳，这外壳里面包含着一种精神，它是感动李白的，也是感动我的，也是感动任何一个有心肠的人的。这就是它的积极的一面，这积极的一面是不会轻易地随时代消逝的。

最后，略谈一下这首诗的格局。从表面看，它是平铺直叙，一气呵成的。分析一下，就能看出它分三段。头四句一段，直叙张良求刺客杀秦始皇的事迹。中四句一段，补叙失败后潜匿下邳，夹以论断，“报韩虽不成”，而“天地皆振动”，毕竟还是叫敌人惊心丧胆；虽被迫“潜匿”，这也不是“非智勇”的过错，每两句一抑一扬，略见波澜起伏。后六句写诗人怀古的心情，是平铺直叙后的一个大波澜，读者须体会这种心情是丰富复杂的，一方面是“怀古钦英风”，满腔豪情胜概，一方面又“叹息此人去，萧条徐泗空”，大有“前不见古人，后不见来者”那种寂寥的感觉，但是这并不是失望，而是寄深厚的希望于无穷的未来。诗用五古体，古诗可以换韵，换韵往往就同时标出段落（当然也有例外），这首诗就是这样，三段就用三组韵。批评李白诗的人往往嫌他欠剪裁洗炼，这是不正确的。这首诗就表现了高度的剪裁洗炼。张良的一生事迹很多，这里只写到他“潜匿游下邳”为止，至于他后来佐汉灭秦以及晚年学道那一大段经过都一字不谈，虽然首句“虎啸”二字也约略给了一点暗示。如果全写，就不但见不出剪裁洗炼，还会破坏这首诗触景生情的效果。

二谈《黄鹤楼送孟浩然之广陵》和《闻王昌龄左迁龙标遥有此寄》

黄鹤楼送孟浩然之广陵

故人西辞黄鹤楼，烟花三月下扬州。
孤帆远影碧空尽，唯见长江天际流。

闻王昌龄左迁龙标遥有此寄

杨花落尽子规啼，闻道龙标过五溪。
我寄愁心与明月，随君直到夜郎西。

这两首诗在体裁上都是七言绝句，在题材上都是送行惜别，合在一起谈，比较方便。

送孟浩然诗比较容易懂。孟是由武昌黄鹤楼坐船到扬州（即广陵），李白在黄鹤楼送他。时节是三月，花开正盛，望起来象烟一般。送行的人依依不舍，直望到孤帆远影渐渐在碧空中消失了，只见长江在遥远的天际流着，他才回过头来。诗人先写出别地别时别景，然后写出自己那种眷恋惆怅的情感。

寄王昌龄诗的局格大致和送孟浩然诗相同，但是比较难懂一点。难在两个问题上。第一是异文的问题。头一句一本作“扬花落尽子规啼”，一本作“扬州花落子规啼”。如果是“杨花落尽”，与“子规啼”较一致。子规即杜鹃，鸣声凄厉，易动旅客归思；杨花落在旧诗中常象征离散，所以苏轼《水龙吟》咏杨花词有“细看来不是杨花，点点是离人泪”之句。如果是扬州，那就很可能李白自己那时在扬州，这就和下文的“明月”有关，相传扬州的月亮特别亮（“天下明月三分，扬州得其二分”）。这两种异文都说得通，很难断定哪一种比较确实。如果“夜郎西”可照下文的解释，“扬州花落”的可能性就较大。其次是地理的问题。王昌龄老家在江宁（南京），他贬龙标尉以前在长安（西安）做校书郎。龙标是个县名，即今湖南西部的黔阳县，五溪（辰溪、酉溪、巫溪、武溪、沅溪）也在湖南西部。夜郎属西南夷，在今贵州西北桐梓县。这里应该注意的是“龙标过五溪”的“龙标”即指王昌龄，古人常以地方的名称称呼那地方的人或是在那地方做官的人。这里的问题在于夜郎在贵州西北，而龙标在湖南西部，两地相去很远，而且龙标在夜郎东，不在西。王昌龄到龙标就任，无论是从长安出发，还是从江宁出发，都走不到夜郎。因此，我疑心这首诗写作时期很晚。李白曾因参永王璘的军事，军败后被朝廷流放到夜郎，后来遇赦才回到金陵（南京）、当涂（在安徽东部）一带，不久就死了。这首诗当作于从流放获赦去金陵之后。如此才可以解释“随君直到夜郎西”一句，那就是因王昌龄被贬而想到自己过去被流放。在唐朝，做官的人贬谪到湖南贵州一带，是个很大的惩罚。李白身受过这种痛苦，于今又听说他的诗友也要去受这种痛苦，所以一方面既寄深厚的同情于好友，一方面也暗伤自己过去的遭遇。这样解释，诗的情致也就比较深刻。

这两首诗的题材和局格虽大致相同，而情致却悬殊。情致往往要借景物气氛烘托出来。论时节，送孟在暮春三月，送王在“扬花落尽子规啼”的时候，也只在晚春初夏。可是“烟花三月”寥寥四句写出一片多么绚烂繁荣的气象，而“杨花落尽子规啼”就显得凄凉寂寞，不堪为怀了。这两首诗开始所描绘的色彩气氛好比一个乐曲的基调，暗示出全篇情感的性质和深度。同时我们也要注意孟、王两人不同的情境。孟到的是扬州，扬州在唐朝是著名的繁华城市，好比现在的上海；王到的是龙标，西南边陲的瘴疠地，去那里就等于“充军”。孟可能只是游历或就任，王是贬谪。情境不同，感触自异。王的遭遇本身已可悲，何况这个遭遇和诗人本身的遭遇又有些类似？“愁心”二字不是随便下的。送孟诗虽是惜别，却没有多深的伤感。“烟花三月”句还略有欣羡的意思，最后两句写远眺景致，写出一种高远无穷的气象，与其说暗含惜别，还不如说带有“手挥五弦，目送飞鸿”的闲适意味。如果拿这两首诗朗诵几遍，就能感觉到音调的分别很明显。送孟诗平声字较多，字音都很响亮，大半是能提高又能拖长的，所以读起来可以悠扬而豪放。送王诗头二句音节还很平顺，只是诗的意义决定了它的音调须低沉凄婉，后二句仄声字安排得有些拗，我们很难用读“孤帆远影”两句的调子来读它，它天然地有些抑郁感伤的意味。在这种朗诵的比较里，我们可以体会到诗的情感与声音的关系是非常密切的。

1958 年

（载《语文学习》第 2 期，1958 年 2 月）

山水诗与自然美

山水诗是中国诗歌中的一个重要的组成部分。所谓“山水”泛指自然界的事物，所以涉及自然美的问题。这是近来学术界所殷切关心和热烈讨论的一个问题。问题的症结在于山水诗乃至于一般自然美是不是反映社会基础的意识形态，有无阶级性。我的回答是肯定的。

问题的这种提法会遭到这样一种反对论调：山水诗只反映自然美，与自然美不是一回事，山水诗的美是艺术美，自然美不是艺术美，不能相提并论。关于这一点，我在参加美学讨论中已一再表示过我的意见，这里不准备复述，只须提出我的基本论点：第一，艺术是一种反映社会基础的意识形态，在阶级社会里有它的阶级性，这是马克思主义者所公认的。山水诗作为诗歌艺术中的一种类型，当然也就不能是例外。其次，诗人在山水诗里反映他所欣赏的自然美，如果承认自然美在他的诗里反映出他的意识形态或阶级性，就必须同时承认在他写诗之前，在他的欣赏意识里就先已或多或少地反映出他的意识形态或阶级性，诗里所反映出的自然美和诗人先在欣赏中所意识到的自然美只能有程度上的分别，不能有本质的分别。不可能他在欣赏中所意识到的自然美没有意识形态性或阶级性，而在他的作品中就无中生有地突然显出意识形态性或阶级性。总之，人不感觉到自然美则已，一旦感觉到自然美，那自然美就已具有意识形态性或阶级性。换句话说，人的意识形态性或阶级性在那感觉过程中便与自然景物由对立而统一，这统一体反映了自然，也表现了他自己，美就在这个统一体上。至于人所感觉到的自然美之外，是否还有一种非意识形态性的无阶级性的早已存在的纯然客观的“不依人的意识而转移”的“自然美”呢？以蔡仪同志为代表的美学家们说有这样一种纯然客观的“自然美”，我说没有，这就是目前争论的分歧点所在。

先摆事实。如果承认“美”是自然事物原已有之的一种属性。那么，它就应该象自然事物的其他属性如“大小”、“轻重”、“红白”之类一样，可以用科学器具来测量和分析；而“美”这个属性尽管在许多艺术品和自然景物上面可以感觉到，任何科学却不能象测量分析红色那样来把美这个属性测量出来，分析出来。这就证明它不是什么一种纯然客观存在的自然属性。单靠自然不能产生美，要使自然产生美，人的意识一定要起作用。自然美也好，艺术美也好，都是主观与客观的辩证统一的产品。

从历史发展看，在人类社会出现以前，自然就不能有所谓美丑。美是随社会的人出现而出现的。自然本来是与人相对立的。人自从从事劳动生产、成了社会的人之日起，自然就变成人的实践和认识的对象，成为人所征服和改造的对象，成为为人服务的生产资料和生活资料。只有到了这个时候，自然才开始对于人有意义，有价值，有美丑。人为什么感觉到自然美？马克思曾经反复说明过，这首先是由于人借生产劳动征服了和改造了自然，原来生糙的自然就变成了“人化的自然”，它体现了人的“本质力量”，满足了人的理想和要求，人在它身上看到他自己的劳动的胜利果实，所以感觉到快慰，发现它美。这是最原始的也是最本质的美感经验。

所以在起源阶段，美与用总是统一的。从石器时代起，自然事物就已出现于艺术品（主要是手工艺品如生产工具、斗争工具、生活日用品、装饰品之类），而这些在艺术品中出现的自然事物，总是与作者所属部落的生产方式或职业有关。渔猎民族的艺术运用自然事物为“母题”时，那些事物总是与渔猎生活有关，例如法国玛德伦（La Madaleine）岩洞中的壁画就是专画当地原始部落的狩猎对象，特别是鹿。猎人在所住岩洞里画他们所获得的猎物，一则是庆功，一则是研究猎物形态，增进狩猎的知识和技能。这样的事例是不胜枚举的，可以参看格罗塞的《艺术的起源》、普列汉诺夫的《论艺术的公开信》之类讨论原始艺术的著作。自然事物在中国艺术中出现得很早很广泛，也与中国民族的农业生活有关。

人欣赏凭自己劳动实践所征服和改造的自然，因为这种“人化的自然”体现了人自己。关于这个道理，黑格尔说过一段很精辟的话：

> 人有一种冲动，要在直接呈现于他面前的外在事物之中实现他自己，而且就在这实践过程中认识他自己。人通过改变外在事物来达到这个目的，在这些外在事物上面刻下他自己内心生活的烙印，而且发现他自己的性格在这些外在事物中复现了。……儿童的最早的冲动就有要以这种实践活动去改变外在事物的意味。例如一个小男孩把石头抛在河水里，

以惊奇的神色去看水中所现的圆圈，觉得这是一个作品，在这作品中他看出他自己活动的结果。这种需要贯串在各种各样的现象里，一直到艺术作品里的那种样式的外在事物中进行自我创造。①

这个很浅显的比喻可以适用于一切对自然的欣赏和艺术创造。这里所说的水纹是自然，是"人化了的自然"，所以就是雏形的艺术作品。那小孩"以惊奇的神色去看"这水纹时，他所经历的正是欣赏自然美。能否说这水纹的美是纯然客观存在的，无论有没有那抛石的小孩，也无论是对那小孩或对其他任何人，它都一律是那样美，就象它一律是那样圆呢？我想不能这么说，因为那小孩之所以感觉到水纹美，是由于他"要在作品里看出他自己活动的结果"，那水纹不是单纯的水纹，而是有那小孩自己在里面。我们不能脱离那实践的小主人，而孤立地抽象地说那水纹美。

人在觉得自然美时，那自然里一定有人自己在内，人与自然必然处于统一体。这种统一在艺术发展史中采取过各种不同的形式，最重要的有神话、寓言以及中国过去诗论家所说的"比"和"兴"。这些形式有一个基本共同点，那就是拿人和自然事物作比拟而见出其中某种类似或暗合，它们都运用不同程度的人格化和象征手法。

关于神话，马克思说得最精辟："任何神话都在想象里并借助想象以征服自然力，支配自然力，把自然力加以形象化。"神话是"在人民幻想中经过不自觉的艺术方式所加工过的自然界和社会形态"。它是"艺术的土壤"②。马克思的这番话是就希腊神话说

① 《美学》第一卷，第三六至三七页。

② 《〈政治经济学批判〉导言》，《马克思恩格斯选集》第二卷第一一三页。

的，虽不适用于一切民族的神话，却造用于多数民族的神话。中国神话中的天神地祇、雨师风伯、神龙、共工、女娲等，也和希腊的神一样，都是人对于自然力不自觉的艺术加工，而这种加工的方式都是凭借幻想，对自然加以人格化。每种神往往不仅代表一种自然力，而且还象征人的某一种品质、活动或职业。神话体现了原始民族对自然的认识，它把自然的力量和人的生活杂糅在一起，形成了一种人与自然的统一体，一种雏形的艺术作品。原始民族所认为美而加以歌咏和刻划的正是这经过“不自觉的艺术加工”以后的统一体，体现了他们的意识形态的统一体，而不是未经艺术加工以前的那种生糙的自然。

寓言比神话后起，它的形成方式却与神话有些类似。寓言不限于自然，就涉及自然时来说，它也是在自然现象与人事之中看到某种类似或暗合，于是就借自然现象来暗寓人事，在这过程中自然也往往经过人格化。象《伊索寓言》之类寓言大半以动物为主角，但是也有些寓言以山水、风雨、日月之类自然现象为主角，例如《庄子·秋水》篇里的河伯与北海若就是把河与海加以人格化，来比喻大小相对的道理。寓言不同于神话的主要有三点：第一，神话是全民族对于整个自然界的艺术加工，往往成为一个完整的系统，而寓言则由个别作者注意到零星人事与零星自然现象的暗合，没有完整的系统；其次，神话是对自然现象的不自觉的艺术加工，寓言则是对自然现象的自觉的加工，嵌合的痕迹往往很明显；第三，神话的出发点是自然，从自然里看到人事的意蕴；寓言的出发点是人事，借自然来对人事加以形象化。尽管有这些不同，寓言也还是人事与自然的统一，自然并不因它本身而有意义，而是因它与人事发生了关系而有意义。

神话和寓言都是运用比喻的。比喻有隐显之分。显喻是比较明显、一望而知的比喻，例如“东方红，太阳升，中国出了个毛泽东”，拿太阳比毛泽东，这是明白易晓的。隐喻是暗含的往往有待玩索才能见出的比喻，例如毛泽东同志的《沁园春·雪》里“须晴日，看红装素裹，分外妖娆”，可以理解为隐喻革命胜利后的美丽远景。中国过去诗论家所说的“比”和“兴”所指的就是显喻与隐喻。孔颖达在《毛诗注疏》里说得很清楚：“比之与兴，虽同是附托外物，比显而兴隐。”其实比与兴，显喻与隐喻，只是程度上的分别，就实质说，它们同是用物态比拟人的情感思想和活动。它们是形象思维的一种方式，在《诗经》中最常用，在后来山水诗中也是一种主要的手法。姑举《诗经》第一篇《关雎》为例来说明：

关关雎鸠，在河之洲，窈窕淑女，君子好逑。

这是一篇歌颂新婚欢乐的诗，头两句是自然，后两句是人事，表面上是两回事，实际上是统一体。“关关雎鸠”两句因“窈窕淑女”两句而得到意义，“窈窕淑女”两句因“关关雎鸠”两句而得到具体而生动的形象。这里的自然如果不和人事发生关系，对于人就没有意义。诗人感觉到对对水鸟歌唱的美，是就男欢女爱的角度去看的。鸟歌表现了人情。

趁便可以略谈一下美学界所争辩的“移情作用”。上引《关雎》诗已略见“移情作用”，为了说得明白一点，我们再举毛泽东同志的《沁园春·雪》里的几句词来分析：

山舞银蛇，原驰蜡象，欲与天公试比高。须晴日，看红装素裹，分外妖娆。

这里加重点符号的一些词语本来是表达人或动物的一些活动（舞、驰）、意念（欲、试比）和情态（红装素裹、妖娆），现在却用来描写冰雪中的山和原，把死的东西写成了活的东西。这种现象就是美学家所说的“移情作用”。就移情作用所要解释的现象（死的成了活的，物态成了人情）来说，它是客观存在的事实，不是反对者所能否定掉的；就立普斯、格罗塞等人对这种现象所作的解释（人把自己的情感、思想、活动等移注到物里面，物于是才显得具有情感、思想、活动等）来说，它无疑地是主观唯心主义的。其实这种现象还是就自然现象和人的情感、思想、活动等作比拟，属于上文所说的显喻或隐喻。在移情作用中人与自然也是处于统一体。

歌咏自然的诗大半有这种移情作用，值得进一步就这种现象探讨一下。再举毛泽东同志的《沁园春·雪》为例来说明。就《雪》的词题来看，这首词显然也属于歌咏自然的范畴，但是毛泽东同志所歌咏的是否就止于自然呢？全词分上下两阕，歌咏自然（冰天雪地的北国风光）的只在上阕，下阕却写人事（革命领袖的伟大胸襟和抱负），布局很象上文所引的《关雎》，上下两阕也是千灯相照、互映增辉的，上阕因与下阕统一，雪中的山河原野便不只是单纯的自然，而是有毛泽东同志自己在内，有他的伟大胸襟和英雄气概在里面，使山川原野象人那样活，显出既雄伟而又妖娆的气象。这也还是移情作用的范例。毛泽东同志在凭眺冰雪山川而写下他的感受时，他当然是在欣赏自然美。他所见到的自然美是否有他自己在内，有他的胸襟气概在内呢？还只是一种早已存在的纯然客观的“不随人的意志而转移”的自然属性呢？换句话说，这美是在冰雪山川和毛泽东同志的胸襟气概的统一体上，还是只在冰雪山川本身呢？我持前说，即主客观统一的说法，而持后说（美为单纯的客观属性）者说我的看法还是主观唯心主义。这个帽子似乎还压不倒我，因为后说如果正确，毛泽东同志写《沁园春·雪》时所感受到的那种自然美就应该与你和我或任何人所能感受到的完全一模一样，写出来的作品也不能说有什么意识形态性或阶级性，而事实似乎并不如此。

以上只是泛论自然美以及反映自然美的诗歌。反映自然美的诗歌,象我们所见到的,从《诗经》就已开始,它们不一定都可称为山水诗。山水诗作为一种诗歌体裁或类型,是特定历史环境的产品。早期诗歌在各民族中大半都从叙述动作开始(史诗、民歌等),偶尔涉及自然事物,大半只把它作为背景、陪衬或比喻。到了山水诗,自然便由次要的地位提升到主要的地位,绘画的发展也有类似的情形。在中国,山水诗是从晋宋时代陶潜、谢灵运等诗人才形成诗歌的一种特定类型。到了唐朝王维、孟浩然、韦应物等诗人,山水诗就达到了它的成熟期,在诗歌中成为一种强有力的传统,由唐宋一直到明清,几乎没有一位重要的诗人没有写过大量的山水诗。

山水诗何以从晋宋时代起形成了特定的类型?如果把这问题弄清楚,我们就可以认识到山水诗的意识形态性和阶级性。山水诗盛行于晋宋时代,主要的原因在于社会基础的剧烈的转变。晋宋是汉民族统治中原的长期统一的局面(周秦汉魏),在北方外族侵凌之下,开始土崩瓦解的时代。当时汉族的统治政权偏安江左,社会经济处在动荡不宁的状态,诗人所隶属的士大夫阶级对这种局面束手无策,彷徨不安,而且统治阶级内部也经常互相倾轧,多数人抱着很浓厚的"出世"思想。这时候佛教刚传到中国不久,就盛行起来,士大夫阶级整天地清谈佛老,把这看作一件风雅事。他们认为尘世是腐浊,"出世"才是"清高"。出世的途径有两条:一条是清谈佛老,另一条是"纵情山水"(这多少也还是受到佛老二家的影响,佛老都讲清静无为,名山都由他们占住)。所谓"出世"就是逃避现实。这种逃避在过去还另有一个风雅的称号,叫做"隐逸"。"隐逸"的理想由来已久,不过在晋宋兵荒马乱的时期,提得特别响亮。山水诗人大半都是以"隐逸"相标榜的。例如山水诗的大师陶潜就被称为“隐逸诗人之宗”[①]。山水诗反映了当时动荡社会中士大夫阶级与现实生活的矛盾。

其次，与社会动荡密切相关的是中国文化到了晋宋时代开始转向颓废。在各民族文化转向颓废的时期，在文艺领域的表现总是轻内容而重形式技巧，形式技巧总是由成熟转到纤丽。晋宋不只是山水诗的奠定时期，而且也是诗歌散文都竭力讲究声律词藻的时期。山水诗的盛行与声律词藻的追求有密切的联带关系，一则由于技巧的发达，诗歌可以克服德国莱辛所说的用语言描写事物静态的困难，二则由于诗人所崇尚的艳丽色泽可以从自然景物中大量吸取。这个关系，刘勰在《文心雕龙》的《明诗》篇里说得很清楚：

> 宋初文咏，体有因革，庄老告退，而山水方滋，俪采百字之偶，争价一句之奇，情必极貌以写物，辞必穷力而追新，此近世之所竟也。

这种追求声律词藻的倾向在谢灵运、谢朓等人的诗里是很明显的，陶潜是例外。

总之，山水诗作为一种类型在晋宋时代奠定，是有它的社会历史根源与阶级根源的。它反映了当时士大夫阶级对紊乱腐浊的市朝政治生活的逃避，也反映了文艺在颓废时期对形式技巧的追求。晋宋以后，山水诗之所以流传不绝，不外两个原因。第一，中国长期处在封建社会，社会经济政治方面的矛盾和士大夫阶级与现实的矛盾也是长期存在的，文人要逃避市朝做山林隐逸的原因也是长期存在的，所以社会动荡愈剧烈的时期往往也是山水诗愈抬头

① 参见钟嵘《诗品》。

的时期。唐朝几个有代表性的山水诗人如王维、孟浩然等都经历过安史之乱，亲尝过流离播迁的苦楚。山水诗到了颓废时期便蜕变为南宋的“咏物”词，受社会动荡的影响就更明显。

其次，在文艺领域里，特别是在中国长期封建社会中，传统的影响是特别顽强的。一种体裁或风格既已奠定，就成为一种风尚，一种传统，尽管时过境迁，还本着习惯势力，长久维持它的统治地位，山水诗就是如此。许多诗人都认为既然是诗人，就得追踪陶、谢、李、杜，就得学他们做山水诗。山水诗之所以能成为风尚和传统，也有它的阶级根源。如上文所说过的，纵情山水本是士大夫阶级的逃避主义，没有什么光荣。但是士大夫阶级为了替自己抹粉，来抬高自己的声价，就以“山林隐逸”互相标榜，大肆宣扬，说这是高人雅士的“清高”和“风雅”。于是爱好山水和写山水诗就成为封建时代骚人墨客中的一种风气，名士的一种招牌，甚至成为粉饰太平的一种点缀。历代专制君主下诏求贤，都特别注意“山林隐逸”。一种现象往往转化到它自己的对立面，“山林隐逸”本是摆脱“名缰利锁”的一种途径，后来却变成沽名养望、猎取高官厚禄的一种法门。《新唐书・卢藏用传》所记终南捷径的故事很可以说明这一点：

> 司马承祯尝召至阙下，将还山，藏用指终南曰：“此中大有佳处！”承祯徐曰：“以仆视之，仕宦之捷径耳！”藏用惭。

卢藏用就是由隐居终南而登显宦的，所以司马承祯当面用“仕宦捷径”来讽刺他。在此以前，南齐孔稚珪在《北山移文》里对“以退为进”的“山林隐逸”也进行过辛辣的讽刺。可见这套“登龙要术”在中国士大夫阶级中流传已久。这和隐逸理想与山水诗的长久流传是有密切关系的。

提起终南山，我们不免联想到唐代山水诗的祖师王维。王维除掉在蓝田县有辋川别业以外，在终南山还有他的“茅屋”[①]。他是否也走过“终南捷径”呢？这位“三十年孤居一室，屏绝尘累”[②]的“时辈许以高流”[③]的高人雅士，据说也曾请托皇亲岐王介绍，穿起教坊子弟的锦绣衣服，抱着琵琶混进一位贵公主的第宅，在她的宴会上唱《郁轮袍》，得到了她的赏识，由她说情，才登进士第[④]。可见他的“屏绝尘累”并非出自本心。我们要了解王维，只读他的《辋川山水杂咏》是不够的，还须读他的集中大量的“应制”诗。他写过象《竹里馆》那样自鸣风雅的诗：“独坐幽篁里，弹琴复长啸。深林人不知，明月来相照。”也写过《和贾至舍人早朝大明宫之作》那样歌颂帝王排场的诗：“……九天阊阖开宫殿，万国衣冠拜冕旒。日色才临仙掌动，香烟欲傍衮龙浮……”把这两类诗对照来看，就可见出象以王维为代表的山水诗人往往是有两重人格的，他是一位尚书右丞而兼大地主，同时也是一位“独坐幽篁里，弹琴复长啸”的佛教徒。他有“清高”、“风雅”的一面，也有庸俗的热衷于高官厚禄的一面，前一面只是后一面的掩护，所谓“身寄江湖，心存魏阙”，就是这个意思。王维和后来许多山水诗人往往很象《红楼梦》里的妙玉。山水诗和山水画是密切结合的，山水诗人大半同时是山水画家。这个传统是由王维开端的。诗画结合并不是一件易事。德国启蒙运动家莱辛在《拉奥孔》里曾提出诗画异质的论点。他认为诗用语言为媒介，语言是在时间直线上承续的东西，所以较宜于叙述在时间上承续的动作；画用颜色线条为媒介，颜色线条是在空间平面上绵延的东西，所以较宜于描绘在空间平面上绵延的物体静态。

---

① 见《答张五弟》和《终南别业》等诗。

② 《旧唐书·王维传》。

③ 王缙《进王右丞集表》。

④ 见《太平广记》。

换句话说，诗不宜于描写静态，如果要描写，就须把静态化为动作；画不宜于叙述动作，如果要叙述，也须把动作化成静态。专就媒介技巧来说，莱辛所指出的诗画间的矛盾确实是存在的。王维克服了这个矛盾，这证明诗与画在技巧方面的发展已达到高度的成熟。由于他克服了这个矛盾，他就能把“诗意”带到画里，使画的意蕴更深永，同时也把“画境”带到诗里，使诗的形象更丰富，更精妙。从此中国画和中国诗都别开一境，这个功绩毕竟是不可磨灭的。

山水诗所表现的也并非单纯的客观自然，而是有诗人自己在内的。山水诗所用的手法大半属于中国传统诗所用的“兴”或隐喻，用自然事物的某一“镜头”隐喻诗人自己的情趣或观感。就在这个意义上，山水诗一般有它的意识形态性或阶级性。姑举王维的两首短诗为例：

空山不见人，但闻人语响。返景入深林，复照青苔上。

——《鹿柴》

木末芙蓉花，山中发红萼。涧户寂无人，纷纷开且落。

——《辛夷坞》

这是两首典型的山水诗，表面上很客观，好象只各托出一种画境，但是毕竟有诗人自己在里面。这首先见于诗人对事物注意的总的倾向，不在于热闹的现实生活，而在于“世外桃源”，在于一些孤独幽静的景物；其次见于诗人在事物的这种“静趣”里，仿佛如鱼得水，独乐其乐；第三见于诗人在这类孤独幽静的景物里见出他自己性格的化身，他的隐逸理想的体现。杜甫的《佳人》：“摘花不插发，采柏动盈掬。天寒翠袖薄，日暮倚修竹。”也恰好说明这三点。

山水诗是有闲阶级的产品，它还有意无意地炫耀有闲阶级的“清福”。写山水诗的总是由城市“遁世”出来的士大夫阶级，而不是本来居山居水的劳动人民。中国的民歌，从《国风》、《子夜歌》一直到最近的新民歌，也不断地歌颂自然，但是总是遵照着比较健康的传统，把自然作为人事的背景、陪衬或比喻，从来不让自然垄断全剧场面，也从来不宣扬隐逸遁世的思想，象山水诗那样。我们要把山水诗和一般歌颂自然的诗区别开来，就是为着这个道理。

爱好山水诗的趣味毕竟是文人的趣味，打个不大体面的譬喻来说，很类似过去没落阶级的人提着画眉鸟笼逛街。对于这种趣味，我是个“过来人”，颇知其中奥妙，所以敢这样说。但是这样说，并不等于说山水诗就该全盘否定，也不等于说现在劳动人民就不能从山水诗里发现一些可爱的好的东西。我企图揭示山水诗反映文人逃避现实这一个最本质的方面，为了要突出论点，也可能说得过火一点。劳动人民对于过去文人在山水诗中所得到的那种乐趣(隐逸闲适的乐趣)实在是隔膜的，而且应该是隔膜的。但是山水诗对于大自然的美景胜境毕竟揭示出一些方面，这是现在劳动人民还可以欣赏的。其次，象上文所说过的，山水诗在一些大诗人手里，往往见出诗歌技巧的高度成熟，对于我们建立新诗歌的形式和技巧也许可以提供一些经验。

(载《文学评论》第6期，1960年12月)

漫谈说理文

《人民文学》一向侧重文艺创作，很少登载说理文；我一向不会文艺创作，只写些说理文，以为《人民文学》不要说理文，所以对它一直无所贡献。近来《人民文学》却邀我写一点散文，并且鼓励我说："形式内容均不拘，你可以选你所熟悉而又感兴趣的题材写。"照这样看，《人民文学》不用说理文的想法是我的一种误解。这种误解或许不只我一个人有，因为确实很有一部分人是把实用文（包括说理文）和艺术文（包括诗歌、小说、剧本、描写性和抒情性的散文之类公认的文学类型）看作对立的。这是一种比较窄狭的看法。文学的媒介是语言，而语言是社会交际的工具。要达到社会交际的目的，运用语言的人第一要有话说（内容），其次要把话说得好，叫人不但听得懂，而且听得顺耳（形式），这两点是实用文和艺术文都要达到的。如果要在一般语言的运用和文艺创作之间划出一条绝对互不相犯的界限，那是很难的。如果以为只有在文学创作里运用语言才要求艺术性，那就只会鼓励人对一般语言的运用不要求艺术性，结果就会既不利于语言的发展，也不利于文学的发展。实用性与艺术性不是互相排斥而是相辅相成的。实用性的文章也要求能产生美感，正如一座房子不但要能住人而且要样式美观一样。有些人把文学局限在诗歌、小说、剧本之类公认类型的框子里，那未免把文学看得过于窄狭了。打开《昭明文选》、《古文辞类纂》、《经史百家杂钞》之类文学选本一看，就可以看出很大一部分归在文学之列的文章都是些写得好的实用性的文章；在西方，柏拉图的《对话集》，德摩斯梯尼的演说，普鲁塔克的英雄传，蒙田和培根的论文集以及许多其它类似的作品都经常列在文学文库里，较著名的文学史也都讨论到历史、传记、书信、报告、批评、政论以至于哲学科学论文之类论著。从此可见，悠久而广泛的传统是不把文学局限在几种类型的框子里的。我认为这个传统是值得继承的，因为它可以使文学更深入现实生活和人民大众，更快地推动语言和一般文化的发展。

现在单谈说理文。“摆事实，讲道理”已成为我们日常生活中愈来愈广泛、愈重要的社会活动。开会讨论要说理，做报告要说理，写社论要说理，写教科书要说理，发动群众要说理，对敌斗争要说理……总之，凡是需要开动脑筋的地方，凡是要辩护自己，说服旁人的地方，没有不需要说理的。近几年来我们对于诗歌、小说、剧本的写作提出了很多问题，进行过热烈的讨论，至于说理文怎样写，就很少有人过问，尽管这个问题曾经由毛主席在《改造我们的学习》、《反对党八股》等一系列的论著里三番五次地郑重地提出，并且作出一些原则性的指示。文学界对这问题谈的少，是否说明说理文容易写，有理自然说得出，根本没有什么问题呢？就我个人的经验来说，我写过四十多年的说理文，也费过一些摸索，尝过一些甘苦，至今还不能写出一篇称心如意的文字，所以我可以说，写说理文对于我并不是一件易事。

写说理文究竟难在哪里？在推理还是在行文？问题的这种提法本身就有问题。它假定了理在文先，第一道手续是把理想清楚，第二道手续才用语言把理表达出来。这种相当流行的看法是对的，但也不完全对。说它对，因为语言总是跟着思想走，思想明确，语言也就会明确，思想混乱，语言也就会混乱。如果不先把意思想好而就下笔写，那就准写不好。所以学写说理文，首先就要学会思考，而这要深入生活，掌握事实，再加上对分析和综合的思想方法的长期辛苦训练。谈到究竟，难还是难在这方面。

为什么说两道手续的看法又不完全对呢？因为语言和思想毕竟是不能割裂开来的，在运用思想时就要运用语言，在运用语言时也就要运用思想。语言和思想都不是静止的，而是不断在生发的，在生发时语言和思想在密切联系中互相推动着。据我个人的经验，把全篇文章先打好腹稿而后把它原封不动地誊写出来，那是极稀有的事。在多数场合，我并不打什么腹稿，只要对要说的道理先有些零星片断的想法，也许经过了一番组织，有一个大致不差的粗轮廓，一切都有待进一步的发展。这里有一个很重要的关键，就是对所要说的道理总要有一些情感，如是对它毫无情感，勉强敷衍公事地把它写下去，结果就只会是一篇干巴巴的应酬文字，索然无味。如果对它有深厚的情感，就会兴会淋漓，全神贯注，思致风发，新的意思就会源源不断地涌现出来。这是写作的一种乐境，往往也是写作的一个难关。意思既然来得多了，问题也就复杂化了。新的意思和原来的意思不免发生矛盾，这个意思和那个意思也许接不上头，原来自以为明确的东西也许毕竟还是紊乱的模糊的乃至于错误的。有许多话要说，究竟从何说起？哪个应先说，哪个应后说？哪个应割爱，哪个应作为重点？主从的关系如何安排？这时候面前就象出现一团乱丝，“剪不断，理还乱”，思路好象走入一条死胡同，陡然遭到堵塞，左也不是，右也不是，不免心烦意乱。这就是难产的痛苦，也是一个考验的时刻。有两种情况要避免。一种是松懈下去，蒙混过关，结果就只会是失败，理不通文也就不通。另一种是趁着心烦意乱的时候勉强继续绞脑汁，往往是越绞越乱，越想越烦。这时候最好是暂时把它放下，让头脑冷静下去，得了足够的休息，等精力再旺时再把它提起来，进行一番冷静的分析，做到“表里精粗无不到”，自然就会“一旦豁然贯通”，令人感到“山穷水尽疑无路，柳暗花明又一村”的乐趣。在这种情况写出的文章总会是意到笔随，文从字顺，内容与形式都是一气呵成的。

所以在说理文的写作中，思想和语言总是要维持辩证的关系：不想就不能写，不写也就很难想得明确周全。多年来我养成一种习惯，读一部理论性的书，要等到用自己的语言把书中要义复述一遍之后，才能对这部书有较好的掌握；想一个问题，也要等到用文字把所想的东西凝定下来之后，才能对这个问题想得比较透。我发现不但思想训练是写说理文的必有的准备，而写说理文也是整理思想和训练思想的一个很好的途径。因此，我认为理先于文或意在笔先的提法还是片面的。

说理要透，透在于话说得中肯，轻重层次摆得妥当，并不在话说得多。有时我把一万字的原稿压缩到五六千字，发见文字虽然压缩了，意思反而较醒豁。从此我看出简洁是文章的一个极可珍视的优点。简洁不仅表现于遣词造句，更重要的是表现于命意，一个意思已经包含在另一个意思了，或是主要的意思已经说出了，被包含的或次要的意思就不必说。文章要有剪裁，剪裁就要割爱，而割爱对一般写作者来说仿佛是一件痛苦的事，所以任何人作报告都非一气讲上三五个钟头不可，写一篇要在报纸上发表的陈述意见的文章也动辄要写上一两万字。这种文风造成了难以估计的物质的、精力的和时间的浪费，是必须改革的。我也认识到这点，但是自己提笔写文时总不免仍然啾啾不休，一写就是一两万字。就我来说，原因在于思想上的懒惰，往往是接受到一个写文章的任务，稍加思考，就奋笔直书，把所想到的都倾泻出去，倾泻完了，就算完事大吉，不肯（有时也是没有足够的时间）去进行一番重新整理、剪裁和压缩的工夫，而这种工夫对于写好文章却是绝对必要的。

我很少从事文艺创作，但是也很爱读文艺作品。就我从阅读中所体会到的来说，说理文的写作和文艺创作在道理上也有很多相通之处，有时我甚至想到理论文也还是可以提高到文艺创作的地位。我知道反对者会抬出情与理的分别以及形象思维和抽象思维的分别来。这些分别都是存在的，但也都不是绝对的。我不相信文艺创作丝毫不须讲理，不用抽象思维；我很相信说理文如果要写好，也还是要动一点情感，要用一点形象思维。如对准确、鲜明和生动的要求也适用于说理文。修词学家们说，在各种文章风格之中，有所谓"零度风格"（zero style），就是纯然客观，不动情感，不动声色，不表现说话人，仿佛也不理睬听众的那么一种风格。据说这种风格宜于用在说理文里。我认为这种论调对于说理文不但是一种歪曲，而且简直是一种侮辱。说理文的目的在于说服，如果能做到感动，那就会更有效地达到说服的效果。作者自己如果没有感动，就绝对不能使读者感动。

文章如说话，说话须在说的人和听的人之间建立一种社会关系。话必须是由具有一定身份的人说的，说给具有一定身份的人听的。话的内容和形式都要适合这两种人的身份，而且要针对着说服的目的。这个事实就说明说话或作文都免不掉两种情感上的联系，首先是说话人对所说的话不能毫无情感，其次是说话人对听众不能没有某种情感上的联系，爱或是恨。这些情感色彩都必然要在声调口吻上流露出。这样的话才有意义，才能产生它所期待的效果。如果坚持所谓“零度风格”，说话人装着对自己所说的话毫无情感，把自己隐藏在幕后，也不理睬听众是谁，不偏不倚，不疼不痒地背诵一些冷冰冰的条条儿，玩弄一些抽象概念，或是罗列一些干巴巴的事实，没有一丝丝人情味，这只能是掠过空中的一种不明来历去向的声响，所谓“耳边风”，怎能叫人发生兴趣，感动人，说服人呢？

最近我到广州、湛江、海南岛、桂林等地参观了一个月，沿途听到很多的大大小小的报告，其中也偶有用“零度风格”的，事实虽然摆得很多，印象却不深刻。但是多数是做得很亲切很生动的，其中最突出的是海口市萧书记所做的一篇。当天我们坐了一天的汽车和飞机，到夜都已经有些疲倦，萧书记从七点钟一直向我们谈到十一点过后，却没有一个人觉得困或是嫌他话长。他说话的时候眉飞色舞，用的语言是家常亲切的，把海南岛的远景描写得很形象化，叫我们都不由自主地精神振奋起来。他真正做到了“引人入胜”。他的秘诀在和听众建立了亲密的情感上的联系，对所谈的事也真正有体会，有情感。

从此我看出说理文的两条道路，一条是所谓“零度风格”的路，例子容易找，用不着我来举；另一条是有立场有对象有情感有形象，既准确而又鲜明生动的路，这是马克思在《神圣家族》、恩格斯在《反杜林论》、列宁在《唯物主义与经验批判主义》以及我们比较熟悉的《评白皮书》和《尼赫鲁的哲学》这一系列说理文范例所走的路。

（载《人民文学》第3期，1962年3月）

目送归鸿，手挥五弦

嵇康送他的堂兄从军诗里这两句向我们透露了一些关于诗的消息。

“目送归鸿”和“手挥五弦”是两件事，似不相干，但其中却有微妙的联系。归鸿翱翔太空的形象和意趣会转化成弦上音，也会表达出作者的“俯仰自得，游心太玄”那种旷达高远的胸襟和情致。所以“到处留心皆学问”这句格言对诗人和艺术家有特别深刻的意义。孔子谈修养，引古诗“鸢飞戾天，鱼跃于渊”两句，作了一句说明：“言其上下察也”（见《中庸》），“上下察”才可扩大眼界，开拓胸襟，到做诗时也才可因景生情，触类旁通。

诗和一般艺术都可以说是触类旁通的工夫。传说王羲之看鹅掌拨水，悟出写字用笔的方法，张旭也是从看公孙大娘舞剑器，悟出写草书的诀窍。就诗来说，触类旁通还更重要。王羲之的《兰亭诗》里有两句说："群籁虽参差，适我无非新"。群籁之所以能"适我"，就是我的思想感情能触类旁通到群籁，发现自然界千变万化的事物和我有生生不息的契合。诗人的世界所以永远是新鲜的，诗的泉源所以是用之不竭的。

关于诗的创作方法，我国旧有赋比兴三体之说。其中只有赋是"直陈其事"，比与兴都是"附托外物"，所不同者"比显而兴隐"（据孔颖达的《毛诗·大序疏》）。所谓"附托外物"就是触类旁通，以近喻远或以远喻近，而不是"直陈其事"。兴比单纯的比又较微妙，所以随着诗歌在一个民族中的发展，诗艺日渐提高，兴也就日渐占优势。西方诗论从亚理斯多德以来，一直重视"隐喻"（metaphor）。"隐喻"就是我们所说的"兴"。西方十七八世纪开始盛谈想象与诗的密切关系，他们（例如洛克和休谟等）认为想象的特点就在于能在表面极不相似的事物之中发现类似，把在自然中原来是分开来的东西结合起来。用我们的话来说，这也就是触类旁通。人情和物理似很不类似，特别是人有生命而物有些是无生命的，但很不类似之中毕竟有些类似（例如辛词"我见青山多妩媚，青山见我应如是"），因此，人情和物理可以达到一种出人意料的契合，这就是说，人情可以触类旁通到物理。人情本是游离恍惚的，要通过具体形象才能凝定下来，表达出去，这具体形象就要取材于自然界事物。凡是情景交融的诗歌都属于"兴"或隐喻一类，也都是拿物理来使人情变为具体形象的。

诗当然也可以"直陈其事"，但是极难做好，特别是在抒情诗里"直"就易流于平板和一览无余。姑拿在我国传统诗歌中占比重很大的爱情诗为例。象"奈何许，天下人何限，慊慊只为汝！""须作一生拚，尽君今日欢"那样赤裸裸的直陈其事的好诗是不多见的。从《诗经》第一首《关雎》，经过唐诗宋词元曲，一直到现在民间恋歌，用比兴的居绝大多数。抽象的爱情是千篇一律的，联系到具体情境，附托到具体的景物，便显得千变万化，丰富多彩，各有各的独特的境界。这就是“群籁虽参差，适我无非新”。

诗有触类旁通的道理，所以言在此而意在彼，言有尽而意无穷，从有限可以见无限。诗的引人入胜处也就在此。

因此，用死办法很难把诗做好。所谓死办法就是写此人此物此事，眼睛就只看到此人此物此事，粘滞在迹象上，不让心眼儿多开一点窍，多放一些“心花”，自己不能触类旁通，也不替读者多留一点触类旁通的余地，始终纠缠在“有限”里，见不出“无限”。这里可以趁便谈一谈我国过去诗论家用不同名词（“意境”、“兴趣”、“妙悟”、“神韵”、“性灵”、“境界”等）所表现的同一个理想。

上文引的嵇康的那首诗里还有“嘉彼钓叟，得鱼忘筌”两句，这是用庄子的话。筌是捕鱼具，捕得鱼了，就可以不必粘滞在筌上。过去诗论家借用这个比喻，提出诗要“不落言筌”，即所谓“不着一字，尽得风流”。做诗如何能“不着一字”？“不着一字”者是指不粘滞在此人此物此事上，“尽得风流”者此人此物此事毕竟如实写照出来。姑举大家都熟习的毛主席赠李淑一的《蝶恋花》为例来说明。这首词的此人此物此事是“杨柳二烈士牺牲之后许久，忠魂如果听到他们没有亲眼看到的革命胜利会感到的悲壮的情绪”。如用死办法做诗，这样直陈其事，就算完事大吉。毛主席却未曾在这上面着一字，而是用吴刚捧酒，嫦娥舒袖曼舞，伏虎的消息传到天上，忠魂的飞泪便成了人间的倾盆大雨那一种“游仙”境界的意象把它烘托出来，既虚无飘缈而又沉痛悲壮，所谓“如空中之音，相中之色，水中之月，镜中之象，言有尽而意无穷”，“尽得风流”。这就是“不落言筌”，也就是严沧浪所说的“妙悟”，“妙悟”者由此悟彼，用彼显此，见出彼此之间若即若离，又似又不似那种微妙的联系。

言尽而意穷的不能算诗。执有尽之言而见不出无穷之意也不能算读诗。做诗和读诗都要既见出此人此物此事，又见出此人此物此事以外的广大天地，所谓“从有限见无限”。不同诗人在同一有限事物中所见到的无限不能尽同，不同读者在同一首诗中所见到的无限也不能尽同，仁者见仁，智者见智，深者见深，浅者见浅。读者不可能不把他个人的阅历和修养掺进到他的体会里去。所以除掉对史实、典故和字义的误解和曲解是在所不许之外，读者有触类旁通的权利。因此，一首真正可从有限见无限的诗就不可能有“只此一家”的解释。近来报刊上发表解释毛主席诗词的文章很多，看法分歧也很多，我想这是很合乎情理的事。

屈原的兰蕙杜若是抒写爱情还是发泄忠贞义愤？千载以下，谁做包龙图来判断这宗公案？我这长年坐在书房里六十五岁的老学究，读起《花间集》来也感到一种缠绵悱恻，读起稼轩词来也感到一种沉雄悲壮的气概，究竟我所感到的是我自己的情感还是作者的情感呢？我自己也很难判断这宗公案。我只知道这一点，诗人教会我们用他们的眼睛来看世界，来认识到有限中的无限，因而从自我的窄狭天地中解放出来，发现这世界永远是新鲜的，这生活是值得生活的。

（载《诗刊》第4期，1962年7月）

谈诗歌朗诵

近来参加过一次诗歌朗诵会，听到一些诗人、演员和业余爱好者朗诵了许多旧诗和新诗。其中风格是丰富多采的，但是占优势的风格是用演员念台词的声调和姿势，慷慨激昂的调子，有时不完全与诗歌的内容相称。这不免令人有美中不足之感。因此，我想到一些关于诗歌朗诵的问题。

诗歌要用语言。语言有它在日常现实生活中的自然的节奏，这种节奏一般是完全听思想情感支配，取决于内容意义的。

同时，诗歌不同于散文，要或多或少地运用音律。音律有它的一定程度的形式化的节奏，这种节奏是一个民族在长期实践中逐渐摸索出来的，一方面要适应思想情感，一方面又不能完全符合思想情感，象说话的语调那样，这是因为作为民族形式，它具有一种通套性或一般性，同一形式往往可以套用到不同的内容上去。

语言的自然节奏和音律的形式节奏之间显然有矛盾：矛盾就在于思想情感总是在特殊具体情境下产生的，而诗的音律却是通套性的，不尽符合思想情感内容的。这其实就是特殊与一般，内容与形式以及自然与艺术的矛盾。无论是做诗还是诵诗，在技巧方面的最困难的任务就在克服这种矛盾。

是否可以逃避这种矛盾呢？想得到的一种逃避的方法就是索性取消音律，完全用日常语言的自然节奏，这也就是说，索性回到散文。古今中外的历史经验否定了这种办法。人民都爱诗歌，要放弃诗歌所特有的形式，这在人民中间是通不过的。人民为什么爱诗歌？理由也许很多，我想其中之一是诗歌具有音乐美。这个道理从我国一些传统剧种里可以看得很清楚。许多旧剧的台词并不那么完美，可是演唱起来，却有极大的迷人的力量。不妨设想把《霸王别姬》、《林冲夜奔》或《天女散花》的台词改成白话，请最好的演员用演话剧的方式去表演，那会产生什么样的效果？这样说，我毫无贬低话剧的意思，话剧在表现现实的生动性与鲜明性上自有引人入胜的优点，本不要求语言的音乐化，而诗歌按照它的本质却要求语言的音乐化。诵诗如果不见出语言的音乐美，那就很难把诗的韵味恰如其分地表达出来，浸润到听众的心灵深处，使他们可以优游涵泳，长久受用不尽。这就不能产生诗所应产生的效果。就是因为这个道理，诵诗不宜用演话剧念台词的声调和姿势。

逃避矛盾的方法还有极端形式化的一种，那就是只管音律的形式节奏，不管语言的自然节奏，有如老太婆唱催眠歌或是和尚念经，声调悠扬，有板有眼，但是毫无表情，使听众茫然不知所云。这种朗诵法当然更不能产生诗所应产生的效果。不过我们的目前诗歌朗诵丝毫没有这样的毛病。所以目前应做的事不是说服人去避免这种形式主义，而是说服人要充分认识到片面的表现主义的偏差以及音律的形式节奏对于诗歌的重要性。

理想的诗歌朗诵，正如理想的诗歌一样，必须求得语言的自然节奏与音律的形式节奏的谐和统一，这就是既能表情，又有音乐美。既是统一，就不能只是表情外加音乐美，或是音乐美外加表情，而是二者处于具有内在必然联系的统一体。表情是基础，顺着自然的倾向，表情是自发的、倾泻的、无控制的，容许金粒与泥沙俱下的。音律的形式按规律的要求却是自觉的、有控制的，不但要披沙拣金，而且要用一定的模型把金粒镕成一定的形象。二者的统一就见于音律的形式对思想情感的内容起了这种洗炼作用、节制作用和镕铸作用。所以通过诗的形式表现出来的思想情感不能就是生糙自然的思想情感，而是经过形象化和音乐化而洗炼和提高的思想情感。这种形象化和音乐化的过程就在艺术作品上打下了一种“炉火纯青”的印痕，再见不出原来思想情感的生糙性。无论对于做诗还是对于诵诗来说，做到这一步，才能算到表情与音乐美的统一。

这只是理想。要实现这种理想，当然不是易事，第一要靠对诗本身有深刻的体会，其次要靠运用语文与音律的娴熟技巧。这就是说，要包括知和能两方面的工夫。这些都要凭实践中的辛苦摸索才可以获得。

在摸索之中要做的事很多，其中一项重要的事是向民族传统学习。诗歌是不能脱离民族土壤而繁荣的。我国历代诗人都特别重吟咏的工夫。就做诗来说，吟咏有如琴师调弦，要把声音调准。杜甫自道经验说，“新诗改罢自长吟”，就是要考验声音已否调准。过去许多诗文评家教人读诗，也强调要懂诗就必须学会诵诗。有人甚至以为一个人如果不会诵诗，即对诗“终身为门外汉”。传统的旧诗朗诵有一个特点，就是把声音拖长。《书经》里就已有“诗言志，歌永言，声依永，律和声”的说法，“永言”就是《乐记》里所说的

"言之不足,故长言之"。"咏"字从"永",也就是取"长言"的意思。杜诗所说的"长吟"足证唐人诵诗仍用拖长调子的办法。一直到现在,各省依旧法诵旧诗的人也还是遵守"咏言"的规矩。算来用拖长音调来诵诗的传统在我国是和诗歌一样古老的。为什么"言之不足",还要"长言"呢?古代诗歌大半都要伴乐舞,语言的节奏须应和乐舞的节奏,这可能是一个原因,但恐怕还不是主要的原因,因为诗歌与乐舞分开以后,"长言"式的朗诵还一直维持到两千年左右,不能单是凭习惯的惰力;而且乐舞本身为什么要有使诗歌语言来迁就它们的那种"缓"、"曼"的节奏,也还是一个要解答的问题。诗歌语言需要音乐化的道理可能和音乐本身之所以存在的道理是一致的。二者都决定于内容。艺术所要表现的情调是比较深永的,低徊往复的,走曲折线而不是走直线的,所以表现方式也要有相应的低徊往复和曲折。所谓"诗歌语言音乐化"乃至于"思想情感的音乐化",其意义就不过如此。要"长言",正因为"言之不足"。长言才能在低徊往复之中把诗的"意味"、"气势"、"骨力"和"神韵"玩索出来、咀嚼出来,如实地表达出来。假如这个看法略有一些道理,我们也就可进一步认识到诗歌的朗诵不宜用演话剧念台词的办法。

目前诗歌朗诵不少是侧重表情的,有时是近于表演的。在节奏上大半不但不是"长言",而且比语言的自然节奏还要快一点,疾促一点,低徊往复的少。这和我们过去朗诵的传统显然有很大的距离。责任当然不能完全在诵诗人,毛病恐怕大半还是出在诗本身。如果诗本身见不出音乐美,诵诗人当然就不能凭空添上音乐美。诗本身何以见不出音乐美?这是否由于新诗用的是白话,打破了旧音律?我看这不能成其为理由,因为旧诗用白话的还是不少,音律向来是在已成基础上逐渐变迁的。问题恐怕在于在已成基础上建立一种新音律,需要经过相当长时期在实践中的摸索,目前我们还没有摸索出来。这就要求诗人们在语言和音律上多下更严肃的工夫。诗歌朗诵已经把诗歌的语言和音律问题很突出地提出来了。

（载《诗刊》第 6 期，1962 年 12 月。）

对英译毛主席诗词的修改意见

沁园春　长沙

1. 第三行“橘子洲头”移前，但“湘江北去”前加 watching 一字似可不必，建议改第三行为 as the Hsiang flowing northward。

2. 原文虽有“看”字，是否定要把它译出（I see）？不言而喻，下文所描写的景物都是看到的。

3. 中文里“百”往往只指“很多”，例如“百闻不如一见”，“百姓”等，不一定恰指一百个，“百舸”译为 a hundred barges 嫌死板，可否改为 crowded barges 或 hundred of barges？删 I see，下文 crimsoned 和 jostling 均应改为动词。

4. 鱼翔浅底，“浅底”译为 in the deep 似不妥，“浅”是名词，读去声，指河中水浅处。鱼游可见，不是由于水深而是由于水清。橘子洲边的湘水不很深，特别在秋天，deep 是否可改为 shallow 或 shoal?

5. 第十行，“万类”指一切物，万不一定就是一万，译为 a million creatures 嫌死板，用 all creatures 即可，指上文流水，万山，层林，百舸，鹰，鱼等等，“万类霜天竞自由”如何解释尚宜仔细斟酌，译文用 strive for freedom，似把这句理解为万类本不自由而在争取自由。“竞”在中文中虽有“争”的意思，但在这里的用法似和六朝人名句：“千崖竞奇，万壑争流”中的“竞”字一样，指“争相显示”，即“竞赛”，是承上文山、树、水、船、鹰、鱼说的。[①] 所以“竞自由”也不是竞争自由，而是争相显示活泼的自由生气，可否改为 all creatures vie in moving at them own will?

6. 第十一行“寥廓”this immensity 嫌抽象，可否改为 the immense space? 照意义说，不宜用 this，that 之类形容词，实际上“寥廓”的意思是“空旷无边”或目所能及的界限，即地平线以内的空间，所以“怅寥廓”可译为 looking pensively to the horizon，pensively 有 brooding 所没有的“怅”的意思。下文“飞舟”用 flying 是否比用 speeding 较为形象化?

7. 第十二，“苍茫大地”的大地从不指一般的 land，指地球或人类世界，land 可改为 greet earth。this 亦可改为 the。

8. 第十三行“沉浮”指自然和人类社会的变化，不指人类的归宿或命运，(man's destiny)，原文很形象化，译文嫌抽象。直截了当地照字面似可译为 ups and downs。

9. 第十五行“峥嵘”未译，似宜译出。crowded 只译出“稠”字，“峥嵘”未译，这个联系词原指山的巍峨，引申为人的英俊和意气风

① 《雪》中“引无数英雄竞折腰”的“竞”字也是如此。

发，这里正概括地形容了下文几句的气象，似不宜漏译。建议用莎士比亚的brave new world中的brave。brave(用古义)？似含下文几句。

10. 译文最成问题的是“指点江山，激扬文字”以下几句，这几句主席写出当时领导中国革命的活动和所遭受的反动派的反扑。如果没有抓住这个要点，就会犯很大的错误，“指点江山”译为pointing to mountains and rivers，照字面看，完全正确。可是照实质看，就是歪曲。“江山”不应理解为某些山和水。“江山”、“河山”、“山河”在中文里一般指“祖国”的意思，而mountains and rivers在英文里并没有“祖国”的意思，这样译就会使外国人误会毛主席在游山玩水了，实际上“指点江山”就是商讨国家大事，筹划革命。

“激扬文字”的两义：(1)用文字来感发兴起(感动人和鼓舞人)，(2)用文字来“激浊扬清”(尸子语)，即进行褒贬。这二义可合起来，即用文艺进行革命宣传，鼓舞同志，打击敌人，这是符合延安文艺座谈会上的讲话所指示的文艺政策的，具体的说，这就是指发刊《湘江评论》之类文艺活动。译文Bestowing praise and blame对象显然是上文的mountains and rivers。这就没有考虑到革命文艺宣传了。

字面上的忠实往往导致实质上的歪曲，这两句译文就说明了这个道理。

11. “当年万户侯”就是当时张敬尧、赵恒惕之类warlords，译为the seats of mighty究竟是什么意思？全句也译得很死，建议改为：We would let the them warlords “return to dust”. “return to dust”用《圣经》陈语，即死或灭亡的意思(原话是“来自尘土，归到尘土”)，这样译，既顾到要革命的意思，也用了“粪土”的意思。

“当年万户侯”译为seats of the mighty似不妥，译land lords

或 warlord 似较具体，辛稼轩词“使李将军遇高皇帝，万户侯仍足道哉？”可能有关，也可能无关，不敢断定。

第 5 行 from the wold 似可删。

很大的错误。“指点江山”不宜理解为指点某山某水，“江山”在中文中往往指祖国，“指点江山”就是商讨国家大事，也就是为中国革命制定规划。“激扬文字”也不是对某山某水 bestowing praise and blame，而是积极进行革命文艺活动或文艺宣传，如发刊《湘江评论》之类。“当年万户侯”译为 seats of the mighty 究竟是什么意思？实际上指的就是革命的对象 warlord，如赵恒惕、张××之类。

“到中流击水，浪遏飞舟”，“浪遏飞舟”指反对派对革命的反扑，“中流激水”是排除障碍，推动革命前进。译 struck waves from the waters 就英文看，很难想象这是什样一种动作，浪能从水上划去吗？水何以用 the waters 译？“遏飞舟”的究竟是“浪”（如原文所说的）还是“水”（如译文可能暗示的）？“飞舟”直译为 flying boats 是否比用 speeding 较形象化？这两句是说舟到中流过逆风逆浪，仍使劲用桨把浪划开，使风浪不能阻挡舟的进行，可能暗含“乘风破浪”和“中流砥柱”两层意思。

建议把这句译为：

We rowed with lusty strokes against the waves which stayed our flying boats.

原诗没有说明用桨去划，但“击水”就表达了这个意思，译者没有体会“击水”的意思，便不敢说用桨去划，这也是直译死译的另一例子。

12. 注中文

“后来就不能歌唱合乐了”，看上文，似指唐以后，实际北宋有些著名词人如周邦彦、史达祖等人都同时是乐家，姜白石还自制一些曲牌，当时词还有一部分能歌唱合乐。南宋起，文人词渐盛，不能歌唱合乐的词才日渐多起来。这个注的英译文没有译,较妥。建议注的原文和译文统一起来。

“词是在唐代.....兴起来的”

译文.....was used in the Tang Dynasty,“used”前应加 first.

题注:长沙“是毛主席早年求学和从事革命活动的地方”,而英文则为 began to take part in the Revolution,take part 是“参加”,不妥。建议“从事”改为“领导”,take part in 改为 lead 或 assume leadership in.....。难道当时领导中国革命的不是毛主席而是陈独秀、刘少奇、王明之流,而毛主席只是“参加”了革命吗?

连日参观学习和开座谈会,只能就第一首提一些意见。过几天争取把全部译文读完,如有意见,当续提。

朱光潜

菩萨蛮　黄鹤楼

“茫茫”不只是辽阔,还有迷茫看不清的意思。wide 可否改为 hazy?

烟雨莽苍苍

blurred,thick haze 和 misty 有重复之嫌,可否删去 blurred,thick haze 用 in mist and rain?

龟蛇锁大江

“锁”字似没有 hold……trapped 的意思,相反,有“加固”的意思,似可改为:

The great river is for linked by the Snake and Tortoise.

游人处指黄鹤楼

site 似可改为 pavilion 或 tower。

西江月　井冈山

“万千重”宜为 thousand folds ,thousands strong 可能被了解为万千敌军。

岿然不动 steadfastly? 不如 Like mountains(或 rocks)形象化。

早已森罗壁垒二句 our stronghold has been strengthened and the high morale itself is a fortress.

清平乐　蒋桂战争

风云突变 Sudden veer of wind ard rain? a sudden storm has come over the land

注 Line7　golden bowl …… stands for a stable and unified country

采桑子　重阳

原诗“岁岁重阳”,“不似春光”后都不能有句号(。),用逗号(,)。

今又重阳 on this year's festival? 似不如 It has come again today. 较明确。

秋风劲,“劲”不是 fierce,宜用 sharp 或 brisk。

“战地黄花分外香”

The yellow flower smell on the battlefield.

“不似春光”,“胜似春光”三行

The landscape has changed since the Spring, but looks for better than in the Spring,

末句 See……

The frosty sky and water stretches for and wide.

减字木兰花　广昌路上

“下吉安”的“下”字似指攻下，译为 are advance ，to Kian，似把“下”字理解为“到吉安去”，不妥，宜改为“are to take（or capture）Kian”。River Kan 前应加 region of ，不是到赣江本身。

蝶恋花　从汀州向长沙

“征腐恶”，march on an expedition against the corrupt. 腐恶不必分译。

缨原为马缰，即 bridle，有控制的作用，比 cord 较好，用 cord 也不如用较粗大的 rope。

“长缨”借用汉少年博士终军向汉武帝请长缨击南越王的典故，事见《前汉书·终军传》，查看作注，“长缨”象征兵力或武器，“踊跃”指工农士兵欢欣鼓舞，勇往直前，译 rise up 不够。

“狂飙为我从天落”疑指红军唱国际歌，士气空前振奋，译文见不出这个意思，译文可再斟酌。

注“鲲鹏”均见《庄子·逍遥》，属于“寓言”，不见得是“神话传说”。

渔家傲　反第一次大“围剿”

“唤起工农千百万”，“唤起”译 wakened 似不如 roused。

唤起工农千百万 millions of workers and peasants are roused.

渔家傲　反第二次大“围剿”

前阙颇不易懂，“白云山头”和“白云山下”如是我敌对峙的形势，则“呼声急”与“枯木朽株”同指仓卒溃逃者，“枪林逼”二句无疑是指我军，宜找参加过战役的老战士把这个问题弄明白，译文很含浑，难分出敌我。

“飞将军自重霄入”似指汉赵涉劝周亚夫军“从天而降”的故事，见《资治通鉴·景帝纪下》，译时应把出其不意，来得突然的意思表达出来。

飞将军确指李广，见《前汉书·李广传》。

菩萨蛮　大柏地

头二行写雨后的虹，加注或较易懂。

a ribbon of colour 改为 Coloured ribbon 较妥。

否则应用 a ribbon of Seven Colours（复数）

雨后复斜阳，指雨过天晴 the setting sun has returned 不大好讲，用 shines again 似较好。

“关山阵阵苍”“阵阵”是否指“一阵一阵地”？瞬息万变？如是，译文 a line of…… loomes blue 似不妥。苍是 dark green 不是 blue，译文中有几次都弄混了。

闽赣一带山多，两次 hill and pass 都用单数，“关山”连用一般不指某一山一关，而指某一地区的群山。

注文“在……瑞金”，而译文则为“靠近瑞金”不一致。

清平乐　会昌

莫道君行早以 I 译“君”不妥，用 we 或 you 较好。

踏遍青山人未老。“遍”未译，“青”又译为 blue。长征曾经过许多山，用 these hills 亦不妥。这句直译即可：

We retain young after treading all the green hills.

“风景这边独好”句可能有深层的意思，可否译为

Here we are in sight of for better world.

“东溟”eastern seas 似不如 eastern ocean 响亮。

"郁郁葱葱"连用,只是说"茂盛",不必分译为 greener and lusher。从江西望广东,很难说望见广东树木比江西树木还更青些,turning 用在这里也不恰当,这句可否译为:

Lo,It is even wore luxuriant there!

忆秦娥　娄山关

上阕写"霜晨",下阕写"残阳"。

译者似未注意到这一点,所以把"迈步从头越"译为 we are crossing its summit(我们正在越过),其实娄山关并不高,当时是急行军,不可能从早到晚一直在翻山,译 we have crossed 较妥,较能表达胜利感。其次,写傍晚,说 the hills sea-blue 也显得奇怪,明说是"苍山",苍是 dark green。"如海"不是指颜色而是指峰峦起伏的蜿蜒像海涛,"残阳如雪"用 dying sun 和 blood-red 亦欠斟酌。

十六字令　三首

题,全首共十六字,所以叫做"十六字令"。宜注明。

"三尺三",甚言其距离之短,不必死译为 three foot three,用 a yard 即可,因为这个词牌的特点在短,宜尽量避免长句。

"倒海翻江卷巨澜","倒海翻江"的气势未译出,加 like 也减弱了气势,是否可直译为

Billows are tossing rivers and seas.

"万马战犹酣"

战马在诗中一般用 steed,stallion 是关在栏里传种的公马,不是战马,不如直译为 war-horses,把这一行译为 Thousands of war-horses.

Link 也可删,下行 in full gallop 用 race 一个动词代替。

"刺破青天"译为 the blue of heaven(天蓝色)不可能。可否改

为 your arrows pierce the blue sky,

the barbs unblunted

The sky would fall

But for your support.

your strength supporting 是否就是 strong support? 译者有把具体词改为抽象词的倾向。

念奴娇　昆仑

人间春色,“春色”与下文“夏日”有联系,不能译为 all that was fairest,直译为 colorful spring

“飞起”译为 in flight 指“逃”还是指“飞”? 是否可译为 the three million white jade dragons you let loose.

“人或为鱼鳖”,“或”只是可能,而译文却看成事实。

Men might become their fish and turtles.

千秋不是定指一个秋,而是指从很早以来的历史过程

这行可改为

you have wrought since time immemorial.

“倚天”可译为 Lean on heaven,没有 o'ertopping heaven 的意思。

“裁”,应直译为 cut。

注:“战罢玉龙三百万”

译注没有注意到“罢”字,宜改为 After the war of……dragons,

清平乐　六盘山

注“长缨”参看前《蝶恋花·从汀州向长沙》的注。

“云淡”指“轻云”,不指苍白的云,pale 不妥,“淡”似不指颜色苍白,而指云层薄,淡云即轻云,用 thin 似较妥。

首句散文气似太重，可否用 under high sky and thin clouds.

“长缨”前已注，用 bridle 或 rope 都比 cord 好。

沁园春　雪

“北国”“南国”中的“国”指方或区域，不必用 country 译，country 还可能指“乡”，“北国风光”就是北方的风光。“风光”译为 scene(一般指戏剧场面)也可斟酌，scene 一般指戏剧场面，与 scenery 也不宜混，自然风景多用 scenery。此诗所写的是整个区域的自然面貌，用 northern landscape 或较妥。

“惟余莽莽”译为 one single white immensity 问题很多，首先 immensity 是个抽象名词，属于 uncountable 一类，不宜用 one，single 之类字来形容。其次“莽莽”在这里似与“茫茫”同义，“惟余莽莽”即“只见茫茫一片”，一切都被雪盖起来了。这里有“空阔”和“迷茫”两层意思。immensity 只是“非常大”，表达不出“莽莽”。在语法上这个名词属于 uncountable(不可数)类，不能用 one single 来形容，有颜色的总是具体的东西，也不能用 white 来形容。第三，诗的语言一般宜形象化和家常亲切，所以忌讳用译文所用的这样貌似堂皇而实空洞的语言。此句不易译，姑拟用 only the hazy infinite space remains.

“顿失滔滔”就是说望不见滔滔的黄河水，“滔滔”是“波涛汹涌”，不见得就是 swift current，望不见水面是因为雪盖起来了，也不是因为有什么使急流停止下来。Stilled 不妥。

可否改为 From the upper to the lower reach of the Yellow water，no flowing water can be seen any longer.

“山舞银蛇”四句。

本为“蜡象”译成蜡色高原，看不出理由。“原驰蜡象”，“驰”没有译出。rear 只是用后脚站起，不能用来译“驰”，and the highlands run like wax-elephants.“分外妖娆”,“分外”即“格外”,没有“不可抗拒”的(irresistibly)的意思,用 all the more 即可。

用 were lacking 译“略输”,had little 译“稍逊”,不合原诗的“分寸”。

“秦皇汉武”提名的只两人。

“唐宗”指唐太宗,“宋祖”指宋高祖,也是两个人,除汉武外都是开国主。

用 great emperors of Chin and Han 以及 those 就不一定各指两个皇帝,great 前加 two 就可免此病。

“略输文采”几句拟译为:

But alas! Neither the two great emperors of Chin and Han did much in the literary sphere, Nor were those of Tang and Sung versed in the art of poetry, as to Genghis Khan?

The chosen son of his day, He know only Shooting eagles with arrows.

原译想把“文采”和“风骚”分成两事,便略改原意。“一代天骄”,“一代”译为 for a day 只说为时甚短,改为 of his day 就说出他是他的时代的英雄。

Chosen son 在英文中就是天之骄子的意思。“骄”译 proud 也不妥,是谁骄?

连接词用 neither…nor…as to…比一律用 and 似较活一点。

bow outstretched 译“弯弓”太死。

“风流人物”,从《后汉书》到《唐书》,“风流”一词屡见,综合见过的例子,可以说:凡是在风姿,品格或才能上表现优异值得时人爱慕和后人追思的人物就是风流人物。“风流”有时就是“英雄”,《三国志》名臣序赞称诸葛亮“标榜风流,远明管乐”,《唐书》称“杜如晦英爽自喜,以风流自命”,都可以为证。这首诗的“风流人物”

与“俱往矣”的“无数英雄”相呼应，所以可译为“英雄”。毛主席把秦皇汉武，唐宗宋祖和成吉思汗都排在“无数英雄”之列，但嫌他们都能武不能文，所以只译“风流人物”为 heroes 也还不妥，建议用 for really great heroes，这样也可免重男轻女之嫌。

“略输”、“稍逊”译文没有掌握住分寸。“弯弓”译得死板。用 with arrow 即可。“风流人物”不易译。For really great heroes（与“无数英雄”句照应）？

七律　人民解放军占领南京

首句 headlong 译“苍皇”不恰当，“苍皇”是“苍卒”，“突然”，这个字单读，把首句破成两截，在声音上很不好听，也没有传出原诗的气势，次句插了 a million strong 也产生同样的效果。建议改为

Suddenly a storm swept over Chungshan, millions of our mighty force have crossed the great River.

“虎踞龙盘”是诸葛亮形容南京险要的话，原话是“钟阜龙蟠，石城虎踞”，就是说南京东北有钟山，像龙蟠，西有石头山，像虎踞。

正文的译文把钟山和石城合为 the city，又分引龙盘虎踞，不妥。

注及译文也宜酌改，注译文的 them 指什么？

注明白后，建议把这句诗改为

The crouching tiger and curling dragon look fiercer than ever.

But the whole world has been overturned in heroic triumph.

“天翻地覆”指把整个政局的彻底改变，也不一定就要把“天”、“地”译出来。

“不可沽名学霸王”，应把项羽不肯杀刘邦（见鸿门宴，可查《史记·项羽本纪》）注出来，原注不能说明问题。

"霸王"译为 the conqueror 亦不妥，项羽的名字既提出，"霸王"不译亦可，雪莱曾用 King of Kings 一词，可参考。

"天若有情"二句是拿天（超自然界）和人（属自然界）比拟，这两句是"天不变道亦不变"的最好批判。

以自然 Nature 代"天"，就失去原文对比的意味，"天"仍应用 Heaven 或 God 译。

"正道是沧桑"，既没有注清楚，也译得不很正确，把"正道"这两个重要的字丢掉了，要注意全诗的中心思想是"一切都要改变或变化，这才是正道"。"沧海桑田"，可查《神仙传》中有关段落改注。

七律　和柳亚子先生

"牢骚"译为 sorrow，可再斟酌。

注富春江，宜提到严陵是汉光武（刘秀）的故交，光武做了皇帝，他不肯应征做官，柳亚子的原唱以此自比，不提这一点，原唱和诗就不易看懂。

柳亚子原诗，译方误解了柳诗，柳是鄙视五鹿充宗和冯权那样急于仕宦的人。"非"、"怨"二字都表示不赞成，否则下文四句就讲不通。

浣溪沙　和柳亚子

"赤县"译文第一字母宜大写 C. L. 末句建议改为 and the poet is more inspired than ever.

柳原词："歌声唱彻月儿圆"，宜译为

The Singing goes on till the moon is full.

原译 unconfined 用得很怪。

末二句可改为一句

This festive merry evening has no precedent.

这样在形式才和上阕一致。

浪淘沙　北戴河

首句 a great storm sweeps over the northern land.

末句“换了人间”译文宜表达出喜悦心情：

But we are in face of a new world.

水调歌头　游泳

首二句译文弱

Having just drunk Changsha water，

I am now here to eat Wuchang.

“逝者如斯夫”，原译文有些悲观，毛主席的心情不是孔子的那种心情。

Thus things come and go 较着重变化的意思。

“一桥飞架”fly to span 译得死，

A high bridge shall span……命令语气似较好。

下句改为 making the deep chasm a thoroughfare 和上句联系较明确。

蝶恋花　答李淑一

“捧出桂花酒”cassia 是肉桂，不是桂花。宜直译为 offers them serve cinnamon wine

“忽报人间曾伏虎“二句，译文不妥，可否改为：

When they heard of the victory over the tiger on earth，their tears suddenly pour forth like heavy rain.

送瘟神（意见和试译稿另抄）

送瘟神　二首

这篇诗在毛主席诗词中是比较难懂的。主题是新旧对比，新世界必然要代替旧世界，瘟神在新世界里无立足之地。抓住这个主题，有些难点就可以迎刃而解。

第一首的难点是前四句和后四句脉络衔接问题，何以引牛郎，"一样悲欢逐逝波"究竟是什么意思。从译文只译"悲"字不译"欢"字来看，就可以看出没有抓住前后脉络的衔接。"坐地"、"巡天"二句是引入天河牛郎的伏脉，引入牛郎是要拿牛郎和瘟神的命运和心情相对比。瘟神和牛郎一样，牛郎到七夕念织女便"欢"，七夕过了要分别一年之久便"悲"；瘟神在"万户萧疏鬼唱歌"时大显威力，故"欢"，到了"六亿神州尽舜尧"时要被送走，失了威力和地盘，故"悲"。不如此，"一样悲欢逐逝波"句便无法可解，也无法可译。

就个别问题来说，首句是说过去夸地大物博是枉然，"多"字宜译，要显出自然资源丰富而无用的意思，"绿水青山"的"绿"与"青"不应颠倒。Little creature 译"小虫"太含混。"千村薜荔人遗矢"中"人遗失"译 men wasted away 不妥。这个意思在下句才说出，"人遗失"是与"薜荔"并行，可否将全句改为：Hundreds of villages choked with weeds and dung（or rubbish）即可。"鬼唱歌"，phantoms sang with glee 不妥，鬼指病死的鬼，唱歌实指哀嚎，古诗有"悲歌可以当泣"的句子，glee 是极欢，恰恰相反。

"坐地日行八万里"一句 We rotate with earth 比 on earth I travel 较易懂。主词用 I 不如用 We.

"巡天遥看一千河"，"巡天"指随着地球在天空转动，宜接上上句 and myriads of milky ways appear as we go along. 不必逐字死译，用 We 似比用 I 较好，指人类。"牛郎"是承上句天河来的，"巡天"中遇到的 should the Cowherd ask about the God of Plague on one way. 加 On one way 上下衔接比较清楚，但亦可不加。

“一样悲欢逐逝波”很不好懂，可能是拿瘟神和牛郎相比，牛郎到七夕便欢，一过七夕便悲，逝波译为 stream of time 很好，但略去“欢”字，也没有暗示出牛郎和瘟神的关联，瘟神也像牛郎一样，在“万户萧疏鬼唱歌”时便“欢”，到了“六亿神州尽舜尧”时便须被人用“纸船明烛”送远，失了威力，便悲。如果这个解释对，就可把这句译为：Say alike with sorrows and happiness change with the stream of time.

第二首是写我们的新世界，特别着重工农业建设和人力战胜自然，译文应表达出欢乐的心情和豪迈的气概，首句“杨柳万千条”译成 profuse willow wands 既无诗意，也不含原意。wands 是棍杖，杨柳便由活的译成死的了。“春风”的特点是柔和温暖，一般用 spring breezes 不用 spring wind，译成 wind，柔和温暖的意味就消失了。“六亿神州尽舜尧”句的“六亿”人口也不必死译。两种解释：(1)舜尧在中文代表太平盛世，纵然把舜尧注出，在外国读者心中也引不起具体的印象，外国读者心中相当于译盛世的是 golden age，用 golden age 译“舜尧”。或(2)译成人人皆尧舜，表现出当家作主的气概。这样译，在字面上不忠实，在实质上和效果上都是十分忠实的。究竟采取哪一种是翻译中一个值得讨论的基本话题。

“红雨”句很难确定何所指，可能指炼钢，也可能指水电站。“银锄”、“铁臂”二句显然侧重工业和交通运输。“红雨”指农业建设的可能性似较大，也就是说“红雨”指用电力排灌的可能性较大。“红雨”据 Winker 教授说，Crimson rain 在欧洲读者心中指预兆灾祸的雨，据齐声香同志，山东也有类似的迷信。这个最好不用。

律诗讲对仗，“随心”和“着意”不妨并列，译文基本上不用格律(这是正确的)，under our will 和 at our wish 并列便嫌累赘。

五岭三川既加注就不必直译。“天连五岭”句似指铁路直贯五岭，把五岭联络起来，“连”字不应漏译。

“其二”不难懂，但译得比“其一”较差，毛病在直译字面，没有表达出实质，试改译如下：Willows wave everywhere in the spring breeze, all men and women in the Sacred land live in a golden age. Red flakes swirl in waves and green mountains are turn to bridges. The Five Ridges are liked the sky with silvery picks, while the earth round the three rivers quakes under iron arms. God of Plague where do you want to go? We bid you farewell with the offering of paper barges and bright candle light.

七律　到韶山

这首诗有两个问题不易解决：(1)毛主席回忆“三十二年前”，为什么要“咒逝川”？(2)“红旗卷起农奴戟”二句可能有不同的解释：一种是译文所用的即农民革命起来了，地主还在逞威风；一种是把第二句“黑手”也指起义的农民，悬霸主鞭表示霸王失败。(3)“红旗卷起农奴戟”究竟怎样解？原译文用的是一种解释，另一种是戟不用了，用红旗卷起了，如果这样解释，也与译文所用解释合拍，但与前一句译文 halberd in hand 有矛盾。

这首诗注明是 1959 年 6 月写的，三十二年前便是秋收起义之后转到井冈山的阶段，那时毛主席才离开了韶山，我疑心主席在这首诗前四句是回忆革命的艰难岁月，所以黑手确是如译文所说的霸主的手，高举其鞭，表示趾高气扬，前一句也是说革命暂时遭到挫折，要转移，农奴戟就用红旗卷起了，这样“咒逝川“就较易理解了，如此则头四句可译为：

My departure haunts me like a dream of the cursed past, my native land two and thirty years ago, when the peasants spears were wrapped with red flags, and the despot's black talons held the whip aloft. 下四句才转到革命的胜利，前后形成鲜明的对照。

“别梦”的“别”字应译出，My absence haunts me like a dim dream of the cursed past!

“黑手”疑指上文“农奴”，不指 despot 或地主，“高悬”即“束之高阁”，这样解释，上下文才一致。上句译文也和原文有出入，可否改为 The peasants fought with spears under the red flag and hanged the despot's whip in the store-room.

“喜看”译为 Happy I see 亦可斟酌，不一定单指“我”，也可能指下文的遍地英雄，用一个不定人称的代名词 one 似较好。建议译为：It gladden one's heart to see……

上面的解释不一定正确，望翻译小组设法解决所提的疑难。

七律　登庐山

“冷眼”＝冷静，在英文中不说“cool-eyed”而说“cool-headed”

“浮黄鹤”指黄鹤楼浮在云里，与“横九派”对称。可否译为：and float the yellow crane. 前面，可删。

下文也改为(起白烟)：and emit a white vapour.

“江天”不易译。Sky-brooded waters 似生硬

“陶令”译“陶渊明”即可。Prefect 可删。县令当时是小官，大罗马和近代法国的 Prefect 都大的多。

“桃花源里可耕田”？就等于说桃花源里可以耕田吗？

“桃花源里可耕田？”有问号，可能说避世不是出路，注意“可”字的意味，像陶渊明那样的人现在更不当返世了。如作此解，这句可译为：Is the land of Peach Blossoms fit for farming?

七绝　为女民兵题照

首句译文可否用 Bright and brave, the militia women march

with rifles,On shoulder,on the parade ground at dawn.

“多奇志”high-aspiring minds? are inspired with noble ideals. 动作的动词较生动,silks and satins 不一定就是女装,建议用 skirts and petticoats.

七律　答友人

九嶷山有九个峰,彼此相似,不易辨别,故名。用 mount 译不妥,建议译 the Nine Peaks.

“斑竹”二句,看不出用 Once……Now 的理由,似以一律用现在时态为好。可否译为 On the speckled bamboo remains the relic of their tears, And the radiant clouds are be their magnificent robes.

连天雪 snow-topped 生硬,snow-white 较普通。

“我欲因之梦寥廓”二句写理想的芙蓉国的美好远景,“因之”有凭高远眺的意思,把“梦寥廓”译为 untrammelled dreams 似失原意,寥廓是梦的对象,不是梦的形容词。“梦”字也看的太死,毛主席不是在九疑山上做梦,而是高瞻远瞩到一个崭新的世界。“梦寥廓”即默想广阔的远景。拟译为 Brooding on the top, I like to dwell on the vision of a bright future. The land of hibiscus all in the first day of day.

朝晖即晨曦,不宜用 morning sun 译,也不宜用 glowing 形容,“梦”字亦不宜死译为 dream.

“芙蓉国”虽然指湖南,也不定就限于湖南;就像前面的瘟神虽指吸血虫,却也象征万恶的旧世界。译文和注都要注意到这一点。

七绝　庐山仙人洞

第二行 and 似宜改为 but

末二句不妥(“天生”句译文不合原意,“无限”句有深一层的意思:险阻艰难中有佳境,似未译出),拟改为 The Fairy Cave is a work of nature herself. And the perilous peak commands a view of infinite beauty.

七律　和郭沫若同志

自此以下几首都是反修的诗,反修诗应见出反修的含义。以下三首译得很好,惟此首译文较弱。

首行“一从”未译出。“精生白骨堆”似有政治的含义,白骨精即修正主义。

“犹可训”译 not beyond the light 不明确。

“玉宇”指天宫,译得不妥。妖雾即白骨精散播的雾。

姑试译如下:

Since the earth was swept over by a heavy thunder storms.

The demon was born of a heap of white bones.

The monk ,though is block head,might improve through education.

But the demon being an evil ghost even brought disaster

Thank for the Golden Monkey and his massive cudgel.

The Palace of Heaven was cleared of world-wide dust.

We hail the great sage monkey today.

Because the mist spread by the demon has come again.

卜算子　咏梅

这首译得很好,只有末行的 mingling 可删,一则不必要,二则不能提高梅的身份。

七律　冬云

这首反修诗也译得很好。

第二行可否改为 None of flowers remain unfallen 表示花有些支持不住，梅耐寒，在多数花都落了的时候，她还盛开。

第四行可否改为 Yet spring's warm breath begins to quicken the earth.

表示（东风）正确路线有起死回生的力量。spring's warm breath 改用 the warm east wind 意思可能更明显。

满江红　和郭沫若同志

这首也译得好，只有“蚂蚁缘槐夸大国”二句尚可斟酌，蚁穴＝槐树洞＝大国。

lightly 译“谈何易”不妥。建议改为：

Ants boast of their hole under a locust tree as a great county.

And mayflies tie in vain to topple the giant tree.

“飞鸣镝”似指发表反修大文，亦即上句“落叶”（我们的反修大业），可否改为 Twanging as they fly, like arrows.

郭原词“擎得起”译为 suspended，不妥。可否改为 with strong support。

注“雄鸡一唱”引用李贺的诗句“雄鸡一鸣天下白”，泥牛应译 mud ox，似出自列宁，宜查出注明并改译。泥不宜译为 clay. Clay oxen 入水不一定就溶化。

读姚雪垠先生《李自成》第二卷上中册笔记

1. 此书是继《水浒》之后写农民起义的杰作，作者对明末历史背景有丰富的知识，构思细密，文笔素朴而生动，多年来没有见过这样好的长篇历史小说。

2. 没有读过第一卷和第三卷，对全书布局尚不易窥测，但就已出版的第二卷来看，还是可以看出两点：一，对材料有所剪裁，重点突出，上册突出商洛战役，中册突出渡汉水准备攻洛阳的经过；二，布局充分运用了虚实张弛有节奏的有烘托的前进的道理，毫不呆板，李自成与张献忠在性格和作风上的对比也写得很好。

3. 就人物性格而论，李自成几乎是一个十全十美的义军领袖，读这部历史小说，经常令我想到共产党领导的游击战争，类似点是很多的。我们很难看出李自成最后失败的内因(外因当然很多,主要似是当时汉族与满族的民族矛盾),历史上多次农民起义大半带有“流寇”或流氓的局限性,不图建立巩固的根据地,成功的也有,但不多。是否宜于把李自成写得那样十全十美,这一点还要斟酌。

4. 写作必须看清对象,看清读书群众的接受能力。如果对象是像我们这样的老知识分子,书中有非常丰富的三教九流的杂家知识,读起来是够味的,但是对象如果是工农兵(连一般大学生在内),许多这类知识可能使他们感到茫然。现代生活日益烦忙,能抽出时间读大部头著作的人会日益减少,因此我想原书的篇幅似嫌过多,可否考虑适当地加以剪裁?举例来说,关于《推背图》,上册见过,中册又见过,都说得很多,可否上册略提到,中册说详细一点?再如第三十四章写李自成为什么潜伏勋阳山中以及为什么只劫寨而不攻城,交代战略本来写得很好,但同样的意思经过几次重复地说,似不必要。崇祯宫廷的内部矛盾也写得很好,从此也可以见出崇祯的性格,但在全书中是否宜占那么大的分量?

5. 原书的注对读书很有帮助,正文中某些解释性段落和词句是否可移到注里?注不嫌详,书中也有宜注而没有注的地方,例如中册谈到某妃子某太监“对食”,此词见《汉书·外戚传》,现在一般大学中文系学生乃至教席恐怕也不懂,似宜加注。

以上各点是匆匆一读后记下来的,仅供参考,提得不妥当的地方尚请宽宥和指正。

朱光潜

1977.3.25

又书中提到泸州大曲，过去住成都时曾听到酒友谈大曲源出陕西贵妃太白西凤，由陕帮商人介绍到成都，今“全兴塔房”尚在，后由成都传到泸州，现已传到苏皖湘各省，李自成在陕豫时期是否就有泸州大曲，尚待考。太白贵妃和汾酒在陕豫流行似较合情理，不过这是小节。

缅怀丰子恺老友

子恺是受“四人帮”残酷迫害者之一，含冤去世已一年多了。他在我心中仍然活着，他是个令人难忘的人。

我认识子恺还在半个世纪之前。江浙战争把我在上海教书的一个学校打垮了，夏丏尊把我介绍到浙江上虞白马湖春晖中学教英文，那里同事的有夏丏尊、朱自清和丰子恺等人，我们课余闲暇时经常在一起吃酒聊天，我至今还记得子恺酒后面红耳赤，欣然微笑，一团和气的风度，这时他总爱拈一张纸乘兴作几笔漫画，画成就自己制成木刻，让我们传观，我们看到都各自欣赏，很少发议论，加评语。当时我们向往教育自由，为着实现自己的理想，不久就相继跑到上海去创办一所立达学园和一所开明书店，并筹办一个以中学生为对象的刊物《一般》。我们白手起家，经常欣然微笑道闲自在的子恺也积极参加筹备工作，我才看出他不只是个画家，而且也是肯实干的热心人。但是在繁忙中只要有片刻闲暇，我们还保持嚼豆腐干下酒谈天的老习惯，子恺也没有忘记他的漫画和木刻，我常用“清”、“和”两个字来概括子恺的人品，但是他胸有城府，“和而不流”。他经常在欣然微笑，无论是对知心的朋友，对幼小的儿女，还是对自己的漫画和木刻，他老是那样浑然本色，无爱无嗔，既好静而又好动，没有一点世故气。他是弘一法师的徒弟，在人品和画品两方面都受到弘一的熏陶。我在白马湖时，弘一也来偶尔看望他。他曾一度随弘一持佛法吃素。抗日战争胜利后，弘一去世，子恺还不远千里由贵州跑到四川嘉定请马一浮为他的老师作传。当时我也在嘉定，乱离中久别重逢，他还是欣然一笑。我从此体会到他对老师情谊之深挚。解放后不久，他和我都当了政协委员，他每逢开会来京，相见仍是“欣然微笑”，可是最后一次他的健康和兴致都已不如从前，尽管我们两人是同年，他的“黄昏思想”已比我浓得多了。后来他和我一样受到“四人帮”的无情打击，他的受到人民喜爱的漫画被批判得体无完肤，现在重见天日，我这个后死者只有缅怀他在世时那种忠实于艺术和忠实于师友的风度，不禁有人往风微之感而已。

我先从子恺的人品谈起，因为他的画品就是他的人品的表现。一个人须是一个艺术家才能创造出真正的艺术作品。子恺从顶至踵，浑身都是个艺术家。他的胸襟，他的言论笑貌，待人接物，无一不是艺术的，无一不是至爱深情的流露。他的漫画可分两类，一类是拈取前人诗词名句为题，例如“月上柳梢头，人约黄昏后”、“指冷玉笙寒”、“黄蜂频扑秋千索，有当时纤手香凝”之类；另一类是现实中有风趣的人物的剪影，例如“花生米不满足”、“病车”、“苏州人”之类。前一类不但有诗意而且有现实感，人是现代人，服装是现代的服装，情调也还是现代的情调；后一类不但直接来自现实生活，而且也有诗意和谐趣。两类画都是从纷纭世态中挑出人所熟知而却不注意的一鳞一爪，经过他一点染，便显出微妙隽永，令人一见不忘。他的这种画风可以说是现实主义和浪漫主义的妥贴结合。

子恺的文化教养是既广且深的。他早年学过西画，所以懂得解剖和透视。他到日本留过学，接触到日本的浮世画和日本文学，曾翻译过一些小说，晚年还译完《源氏物语》这样的巨著。不过形成他的人品和画品的主要还是中国的民族文化传统，他熟悉中国诗词，又从弘一学过书法，下过很久的功夫。他告诉过我，每逢画艺进展停滞，他就练写章草或魏碑，练上一段时期之后，再回头作画，画就有些长进，墨才“入纸”，用笔才既生动飞舞而又沉着稳健，不至好象飘浮在纸上。从子恺的例子我才开始懂得中国“诗画同源”和“书画同源”的道理。

子恺是近代中国的第一个漫画家和木刻家，他对画艺的功绩，将来历史会有公论。我所惋惜的是他的几十年的画稿已大半散失，仅存的只有青年书店印行的一部《子恺漫画选集》，现在在市上已不易找到。这部选集倒是选得很精，而且是由他本人进行木刻的，我希望关心漫画和木刻画的出版界领导能设法使这部选集再印出来，这不应该是件难事。

1979 年

（载《艺术世界》第 1 期，1980 年 1 月）

从沈从文先生的人格看他的文艺风格

《花城》编辑同志远道过访，邀我写一篇短文谈沈从文先生的作品。我对文学作品向来侧重诗，对小说素少研究，还配不上谈从文的小说创作，好在能谈他的小说的人现在还很多。我素来坚信“风格即人格”这句老话，研究从文的文艺风格，有必要研究一下他的人格。在从文的最亲密的朋友中我也算得一个，对他的人格我倒有些片面的认识。在解放前十几年中，我和从文过从颇密，有一段时间我们同住一个宿舍，朝夕生活在一起。他编《大公报·文艺副刊》，我编商务印书馆的《文学杂志》，把北京的一些文人纠集在一起，占据了这两个文艺阵地，因此博得了所谓“京派文人”的称呼。京派文人的功过，世已有公评，用不着我来说，但有一点却是当时的事实，在军阀横行的那些黑暗日子里，在北方一批爱好文艺的青少年中把文艺的一条不绝如缕的生命线维持下去，也还不是一件易事。于今一些已到壮年或老年的小说家和诗人之中还有不少人是在当时京派文人中培育起来的。

在当时孳孳不辍地培育青年作家的老一代作家之中，就我所知道的来说，从文是很突出的一位。他日日夜夜地替青年作家改稿子，家里经常聚集着远近来访的青年，座谈学习和创作问题。不管他有多么忙，他总是有求必应，循循善诱。他自己对创作的态度是极端严肃的。我看过他的许多文稿，都是蝇头小草，改而又改，东删一处，西补一处，改到天地头和边旁都密密麻麻地一片，也只有当时熟悉他的文稿的排字工才能辨认清楚。我觉得这点勇于改和勤于改的基本功对青年作家是一种极宝贵的“身教”，我自己在这方面就得到过从文的这种身教的益处。

从文是穷苦出身的，属于湖南一个少数民族。他的性格中见出不少的少数民族优点。刻苦耐劳，坚忍不拔，便是其中之一。从《新文学史料》第五辑中所载的他初到北京当穷学生时和郁达夫同志的交往，便可以生动地看出这一点。少数民族是民间文艺的摇篮，对文艺有特别广泛而尖锐的敏感，从文不只是个小说家，而且是个书法家和画家。他大半生都在从事搜寻和研究民间手工艺品的工作，先是瓷器和漆器，后转到民族服装和装饰。我自己壮年时代搜集破铜破铁、残碑断碣的癖好也是由从文传染给我的。从文转到故宫博物院和历史研究所之后，在继续民间工艺品的研究，他在这方面的成就并不下于他的文学创作。不过我觉得他因此放弃了文学创作究竟是一件很可惜的事。

谈到从文的文章风格，那也可能受到他爱好民间手工艺那种审美敏感影响，特别在描绘细腻而深刻的方面，《翠翠》可以为例。这部中篇小说是在世界范围里已受到热烈欢迎的一部作品，它表现出受过长期压迫而又富于幻想和敏感的少数民族在心坎里那一股沉忧隐痛,《翠翠》似显出从文自己的这方面的性格。他是一位好社交的热情人,可是在深心里却是一个孤独者。他不仅唱出了少数民族心声,也唱出了旧一代知识分子的心声,这就是他的深刻处。

1980 年

(载《花城》第 5 期,1980 年 5 月)

读《纸壁斋集》书后

《纸壁斋集》和它的作者荒芜对我都是老朋友了。大约二十年前，他把他的诗寄我索和，我的和诗中有“常忆闭门陈正字，不拈枯笔闯诗关”两句，套用元遗山《论诗绝句》里“太息闭门陈正字，枉抛心力作词人”两句话，本意是说明自己何以没有在诗上下过工夫，同时也劝他爱惜精力。现在《纸壁斋集》又应编者和读者的要求重版了，因此，我又想起清代词人项莲生的“不作此无益之事，何以遣有涯之生”两句话，想起荒芜努力作诗不辍，也自有道理。他生当“文化大革命”，又流窜过北大荒多年，不平则鸣，他的诗正是一种不平之鸣。他的不平之鸣，特有打油诗的风趣。谐趣是诗的起源和优良品质。删诗定乐的行家老祖宗孔夫子不也说过“不有博弈者乎，为之犹贤乎已”。陈后山和项莲生毕竟是可传的诗人和词人，荒芜的《纸壁斋集》也似应如此看待，何况他对西诗做过不少翻译工作，又和诗人俞平伯先生朝夕相处，得到经常的启发，对诗的研究是有根底的。

诗是历史的起源和根据（据维柯的《新科学》），这部《纸壁斋集》也可以看作新中国开始阶段历史情况的一种旁证。

1983 年 4 月

（载《纸壁斋集》，黑龙江人民出版社 1981 年 6 月版）

《楚辞》和游仙诗

游仙诗从屈原起一直到明清，中间作者代有其人，约莫有二千年的历史，其源都出于《楚辞》。就游仙诗说，《离骚》是开山祖，它在中国诗史是孤峰独起，它以前没有同样形式的大规模的诗作品，它以后许多摹拟品也都瞠乎其后。它以前只有《诗经》，而《诗经》在精神上是现世人间的，长处全在家常亲切，于伦常日用中流露至性深情。《离骚》才开辟出另一世界，一个由情感与想象所熔铸的新天地，中国古代没有产生史诗和悲剧，《离骚》以它的独特的形式代替了史诗和悲剧。论思想，《离骚》只是一种解脱苦闷的企图。有苦闷自然希图解脱，这解脱既不能求之于现实世界，就势必求之于另一世界。我们已经说过，这种念头在人类与希望同起，极原始而普遍，不必限于道家与方士。连儒家祖师孔子虽说过“吾非斯人之徒与而谁与”，到了“遭不行”时也曾想到“乘桴浮于海”。这当然是一种心理上的矛盾，而矛盾却是悲剧的灵魂。《离骚》正是一部悲剧，它所表现的也正是“道不行乘桴浮于海”与“吾非斯人之徒与而谁与”两种心理的冲突。屈原以忠遇谗，抑郁徬徨而莫知所适，于是济湘沅南征，就重华的魂灵诉衷曲，而重华默无一语温慰；于是乘虬鹥凭埃风上征，“上下求索”，终于抵达天门，而帝阍闭门不纳；于是济白水，登阆风，求宓妃、有娀佚女与有虞之二姚，而理弱媒拙，一无所成；再三失败，他仍不灰心绝望，最后仍从灵氛之吉占，再整行李谋“远逝以自疏”，这次他又升了天，遵赤水到西海，“陈辞”与“求女”的念头都打消了，霎时间享受到仙境的逍遥快乐：

> 屯余车其千乘兮，齐玉轪而并驰；驾八龙之婉婉兮，载云旗之委蛇。抑志而弭节兮，神高驰之邈邈。奏九歌而舞韶兮，聊假日以媮乐。

这是玄风仙趣初次在中国诗中流露，但是屈原并不曾在这里得到归宿，他毕竟是有心人，不是一个遁逃主义者，在天上望到故国，心里又悲伤起来：

> 陟陞皇之赫戏兮，忽临睨乎旧乡。仆夫悲余马怀兮，蜷局顾而不行。

一场大梦，醒过来一切景象突然消逝，由天上又落到人间，心里仍是徬徨无主。“我瞻四方，促促靡所骋”，总结《离骚》，就只要这一句话。于光怪陆离之中见人间相，于沉雄悲壮之中见缠绵悱恻，这是《离骚》之所以为大。在这首大诗之中有两点值得注意：第一，它大体是抒情的，而抒情的方式是浪漫式的泛溢迷茫，其中虽有女媭与灵氛的插曲以及上下求索的历程，却很少有戏剧性和史诗性的动作变化。其次是它还没有很明显地运用道家的思想与传说，炼气长生的观念还没有露痕迹，所用的神话大半属于南方少数民族的原始巫教，神仙家的神话如赤松子、穆天子、王乔之类还没有出现，连“仙”和“真人”的字样也不曾用过一次。这可以证明《离骚》是道家思想流行以前的作品。

《楚辞》中还有一篇《远游》，传说也是屈原所作，是何义门所认为游仙诗之祖的。其实《远游》属于文人戏拟一类，它的范本就是《离骚》。开首“悲时俗之迫阨兮，愿轻举而远游”两句揭出全篇主旨，全从《离骚》中“何离心之可同兮，吾将远逝以自疏”两句脱化而来，其它字句意义与局格构造相类似处还很多。但是类似只在表面，骨子里精神却大不相同。《离骚》是道家思想盛行以前的作品，《远游》则为道家思想盛行以后的作品。在《远游》里我们初次遇见道家炼气养生的话：

内惟省以端操兮，求正气之所由。漠虚静以恬愉兮，澹无为而自得。

餐六气而饮沆瀣兮，漱正阳而含朝霞。保神明之清澄兮，精气入而粗秽除。

毋滑而魂兮彼将自然，壹气孔神兮于中夜存。虚以待之兮无为之先，庶类以成兮此德之门。

初次遇见“真人”、“仙”、“化去”、“羽人”、“不死”之类字样：

贵真人之休德兮，美往世之登仙。与化去而不见兮，名声著而日延。

仍羽人于丹丘兮，留不死之旧乡。

也初次遇见神仙家的神话，如赤松子、王乔、韩终之类。这些神话起来都很晚（约在汉初），所以《远游》大概不是汉以前的作品。但是它还是可宝贵的资料，因为它在拟作之中，文章最为茂美，而且是神仙家盛行以后一篇较早的流传到现在的游仙诗，在《离骚》与魏晋游仙诗之中做一个桥梁。

《离骚》奠定了赋体诗的风格。由战国至魏晋，赋家拟仿它的极多，后人统名之为《楚辞》，甚至把许多作者姓名失传的作品统归于屈原，《远游》就是其中之一。拟作著作者姓名的最早的是宋玉的《九辩》，最后一章也涉及游仙，但玩其辞气，恐怕时代还较后。此外可以想象到《楚辞》系统中还有些游仙诗今已失传。应劭的《风俗通义·正俗》篇曾提及秦始皇"纮诗想蓬莱"，《史记·秦始皇本纪》载"三十六年使博士为仙真人诗"，刘勰的《文心雕龙·明诗》篇也说"秦皇灭典，亦造仙诗"。从这几条记载看，秦始皇的《仙真人》诗当是游仙诗的一种，可惜今已失传。以历史演变的痕迹推测，其时五言诗尚未成立，它在体裁上当属于《楚辞》系统。

《楚辞》中有《招魂》，传为宋玉所作，继之有景差的《大招》，两篇的意旨与结构几乎完全相同。这些诗都替《离骚》、《远游》作翻案文章，可以称为"反游仙诗"。它们针对着《离骚》的"上下求索"和《远游》的东西南北游历，向魂说上下四方都不可居，天上也不见得较好：

> 魂兮归来，君无上天些。虎豹九关，啄害下人些；一夫九首，拔木九千些；豺狼从目，往来侁侁些；悬人以娭，投之深渊些；致命于帝，然后得瞑些。归来归来，往恐危身些。

继之盛陈人世宫室服饰、饮食男女之乐，把天上写成地狱，人世写成仙境,苦劝魂再回到故居。这些诗的辞气都近于游戏,未必真是招魂礼中的致词,它们显然是针对游仙思想而发,以滑稽的口吻说明仙境未必比得上人世。天上那一幅可怕的情景可谓想入非非。这足见游戏式的艺术想象在中国诗中已开始出现,作者是在为文章而作文章,在摹拟和翻案中取得乐趣,其中情感和意象全是戏拟的。后来游仙诗很多属于这种戏拟。

汉赋出于《楚辞》,题材多偏于"京殿苑猎,述行序志"(《文心雕龙·诠赋》篇中语),其中也有一部分承继游仙诗的传统。最显著的是贾谊的《惜誓》、严忌的《哀时命》和张衡的《思玄赋》。这些诗摹仿《楚辞》的痕迹都很明显,在意境与技巧上都无若何新创,《楚辞》系统的游仙诗至此已算到强弩之末了。

现存的汉诗最早表现游仙思想的多以淮南八公为母题,例如下面一首乐府古辞:

> 来日大难,口燥唇干。今日相乐,皆当喜欢。经历名山,芝草翻翻。仙人王乔,奉药一丸。……欢日尚少,戚日苦多。以何忘忧?弹筝酒歌。淮南八公,要道不烦。参驾六龙,游戏云端。

游仙诗所表现的心情往往是矛盾的。这是一个好例。它一方面看到人生的苦恼,想力图现时的感官享受,一方面又幻想"参驾六龙,游戏云端"的乐趣。尘忧俗虑与神仙思想夹杂在一起,却并没有达到一种较高的调和。

大量地写游仙诗,从曹氏父子起。武帝有《气出唱》、《精列》、《陌上桑》、《秋胡行》四篇,文帝有《折杨柳行》一篇,陈思王有《升天行》、《仙人篇》、《游仙》、《五游咏》、《平林东》、《远游篇》、《飞龙篇》、《陌上桑》等十余篇。从这些题目看,我们可以知道它们有许多是汉乐府的常见的诗题，也可以知道游仙在汉乐府中是一个常见的母题。乐府大半出于民间，在汉朝晚年，民间以游仙思想入歌咏的大概很多，曹氏父子在诗题名目与题材上是沿袭一个久已成立的传统。

这三人之中，就游仙诗来说，曹植的成就最大。曹植和曹丕一样，在理智上并不相信神仙。在《辩道论》里他斥“神仙之书，道家之言”为虚妄，在《赠白马王彪》诗里也说：

虚无求列仙，松子久吾欺。
变故在斯须，百年谁能持？

但是在他的薄薄的诗集里，游仙诗竟有十余首之多，而且仿佛真信有游仙那么一回事。这种矛盾在游仙诗中很常见，并不足为奇。曹植见疑于父，见忌于兄，怀才不遇，中间又与甄后有一段不美满的姻缘，于是诡托神仙以舒愤懑，这本是游仙诗人的惯技。最重要的原因还不在此，曹植是一个爱好辞章的文人，游仙诗在过去是一个强大的传统，意境颇优美，足以驰骋玄想；而且过去有些诗人在这方面成就颇可欣羡，足以一逞身手。所以他的许多篇游仙诗都属于“戏拟”一类，姑举《五游咏》为例：

九州不足步，愿得凌云翔。遥逍八纮外，游目历遐荒。披我丹霞衣，袭我素霓裳。华盖纷晻蔼，六龙仰天骧。曜灵未移景，倏忽造昊苍。阊阖启丹扉，双阙曜朱光。徘徊文昌殿，登陟太微堂。上帝休西棂，群后集东厢。带我琼瑶佩，漱我沆瀣浆。踟蹰玩灵芝，徙倚弄华芳。王子奉仙药，羡门进奇方。服食享遐纪，延寿保无疆。

这首先述弃世升天之旨，次序服饰舆马之盛，中记天路历程与仙境情况，终序自己在仙境的乐趣，可以说是游仙诗的典型的局格。它在大体上显然是摹仿《离骚》、《远游》。子建的其它各篇的局格也都大致相同，辞句稍有差异，而意境却相仿佛。从此可知他写游仙诗是为文而文，觉得游仙这个母题有趣，于是写来写去，不觉连篇累牍，有如莎士比亚之写商籁。他所表现的与其说是切身的情感，无宁说是想象的情境。

陈思王的诗名虽大，他的十几篇游仙作品看去并没有真正的生命，既无深情，也无逸致。论游仙诗，古今真正伟大的有两人，在《楚辞》体中是屈原，在五言古风中是阮籍。《咏怀》诗向来号称难读，李善作注便已说："嗣宗身仕乱朝，恐罹谤遇祸，因兹发咏，每有忧生之嗟，虽志在刺讥而文多隐避，百代下难以情测。"其实李氏惧谤忧生数语已揭出《咏怀》诗的主旨，所谓"文多隐避"，"难以情测"，似未免过甚其辞。如果我们以读《离骚》、《远游》的眼光去读这八十二章，有许多迹似隐避的话自可迎刃而解。《咏怀》诗虽不必成于一时，却当看作一篇完整的作品去读。八十二章中明白涉及游仙思想的近四十章。余四十余章或直陈衷曲，写人生幻化与世途艰险，暗示远游或求仙的动机，似《离骚》前半之致慨于众芳芜秽与美人迟暮（例如"嘉树下成蹊"、"平生少年时"、"徘徊蓬池上"诸章）；或托言男女欢爱，以寓乖时失志之意，类似屈子之求宓妃、佚女（例如"二妃游江滨"、"昔日繁华子"、"周郑天下交"诸章）；或托言登太行，望首阳，游大梁，以寓乱世忧生之感，意只欲"避地"，远游与升天无殊。所以八十二章《咏怀》诗其实只是一篇完整的游仙诗，在情感与意境上极似《离骚》。《离骚》中语意常似重复，层次常似错乱，情感深至之文理应有此种低徊往复。《咏怀》诗正复如此，其中同一意旨往往复述到数十次，而章与章之中亦多似衔接似不衔接，层次的重复零乱有过于《离骚》，这是由于它取五言单章的形式，每章在局格上可以独立自足，不似《离骚》首尾一气。《咏怀》诗的“怀”是浑整的，发而为咏，有如一光四射，可以显得忽东忽西，迷离恍忽。在迷离恍忽之中，我们仍然可以理出一个脉络。作者身当乱世，鬼蜮四布，既感世途艰险，复觉人生幻化无常。瞻前顾后，都无可如何，巴不得能脱离这个苦境，逃到远方或是飞到天上去，明知这不可能（阮公并不相信神仙），姑作此幻想以快一时之意，阮公自己说得好，那是“夸谈快愤懑”。从“东南有射山“章看，他好象真能领略仙境的乐趣，但是不久他又说：

采药无旋返，神仙志不符，
逼此良可惑，令我久踌躇！

足见阮公也终止于徘徊，没有在仙境得到归宿。《晋书·阮籍传》载：“时率意独驾，不由径路，车迹所穷，辄恸哭而返。”这一个小故事最足以见出阮公的苦闷，《咏怀》诗正是这种穷途的恸哭。

如果《咏怀》诗是五言中的《离骚》，郭璞的《游仙诗》就是五言中的《远游》，局格层次较为整洁，而气象规模则较为狭小。景纯曾注《楚辞》、《山海经》和《穆天子传》，足见对于神仙家言素所向往，所以在他的《游仙诗》中道家的气味比较浓厚。姑举两章为例：

青溪千余仞，中有一道士。云生梁栋间，风出窗户里。借问此何谁？云是鬼谷子。翘迹企颍阳，临河思洗耳。阊阖西南来，潜波涣鳞起。灵妃顾我笑，粲然启玉齿。蹇修时不存，要之将谁使？

翡翠戏兰苕，容色更相鲜。绿萝结高林，蒙笼盖一山。中有冥寂士，静啸抚清弦。放情凌霄外，嚼蕊挹飞泉。赤松临上游，驾鸿乘紫烟。左挹浮邱袖，右拍洪崖肩。借问蜉蝣辈，宁知龟鹤年？

在这里我们可以注意几点：

一、已往游仙诗往往着重在“游”，这里着重在“仙”，每首自成一个境界。仙境景物的描写比较已往的新鲜而具体，其中颇有戏剧性的动作，不似已往的偏于描写静态。

二、每首的主角（道士、冥寂士）与其说是一个仙人，无宁说是一个隐士。他的四周颇有山林之胜。本来这诗第一章开始就说：“京华游侠窟，山林隐遁棲”，明明以城市与山林对举，仕进与隐遁对举。这一点颇为重要，它证明了隐士思想与游仙思想的密切关系。《楚辞》中的《渔父》和《招隐士》两篇就已微透此中消息。东晋以后，仙人的思想渐衰，而隐士的风气则渐盛，因此游仙诗也逐渐让位给描写自然风景的诗，阮籍、郭璞之后的大诗人是陶潜、谢灵运。这是中国诗史上一个大转变。《文心雕龙·明诗》篇说：“宋初文咏，体有因革。庄老告退而山水方滋。”所指的正是这个转变。这转变的发轫者是游仙诗人。本来游仙与隐逸的动机同是愤世嫉俗，方法同是逃避现实，理应有这种密切的关系。

三、景纯毕身治道家的学问，可算正统道家，但是终于发现道家神仙之说不可靠。上引两章所写的仙境景象仍不过是想象上的虚拟，他的真心事真情感并不在此，而在下面的一章：

六龙安可顿？运流有代谢。时变感人思，已秋复愿夏。淮海变微禽，吾生独不化！虽欲腾丹谿，云螭非我驾！愧无鲁阳德，回日向三舍。临川哀年迈，抚心独悲吒！

“淮海变微禽”数句是求仙者失败的醒觉，也是最沉痛的感叹。钟嵘说他“辞多慷慨，乖远玄宗。……乃是坎凛咏怀，非列仙之趣”，实为一针见血语。魏晋人素以旷达著闻，最足以表现旷达的当莫如游仙思想，而魏晋人在游仙诗所表现的其实尽是愁苦之音。所以我常想魏晋人的心理是最矛盾的，也是最苦闷的，他们的“旷达”只是一种烟幕。

在一般人心目中，郭璞的《游仙诗》是游仙诗之始，其实它是游仙诗之终。从屈原到郭璞，为时约七百年，游仙诗由《楚辞》系统变为五言古风系统，脉络却是一贯的，到了郭璞，它的发展便已告一段落。

唐朝倒有一个不甚知名的诗人给游仙诗开了一个新方向，那便是曹唐。他的事迹我们知道得很少，据《全唐诗》他的小传：

> 曹唐字尧宾，桂州人，初为道士，后举进士不第，咸通中累为使府从事。

他的诗现存两卷，大半是游仙体。诗中除了运用较早的道家神话以外，又加了一个新的成分，道教经典中的典故，如“丹田”、“素书”、“碧子”、“赤玉符”、“青龙”、“红鸾”之类。在体裁上他放弃了《楚辞》体及五古，用当时较流行而且也较轻便的七律和七绝。从他的诗题看，他很富于戏剧的意识，常在一个神仙故事中挑出几个要角来，写出每个角色在不同情境的情趣。例如用刘晨、阮肇上天台的故事，他写了《刘阮游天台》、《刘阮洞中遇仙子》、《仙子送刘阮出洞》、《仙子洞中有怀刘阮》、《刘阮再到天台不复见仙子》，好象一部戏的五幕。此外，他用同样的方法写过汉武帝与西王母、牵牛与织女、箫史与弄玉、张硕与杜兰香之类神仙故事。这种处理题材的方法在中国诗中还是创举。不过因为他要表现仙境的静趣，只轻描淡写各角色的内心中轻微的变动，很少写表面的动作，所以结果往往只是一幅画而不是一幕戏。例如刘、阮下山后，仙子在洞里怀念他们的情景写成这样：

> 不将清瑟理霓裳，尘梦那知鹤梦长？洞里有天春寂寂，人间无路月茫茫。玉沙瑶草连溪碧，流水桃花满涧香。晓露风灯零落尽，此生无处访刘郎。

从阮籍、郭璞的五古跳到这种中唐纤丽的七律，我们颇觉变得太突兀；不过时移世变，仙境的情趣也要跟着走，我们不能不承认这里所写的自是一种情趣，也颇值得玩味。

从上面所举的一些诗题看，所写的虽是神仙境界，内容却尽关于男女遇合，极超人间性的景象与极人间性的情感打成沆瀣一气。本来游仙诗从《离骚》用"求女"的母题起，以后便常涉及男女爱情，阮籍的"妖姬"与"西方佳人"，郭璞的"灵妃"之类都是先例。加以由道家转成道教之后，炼丹与房中成为道教的两个并行而相关的方术，《参同契》所用的象征就常涉及男女私事。这与自然山水和仙界风光一样，对于遁世者还是一种寄托。曹唐用七绝写过九十八首《小游仙》诗，其中性爱的色彩尤其浓厚，极类似当时盛行的宫词。我们可以说，从曹唐以后，游仙诗就与宫词合流了。

统观中国游仙诗，虽算源远流长，成就却不很伟大。它在中国各类诗中是唯一运用神话题材，而且含有若干宗教超世思想的。以世界各国文学演变的痕迹类推，它理应演成史诗。《离骚》是它的唯一的长篇代表作，而《离骚》主要的是一篇抒情诗而不是一部史诗，史诗在中国始终没有出现。从游仙诗的研究，我们可以看出史诗不能出现的几个原因：

一、真正的史诗都是一个民族的原始期的产品。它的主要的根源是神话与宗教信仰，这是原始民族的生活的表现和精神的寄托，也就是他们的全部知识，全部历史、哲学和科学。它好比一块肥沃的土壤，而史诗是这块土壤上开着的一枝花。本来神话与宗教信仰自身就是一种诗，一种原始民族的集体创作，史诗的工作大半在结集零散的传说为完整的结构。所以史诗的完成须具备两个条件，一是全民族在长时期中对于神话与宗教信仰酝酿有素，这就是说，有可以构成史诗的材料，一是紧接这神话时代有一个伟大诗人——如传说中的荷马——应运而生，可以做结集与融会的工作。各国史诗发生的经过都是如此。在中国，我们已经见过，原始巫教的神话是非常简单零乱的，大量神仙的产生是在战国以后，那已经是思辨发达的时代而不复是原始想象的时代，已经是个别作家以辞章为专业的时代而不复是全民众集体创作的时代。这就是说，那时候史诗时代久已过去，稷下谈天的时代相当于希腊的哲人时代，民族的成就只能在理性方面见出，不能在想象方面见出了。

二、史诗是一个大规模的建筑，它所根据的神话须有一个明朗而融贯的系统，有如门窗户扇各居其所，使人望之一目了然。中国神仙家的神话始终没有脱离涣散、零乱与含混。粗略地说，由于来源与时代的不同，神仙境界约有三个不同的所在：一是山岳系统，中心是西极昆仑；一是海岛系统，中心是东海蓬莱；一是天空系统，中心是太仪（见《远游》，注：天帝之庭）。周穆王见西王母是在昆仑的瑶池，安期、羡门仙游的地方是蓬莱，黄帝则乘龙登了天。这几个系统本不相同，而在游仙诗中却往往夹杂在一起，从《离骚》、《远游》便已如此。我们只听到一些仙境地名，每地情形究竟怎样，从来没有一个详明的描绘，没有一个有系统的谱牒或官阶图，也不曾见过他们有什么交往可以成为一个联贯的故事的动作情节。中国神话中的神仙只是画廊中陈列的一些分立的画像，不能成为一个活动影片。这种材料是不易结集融汇为史诗的。

附注　游仙诗的原始材料主要的为《楚辞》，汉魏以后的作品见《全汉三国六朝诗》,《曹唐集》见《全唐诗》第十函,厉鹗的游仙诗有当归草堂刻本。郭茂倩《乐府诗集》卷六十三、六十四、七十八互可参考。

游仙诗的研究我还未见有印行的,只见过北京大学研究院助教吕德申君的一篇未发表的毕业论文。吕君详于游仙诗的背景而略于游仙诗本身,本文略其所详而详其所略。

1948 年

载在《文学杂志》的原文较长,这次选入本集,作了删节。

1981 年作者附注

(载《艺文杂谈》,安徽人民出版社 1981 年 12 月版)

以出世的精神，做入世的事业[①]

——纪念弘一法师

弘一法师是我国当代我所最景仰的一位高士。1923 年，我在浙江上虞白马湖春晖中学当教员时，有一次弘一法师曾游到白马湖访问在春晖中学里的一些他的好友，如经子渊、夏丏尊和丰子恺。我是丰子恺的好友，因而和弘一法师有一面之缘。他的清风亮节使我一见倾心，但不敢向他说一句话。他的佛法和文艺方面的造诣，我大半从子恺那里知道的。子恺转送给我不少的弘一法师练字的墨迹，其中有一幅是《大方广佛华严经》中的一段偈文，后来我任教北京大学时，萧斋斗室里悬挂的就是法师书写的这段偈

---

① 1980 年 12 月 7 日，中国佛教图书文物馆受中国佛教协会的委托，在北京法源寺举办了“弘一大师诞生一百周年书画金石音乐展”。这是作者为这次展览写的文章。——编者注

文，一方面表示我对法师的景仰，同时也作为我的座右铭。时过境迁，这些纪念品都荡然无存了。

我在北京大学任教时，校长是李麟玉，常有往来，我才知道弘一法师在家时名叫李叔同，就是李校长的叔父。李氏本是河北望族，祖辈曾在清朝做过大官。从此我才知道弘一法师原是名门子弟，结合到我见过的弘一法师在日本留学时代的一些化装演剧的照片和听到过的乐曲和歌唱的录音，都有年少翩翩的风度，我才想到弘一法师少年时有一度是红尘中人，后来出家是看破红尘的。

弘一法师是 1942 年在福建逝世的，一位泉州朋友曾来信告诉我，弘一法师逝世时神智很清楚，提笔在片纸上写“悲欣交集”四个字便转入涅槃了。我因此想到红尘中人看破红尘而达到“悲欣交集”即功德圆满，是弘一法师生平的三部曲。我也因此看到弘一法师虽是看破红尘，却绝对不是悲观厌世。

我自己在少年时代曾提出“以出世精神做入世事业”作为自己的人生理想，这个理想的形成当然不止一个原因，弘一法师替我写的《华严经》偈对我也是一种启发。佛终生说法，都是为救济众生，他正是以出世精神做入世事业的。入世事业在分工制下可以有多种，弘一法师从文化思想这个根本上着眼。他持律那样谨严，一生清风亮节会永远严顽立懦，为民族精神文化树立了丰碑。

中日两国在文化史上是分不开的，弘一法师曾在日本度过他的文艺见习时期，受日本文艺传统的影响很深，他原来又具有中国传统文化的陶冶。我默祝趁这次展览的机会，日本朋友们能回溯一下日本文化传统对弘一法师的影响，和我们一起来使中日交流日益发挥光大。

（载中国佛教协会编《弘一法师》，文物出版社 1984 年 10 月版）

谈写作学习

——在香港中文大学一次夜餐会上应邀的一次谈话

诸位约我谈一点个人学习写作的经验，我不是一个文学创作家，一生都只写些关于写作的议论文，没有写过一部文学创作。我是桐城人，自幼就只读些姚姬传的《古文辞类纂》，蘅塘退士的《唐诗三百首》，沈德潜的《古诗源》和张惠言的《词选》之类选本。这些作品就养成我对中国文学的爱好。受到一位宋诗派老师的教导，特别爱好诗词。后来进武昌高等师范学校中文系，学过段玉裁的《说文解字注》，对中国文字学得到了初步认识。后来考入香港大学，毕业后又留学英法大学共八年，初步接触到西方文学，随时拿西方文学和中国文学进行比较，写了一些心得。这样就走上美学道路。回国后就一直从事美学或诗学方面的研究和翻译工作，写的全是些理论文。偶尔也想写点文艺创作，可是总写不出来，原因在于我惯于抽象思维，就扼杀了形象思维的能力。因此我常根据自己失败的教训，劝告文学青年朋友们早就集中精力于细心观察和体验实际生活，少谈一点理论或公式教条，把亲身体验的实际生活加以精炼的形象化，便是文学作品了。为着自己创作，就要钻研一些模范作品。无论是写诗或写散文，都要精读一些模范作品。就像写字作画都要“临帖”一样，从而摸索出大家名手的诀窍。这是文艺创作家成功的秘诀，也是一切行业（包括近代工业和农业）成功的秘诀。“工欲善其事，必先利其器”。文学用的“器”是语言文字。从事文学创作的人也要在语言文字学方面下一些切实的工夫。这是现在一般青年写作家们所忽视的。我自己开始写作时，白话文运动刚开始。我是从学古文起家的，起初颇觉以白话代替古文未免可惜，经过一阵彷徨，后来我终于认识到白话文比文言更接近现实生活，也更接近群众，于是毅然忍痛地放弃了古文，学习白话文，不过发现古文的根底对写白话文也还有用，想在写白话文中学一点古文的简洁明确。

语言有全国性的，也有地方性的，二者是不可偏废的，文学也是如此。这就是涉及文艺的民族性问题，也就要涉及香港和台湾的文艺前途问题。这两个地方的语言都与粤语和闽语有渊源，这两种地方语，特别是粤语，在近代都产生过自己特有的文学，都对国语和中国文学有所贡献。从此我想到《楚辞》在中国文学中的起源和发展足资借鉴。屈原是楚人，楚在战国时代属于南方的一个少数民族，屈原所创建的《楚辞》是和《诗经》中的《国风》部分一脉相承，而后来对中国文艺和文化起着重要作用的。我悬想台湾文学也终会成为中国文学中的一种“国风”。目前就有生动的事实足以证明。大量的台湾文学作品和乐歌已介绍到大陆，深受一般文艺爱好者欢迎，对青年作家们已在发生显著影响。另一方面，大量内地的文学作品也已在香港和台湾流行。我很高兴地看到自己的一些著作也在香港和台湾不断地翻印流行，最近我还看到秦贤次先生替台湾“洪范文学丛书”编的我的一部《诗论新编》；编的很出色，搜集了我自己早已遗忘了的一些颇足说明问题的资料，例如我受《歌谣研究》的影响写的对于诗的形式问题的意见，《性欲“母题”在原始诗歌中的位置》，以及《读胡适的〈白话文学史〉后的意见》，《朱佩弦先生的〈诗言志辨〉》。我在香港还注意到近年来台湾印行的大部头的中国古籍也很多很好。这些生动的事实不正足以证明台湾与大陆的和好合作足以提高人类文化和福利吗？实际上这种和好合作是顺大势所趋、人心所向，将会顺利进行。否则我这次就根本不会应新亚书院的邀约来香港讲学。我在和香港中文大学师生短期接触中对他们的良好学风和研究成果只有钦佩，我深信我们和好合作是大势所趋，让我们认清形势，和好合作，来促进和提高全人类的文明和幸福吧！

（载《美育》第 4 期，1986 年）

编校后记

“欣慨室”是朱光潜先生的书斋名，来自陶渊明“欣慨交心”一语。

本卷是朱光潜先生所作与中国文学相关的散篇文章的结集。共收文六十六篇，是其从1926年至1986年间发表于各种刊物上的文章；涉及的内容亦较广泛，既有对具体篇章的解读，对多种文体的论述，又有对学习方法的介绍与探究，对文坛弊病的剖析与劝诫，还有对友人的缅怀与追思等。各文以发表的时间先后为序，个别篇章兼顾相关篇目的内容，前后略有参差。

本卷人名及书篇名索引

一、索引只收录本卷中所有以中文书写的人名及书篇名，不收以外文书写的人名及书篇名。

二、一页中同一人名出现多次者，只录一次页码。

三、索引采用笔画检字法编排。

一画

二画

三画

四画

五画

六画

七画

八画

九画

十画

十一画

十二画

十三画

十四画

十五画

十六画

十七画